けもみみ巫女の異世界神社再興記
神様がくれた奇跡の力のせいで祀られすぎて困ってます。

いつきみずほ

ファンタジア文庫

3438

口絵・本文イラスト　ｒｉｓｕｍｉ

The story of a shrine maiden
with animal ears reviving a shrine
in another world

プロローグ

Prologue

巫女《みこ》にとって最も重要な仕事は掃除である。

ちょっと格好を付けて言うなら『清め』。もしくは『祓《はら》い』。

穢《けが》れを嫌う神道《しんとう》に於《お》いて、祓い清めることこそが一番の基礎であり本質。

物心ついた時から巫女である涼香《すずか》にとって、それは身に染《し》みついた習慣。

だからこそ彼女は、今日も神社の境内《けいだい》を掃き清める。

——それが、どのような場所にある神社であったとしても。


その神社は、深い森をぽっかりとくりぬいて存在した。

周囲には小さな集落が一つあるのみで、あとはただひたすらに森。

参拝者はあまり望めそうもない神社ではあるが、望まれない訪問者はいるもので。

殺風景にも思える広い境内をゆっくり移動しつつ箒《ほうき》を動かしていた涼香は、それに目を留《と》めると、足を少し開いて大きく箒を振りかぶった。

「森へお帰り」

どこか優しげな言葉とは裏腹に、箒が素早く振り抜かれた。

その先端が捉えたのは、毎朝のように神社へやってくる不定形のモノたち。

一般的にスライムと呼ばれるそれは、すぽーんと神社を囲む森へと飛んでいく。

「も一つ、そーいっ！」

見た目は濁った半透明で、大きさはサッカーボールぐらい。

基本的には無害な存在だが、子供が間違って触れたりすると怪我《けが》をすることもある。

故にこれの排除も、巫女である彼女の日課となっていた。

「追加で、とやー！」

三つ目のスライムが木にぶつかり、その木がまるで生き物のようにぶるりと震える。

しかし涼香はそんな怪異を気にする様子も見せず、周囲を見回して頷《うなず》く。

「うん。これで全部かな？　よし！」

腰に手を当て、スッキリした気分で涼香が頷いた次の瞬間。

「ギョエエェエエ！」

まるで巨大な鳥を絞め殺したかのような、神経を逆撫《さかな》でする鳴き声が響いた。

その声に釣られるように涼香が空を見上げると、青い空に大きな黒い影が見える。

「今日のは四メートル……ううん、六メートルはあるかなぁ……」

涼香の常識では、ちょっと考えられない巨大な鳥。最初こそ、その偉容に慄《おのの》き、恐怖すら感じていた彼女であるが、今では冷静に大きさを測れるようになっていた。

不意に周囲の木々が、風もないのに騒《ざわ》めく。

涼香の視界の隅に、瑠璃色の羽を持つ小鳥が映る。

「ピピッ」

可愛《かわい》い囀《さえず》りと共に舞い下りたその小鳥は、境内を囲む木々の一つを止まり木に選んだ。

「あっ……」

その後の光景が予想できた涼香は、慌てて目を瞑《つぶ》ろうとするが──少し遅かった。

小鳥の足が枝を摑《つか》んだ次の瞬間、枝がまるで生き物のようにぐにゅりと動き──。

「──ギャピッ！」

聞こえた断末魔と、ふわりと舞う瑠璃色の羽根から、涼香は耳と目を逸《そ》らす。

あんな光景もここでは日常。

だいぶ慣れてきたけれど、癒やしは欲しい。

そんな気持ちで境内に目を転じれば、彼女の精神安定剤はすぐに見つかった。

それは、涼香と同じ巫女装束を身に纏《まと》い、箒を持った黒髪の少女。足早に歩いてくる彼女の姿を見て、涼香は強張《こわば》っていた顔を緩めると、迎え入れるように両腕を広げる。

「ソティ、ちょうど良いところに──」

「スズカ様、ご参拝の方が！」

「え、もうそんな時間⁉」

思惑とは裏腹に言葉を遮られ、持っていた箒を奪うように取られた涼香。

だが、そんなことを気にしている余裕もなく、逃げるように本殿へと向かう。

「普通ならちゃんと挨拶して、氏子の方の好感度を稼ぐべきなんだけど……」

神社の好感度の高さが収入に直結することは、涼香もよく理解していた。

実際、実家の神社では挨拶や世間話を欠かさなかったし、神社の外でも涼香は愛想《あいそ》の良い巫女さんとして知られていた。ちょっと目立つ外見をしていることもあって、下手なことをしたら『あそこの巫女さんは……』とすぐに噂《うわさ》になることが解《わか》っていたから。

それを理解しているのに、何故《なぜ》涼香は逃げているのか。

「まだ慣れないから、あまり会いたくないんだよねぇ、ここの氏子の方には」

——私の心情的に！　精神衛生上の問題から‼

そんな言い訳をしつつ急いで移動した涼香だったが、残念ながらそれは少し遅かった。

本殿の角を曲がったその先、そこで彼女が鉢合わせしたのは、一人のお婆《ばあ》さん。

頻繁にお参りに来る彼女と涼香は、当然のように顔見知りなのだが……。

「おぉ……スズカ様！」

お婆さんは涼香を見るなり目を大きく見開き——その場で膝をついて祈り始めた。

その姿はまるで、尊き存在を目にしてしまったかのようであり。

「朝からご尊顔に拝することができるとは……。ありがたや、ありがたや……」

——こうなるから、会いたくなかったんだよねぇ。

ただの巫女に対して行うには、あまりにも大仰な奉《たてまつ》り方。

しかしここでは、そして涼香に対しては、これが一般的な対応。

むしろ気軽な挨拶や世間話に応じてくれる方が少数派——いや、稀少《きしょう》だったりする。

なんでこんな状況になったのか。

そもそもここはどこなのか。

涼香は空を見上げ、現実逃避するように事の起こりを思い返した。

The story of a shrine maiden
with animal ears reviving a shrine
in another world

〈第一章〉
宗教もたいへん！

Chapter 1
Religion is also difficult!

殊更《ことさら》栄えているわけではないが、普段の生活で困ることもない。

御守涼香《みもりすずか》が生まれ育ったのは、そんな地方都市にある小さな神社だった。

由緒《ゆいしょ》だけはあるものの、歴史好きな人以外はあまり興味を持たず、せいぜい観光ガイドの片隅に小さく載る程度。そんな神社の経営はとても大変だ。

宗教法人は税金が免除されてズルいと言う人もいるが、その対象は宗教活動——もの凄《すご》く大雑把に言ってしまうなら、境内で行われることのみが対象である。

それ以外のことでは普通に税金が掛かるため、儲《もう》かっているのは極一部の宗教団体でしかなく、そこに属さない御守《みもり》家の家計は、客観的に見れば火の車であった。

「維持するだけでもどれだけのお金が掛かるか、知られてないんだよねぇ」

今日も今日とて、朝早くから境内の掃除に勤《いそ》しむ涼香は、少し傷んできた拝殿の屋根を見上げて「はぁぁ……」と深いため息をつく。

普通の住宅ですら、一〇年も経《た》てば一〇〇万円程度の補修費用は必要だ。

二〇年、三〇年ともなれば、数百万円掛けて手を入れないと建物が劣化する。

それが伝統建築である神社なら一桁、下手したら二桁多い費用が掛かるわけで。

中学校に上がった頃、そんな実態を知った涼香は思わず叫んだ。

『そんな大金、お賽銭《さいせん》やお守りの売り上げじゃ賄えないよっ！』と。

実際、多くの神社では神職の給料すらまともに払えず、他の仕事との兼業で遣《や》り繰《く》りしているし、巫女として毎日のように働いている涼香も、当然のようにタダ働き。

お小遣いすら怪しいので、涼香は涼香なりに色々と頑張っていたりする。

具体的には、お洒落《しゃれ》な御朱印帳を作ったり、神社をPRするゆるキャラをデザインしたり、それのマスコットをお守りとして売ったり、SNSを使って宣伝したり。

「上手《うま》くバズってくれたら、なんて期待したこともあるけれど……」

所詮は二番煎じ。そう簡単に上手くいくはずもない。

学校や近所の商店街では少し話題になったので、収支としては若干のプラスになったが、残念ながら大儲けには程遠く、涼香のお小遣いが僅かに増えただけに止《とど》まっている。

「できれば、お掃除の人を雇えるくらいには、なりたいよね」

友人からは『涼香が顔出しすれば、簡単にバズるよ?』なんて助言も貰《もら》った涼香だが、多少なりともネットリテラシーを持っていれば、そのリスクは理解できる。

それを許容するほどには、まだ追い詰められていないのだが――。

「如何《いかん》せん、境内が広いんだよねぇ。正直、将来が不安だよ」

毎朝の掃除や、学校から帰った後で巫女の修行をすることは別に構わない。

しかし、管理が行き届かずに境内が荒れてしまうのは、とても困る。

特に草が生い茂る夏、落ち葉が大量に降り積もる秋は大変で、家族だけでは手が足りず、氏子の人たちに協力してもらってなんとか対処している状況。

今は維持できているが、涼香が大学受験で時間が取れなくなったらどうなるか。

それを考えると頭が痛く、涼香は箒《ほうき》を動かす手を止めてため息をつく。

「ふぅ。そろそろ暑くなってきたね」

ピョウと鳶《とび》の鳴く声が聞こえ、彼女は空を見上げる。

夏が近付く真っ青な空を、弧を描いて気持ちよさそうに飛ぶ鳥の影。

強い日の光を手で遮り、鎮守の杜《もり》を抜けてきた清々《すがすが》しい風に目を細める。

さわさわと涼やかな葉擦れ、手水舎《ちょうずや》を流れる水の音、遠くから聞こえる小雀《こすずめ》の囀り。

ふと、背後から土を踏む音が近付いてきて、涼香はそちらを振り返る。

そこにいたのは七〇代ぐらいの女性。朝の散歩を日課としている彼女は、雨の日以外はほぼ欠かさず参拝に訪れていて、当然のように涼香とは顔見知りだった。

「おはよう、涼香ちゃん、今日も朝早くから精が出るねぇ」

「おはようございます。よくお参りくださいました」

「日課だからねぇ。そろそろ暑くなってきたから、水分はちゃんと摂《と》るんだよ？」

挨拶を返す涼香に彼女は目を細めて笑うと、手に持っていたコーラを差し出す。

「これは差し入れだよ。若い子はこういうのが良いんだよね？」

「まぁ。ありがとうございます」

大事な氏子からの頂き物、涼香は差し出されたペットボトルを両手で受け取る。

もっとも、彼女の好みはコーラよりもお茶。『私って若い子じゃないのかも？』と思いつつも、そんな気持ちを顔に出すはずもなく、涼香は笑顔でお礼を口にした。

「なんも、なんも。もし人手が必要なら、いつでも連絡してちょうだいねぇ。あたしは役に立たないけど、息子か孫に手伝わせるからねぇ」

そう言って離れていく彼女に涼香は「助かります」と軽く頭を下げ、ペットボトルを近くの岩の上――私物のポシェットが置いてある隣に並べて、掃除を再開した。

「今日は祝日、特に綺麗《きれい》にしておかないとね」

涼香が今掃除していたのは、普通なら人が訪れることもない本殿の裏手。

だが、この神社では事情が異なり、そこに参拝の対象となる物が存在していた。

それは、飛鳥《あすか》にある石舞台古墳のような、巨石が組み合わされた構造物。

造られた時代は不明ながら、幽世《かくりよ》への門を封じているという伝説が残っている。

巫女《みこ》である涼香でも、さすがにその伝説を無邪気に信じるほど子供ではないが、それでもこの場所はこの神社にとって、そして彼女にとって超々《ちょうちょう》重要な場所であった。

「大事な大事な、客寄せの観光資源だからね」

少々罰当たりな呟《つぶや》きだが、それが神社経営の現実だ。

所詮はただの石なので、あまりSNSの写真映えはしないが、残念ながらこの神社には他に売りとなる場所もないし、周囲が汚れていればそれ以前の問題である。

涼香は殊更丁寧に辺りを掃き清め、巨石の前の小さなお社《やしろ》もしっかりと掃除、そこに置かれている賽銭箱も磨く――入れる人は少なく、ほとんど飾りでしかないのだが。

「……うん。これぐらいで良さそうだね」

涼香は辺りを見回し、再度ゴミが落ちていないのを確認。

近くの岩に箒を立て掛け、ポシェットからタオルを取り出して額の汗を拭う。

「今日は特に用事もないから、朝食後はいつも通りかな」

休日はほぼ終日、お守りの授与所に詰めているのが涼香の仕事。平日には訪れる人も少ない神社だが、休日であれば多少の参拝者はいるため、無人にはできない。

幸か不幸か、忙しくはないので、空いている時間は勉強をしたり、パソコンで仕事をしたり、息抜きに動画を見たり、ちょっとしたゲームをしたり。

少しだけ、女子高生の休日としてどうなのか、と思わなくもないが、月に一度ぐらいは遊びに行く時間も作っているので、涼香自身はあまり不満もなかったりする。

「頻繁に遊びに行くほど、お小遣いに余裕もないしね。でも、少し貯金ができたから、今度のお休みにはお買い物に行けるかな？」

物欲が薄い涼香だが、料理と和裁は彼女の数少ない趣味だった。

そんな彼女が今気になっているのは、ネットで見かけた便利な調理器具である。

「後でお母さんに、来週の予定を聞いてみよ」

通販でも買えるが、決して安い物ではないので実物を見てから判断したい。

そんなことを考えながらポシェットとペットボトルを手に取った――次の瞬間。

――ドンッ！

地面の下から突き上げるような衝撃が襲い、涼香の体が宙に浮く。

同時に彼女の目に入ったのは、自身と同じように跳ねた巨石。

直後、轟音《ごうおん》と共に落下したそれは、『ピキィィィ！』と軋《きし》むような音を立てた。

その音が何を意味するのか涼香の頭は理解を拒むが、目の前の光景は残酷だった。

複数ある巨石のうち、最も大きな石を縦断するように生じた亀裂。

巨石はそこから、ゆっくりと左右に分かれていき――。

「あぁ⁉　唯一の観光資源が‼」

突き付けられた現実に、涼香が思わず漏らした言葉。

それに対する反応は色々と劇的だった。

『最初に気にするのがそこか⁉　――っ、しまったのじゃ！』

突如、涼香の頭の中に響いた声。

それに反応するかのように、目の前に現れた黒い渦。

その渦から発生した吸引力に、体勢を崩していた涼香が引き寄せられる。

「ちょ、ちょっ――⁉」

涼香も巫女である。神秘の存在を感じたことがないとは言わない。

「でもっ！　それをハッキリ認識するのがこの状況⁉」

頭の中が『幽世への門って本当だったんだ⁉』とか、『もしかして神様の声を聞いちゃった？』とか、『これ、凄い観光資源じゃ？』とか、様々な思考でごちゃごちゃになる。

言うまでもなく完全に混乱しているが、状況は涼香を待ってくれなかった。

グラリと再び地面が揺れ、体のバランスが崩れる。

「あ……」

今度は持ち堪《こた》えることができなかった。

冥《くら》く先の見えない渦に涼香の体は落下し、彼女が最後に目にしたのは――。

◇　◇　◇

最初に感じたのは草の青臭さ。

そして、さわさわと風に揺れる草の音。

それに誘われるように涼香が目を開ければ、穏やかな日の光が瞳を撫《な》でる。

「うっ。ここは……」

眩《まぶ》しさに目を細めつつ体を起こすと、涼香の胸の上に置かれていた紫色の風呂敷《ふろしき》包みが膝の上に落ち、すぐ傍《そば》に転がるポシェットとペットボトルも目に入る。

そこから周囲に視線を移せば、見渡す限り青々とした草原が広がっていた。

「えっと……私、黒い渦に吸い込まれたよね？　――まさか、ここが幽世？」

神社に伝わる縁起が正しいのならば、黒い渦の行き着く先は幽世――つまり死後の世界であるはずだ。しかし、涼香の目の前に広がる光景はとても長閑《のどか》である。

明るい日の光が降り注ぎ、涼やかな風が吹き、鳥の鳴き声すらも聞こえる。

幽世の定義は色々だろうが、その景色はあまりにも普通すぎた。

「……あぁ、でも、少なくともここが現世《うつしょ》じゃないことは、確かみたい」

現実を見ろとばかりに、異常さを主張しているモノが視界の隅に映る。

しかし涼香《すずか》はそこから目を逸《そ》らし、見覚えのない風呂敷包みに手を伸ばした。

それは先ほどから仄《ほの》かに光を放っていて明らかに怪しかったが、その光はどこか安心させられる穏やかさであり、彼女はそれに誘われるように風呂敷包みを解く。

「着替え？　――だけじゃないみたいだね」

出てきたのは一式の巫女装束と、その上に置かれた三つの品物だった。

その一つ目は大幣《おおぬさ》――棒の先に紙垂《しで》が付いたお祓《はら》いなどに使う物。

持ち運びを考慮してか、全長は三〇センチほどとコンパクトサイズである。

二つ目は、涼香の神社で売っている手のひらサイズのマスコット。祭神が緋御珠姫《あけのみたまのひめ》という狐《きつね》の神であることから、赤い玉に耳と尻尾が付いたデザインとなっている。

ちなみに企画、原案、監修はすべて涼香。ビーズクッションみたいな手触りで、お守りとして祈祷《きとう》も行っているため、地元では地味に人気のアイテムだったりする。

そして最後、三つめは蒔絵《まきえ》が施された、高級そうな漆塗りの文箱《ふばこ》。

大きさはティッシュ箱ほどで、先ほどから光っていたのはこの文箱だった。

「開けるしか、ないよね。いったい何が――書状？」

出てきたのは一通の書状。涼香はそれを手に取り、導かれるように開く。

『前略　御守《みもり》涼香殿　緋御珠姫じゃ。敬え！』

　それは巫女である涼香にとって、とても見覚えのあるご尊名。

　涼香は空を見上げ、眉間を揉《も》み解《ほぐ》して再度目を落とすが、書状に変化はなく――。

「ウチのご祭神って、こんなに……？」

『む、軽いとか思ったか？　いかんぞ。お主は此方《こなた》の巫女じゃ。しっかり敬うのじゃ！』

「うん、しっかり敬ってきましたよ？　――少なくともこれまでは」

　遊ぶ時間を削ってでも、真面目に巫女としての修行をしてきた。

　時代に迎合しつつ、神社を守《も》り立てていこうと色々と頑張ってもいる。

「だからこそ、敬えるような方でいてほしいんだけど」

『まぁ、お主がどう思おうと、此方は祭神で、お主は巫女なのじゃがな。ふははは！』

「…………就職活動、しようかな？」

　一瞬、そんな考えが頭を過《よぎ》るが、やはり実家の神社には愛着がある。

　春、夏、秋のお祭りでは、運営側であまり時間が取れないながらも、友達と屋台を回った楽しい思い出があるし、七五三や結婚式などを通じて地域の人との繋《つな》がりも深い。

　だからこそ大変なことが多くても、神社を守りたいと考えていたのだが――。

「いや、ご祭神が実在すると判《わか》ったのだから、むしろプラスかも？　御利益《ごりやく》を期待できるかもしれないし、上手《うま》くやれば神社を守り立てることだって……？」

とはいえ、今優先すべきは身の安全。涼香は頭を振って手紙を読み進める。

『さて、お主が考えた通り、そこは幽世じゃ。つうても最近のとれんど
に則《のっと》るなら〝異世界〟と言うた方が馴染《なじ》みがあるか？　まだまだ人気のじゃんるじゃからの。まぁ、此方は千年以上前から先取りしておったんじゃがの！　最先端じゃろ？』

「知らないよ……。というか、こういう場合でも最先端と言っていいのかなぁ？」

『ところでお主は今、こう考えておるな？「現世に帰れるのか」と』

「いや、まだそこまでの余裕は……。でも、気になる」

『結論から言おう。判らん！　残念じゃが、今の此方にお前を引き上げるだけの力はない。しかし、希望を捨ててはいかんぞ？　お主が信仰を集めれば此方の力も高まる。そうすればお主を現世に戻すこともできる——と、良いな、と此方は思っておる』

「微妙っ！　そして曖昧っ‼　つまりこの幽世、いや異世界で氏子を集めろと⁉」

元々宗教とは縁が薄い日本人。現世ですら氏子の減少に悩んでいるのが実情であり、涼香もそれを食い止めるのが精一杯。新しい氏子なんて獲得できていなかった。

地元ですらそうなのだから、縁もゆかりもない土地であれば、どれほど難しいか。考えるまでもないその事実に、涼香の口から思わず泣き言が漏れる。

「神様、いくらなんでも無茶すぎませんか？　巫女《みこ》に厳しすぎますよ！」

『とはいえ、さすがにそのままでは死んでしまうかもしれんからの。優しい此方は巫女であるお主に三つの権能を与えよう。これらを上手く使って生き延びるんじゃぞ？』

「ありがとうございます！　さすが神様、敬います‼」

まるで近くで見守っているかのような言葉。

涼香は即座に手のひらを返し、それぞれの権能に関する説明を読み進める。

「一つ目が《神託》。祈ることで神様からお手紙で返事を貰《もら》える。ただし、神様が答えられる範囲で。うん？　普通に言葉で——あ、案外こっちの方が良いのかな？」

第三者から見れば、『神様の声が聞こえる！』なんて怪しいことこの上ないし、紙で残してくれれば読み返すこともできて、他人に見せることもできる。

それに単純な答えならまだしも、長々と説明された場合はどうなるのか。

「一度聞いただけで完全に記憶するなんて、私には無理だしね。『答えられる範囲』という制限が気になるけど、さすがに神様も全知ではないか」

そもそも最初に『現世に帰れるかどうか判らない』と書いてあるわけで。

八百万《やおよろず》の一柱《ひとはしら》ならそんなものかと、涼香は『ふむふむ』と頷《うなず》き、次に進む。

「二つ目の権能は……《祈祷》？　お祓いやお守りに効果を持たせられる——って、現世では効果がなかったと言われると、巫女としては困るんだけど⁉」

神社にとってそれらは大事な収入源。立場的に、そして経営的にも、祭神から効果がないと言われてしまうのは、非常に困るわけで。

「――うん。きっと、これまでよりも効果がアップするんだね。そう思おう」

自身の精神衛生上と氏子のために、涼香はそう結論付け、最後の権能を確認する。

「三つ目は《奇跡》。むむむっ、これは……一番重要かも？」

それは、手で触れた物を別の物に変換する力。

例えば、ただの雑草を食べられる野菜に、泥水を綺麗《きれい》な清水に変えることもでき、涼香がこの世界で生き延びるためには、とても有用な力といえるものだったが――。

「文字通りに奇跡だけど……さすがに無制限ではないか」

変換に必要となるのは〝信仰ポイント〟。その消費量は対象物によって異なり、ポイントを獲得するためには、信者を増やして信仰を集めなければいけない。

「その他に使命《ミッション》や功績《アチーブメント》の達成でもポイントを貰えると。う～ん、なんだかゲームっぽい。ありがたいのは間違いないけど、神様が俗世に染まってる気がするよ……」

涼香はゲーマーというわけではないが、授与所に詰めている時間が長い関係上、一見すると仕事をしているように見えるＰＣゲームも多少は嗜《たしな》んでいた。それらのゲームと信仰ポイントという仕組みがどこか似通っている気がして、涼香はため息をつく。

「判りやすいけど、私の行動が神様に影響を与えたとしたら、ちょっと罪悪感が。——ま、今更か。一緒に入っていた巫女装束や大幣は……あぁ、こっちもありがたいかも」

涼香が今着ている物も含め、巫女装束は穢《けが》れや破れとは無縁な物に変化しており、異世界の衣料事情は不明ながら、年頃の女の子として凄《すご》く助かるのは間違いないだろう。

大幣は単なる巫女的シンボルではなく、破損することもない上に長さも自由に変更可能、《奇跡》を使う際に『手で触れる』代わりに、この大幣を使うこともできるようだ。

また、オマケのように見えた風呂敷も、見た目よりも多くの物が包《くる》める不思議な風呂敷であり、これから移動が必要な涼香にとってはとても便利な代物だった。

「逆にオマケだったのが、マスコット、と。御神体代わりに使えと？」

特別な機能はなく、実家の神社で売っているそのまま。そのマスコットを両手でもみもみし、柔らかな手触りで心を落ち着かせながら、涼香は最後の一文に目を落とす。

「『今の信仰ポイントの残量は折帖《せつじょう》で確認できるぞ。此方が伝えられるのはこれだけじゃ。お主の健闘を祈る！』と。で、これがその折帖《せつじょう》だね」

文箱に目を向ければ、そこには一冊の折帖——紙を蛇腹状に折り曲げて表紙を付けた本と数枚の短冊《たんざく》が残っている。涼香は折帖の方を手に取ると、中を見て小首を傾《かし》げた。

「ちょうど一〇〇〇ポイント。もしや、これが私の信仰心？　多いのか、少ないのか……。真面目にお仕えしてきたつもりだけど、盲信はしてないしねぇ」

今回の出来事で、涼香の信仰心が高まったのは間違いない。

しかし現世にいた時に、心から神の存在を信じていたかといえば微妙なところ。

巫女として奉仕していても、仕事という意識が強かったのは否定できない事実である。

「短冊の方は……なるほど、これが使命《ミッション》なんだ？」

書かれていたのは『氏子を獲得せよ』や『新たな巫女を作れ』、『本殿を建立《こんりゅう》せよ』などの一文。涼香は『功績《アチーブメント》はどこかな？』と折帖の方もパラパラと捲《めく》ってみるが、表紙裏に現在の信仰ポイントが書かれている以外はすべて白紙だった。

「功績《アチーブメント》はノーヒント？　狙って目指すものじゃないのかな？　ま、ゲームじゃないしね。でもこれなら、この幽世でもなんとか生き延びられるかも」

制限はあるけれど、与えられた権能はかなり強力なものである。

見えた希望に涼香は胸を撫で下ろし――手紙がもう一枚あることに気付く。

「昔は白紙を同封していたらしいけど……これは違うよね？　えっと？」

『追伸。耳と尻尾はオマケじゃ。世の中、獣耳《けもみみ》は大人気じゃからな！　可愛かろ？　これはきっとバズるぞ？　新たな氏子もがっぽがっぽじゃ！』

「…………」

突き付けられた現実に、涼香はあえて目を逸らしていたそれに視線を向ける。

最初から視界の隅で見えていた、何やら『もふっ！』としたもの。

時折動くそれに手を伸ばせば、柔らかな感触と共にお尻の方からむず痒《がゆ》さを感じた。

「…………」

涼香は傍《かたわ》らのポシェットを開け、取り出した手鏡を覗《のぞ》き込む。

まず目に入るのは、透けるように綺麗な金髪――しかし、これは元から。

涼香の両親は共に黒髪だったが、隔世遺伝なのか彼女は綺麗な金髪。小さい頃は少し悩んでいたが、今となっては涼香もこの髪を気に入っていて、手入れは欠かしていない。

しかし今、目を向けるべきはそこではなく、その上の部分。

ピンと立った三角形のそれは、明らかに獣の――おそらくは狐の耳。

オマケというだけあって人間の耳も残っているが、聞こえ方に違和感はなく、意識するとむしろ音がよく聞こえるようになった気がする涼香だったが……。

「確かに可愛《かわい》い。でも、そうじゃない！　ここにSNSは存在しないし、今はバズりなんて求めてない！　というか神様、サブカルに嵌《は》まってない⁉」

神社に人を呼ぶため、そしてお金を稼ぐために、涼香も色々と調べていた。

だからサブカルの知識も多少は持っているし、境内《けいだい》をコスプレ会場として貸し出すとか、アニメ風のイメージキャラクターで人を呼ぶとかも検討したことはあった。

――もっともそれらは、氏子の年齢層を考慮して断念するしかなかったのだが。

涼香《すずか》は再度手鏡を覗き込み、自分の姿を確認する。

そこに映るのは間違いなく、獣耳と尻尾の付いた金髪の巫女さんで。

「くっ、これはまさしく萌《も》えキャラ。確かにバズる！」

涼香の身長は一五〇センチにも届かない、一四五センチ。

容姿も整っているため、小柄で獣耳、尻尾を備えた姿は客観的に見ても可愛く、もしもネットに写真を載せようものなら、色々な意味で大人気になってしまうことだろう。

「けど、絶対に載せられないよね。ネットリテラシー、大事。――まぁ、今後、そのリテラシーを使う機会に恵まれるかが問題なんだけど」

こちらで死んでしまえば、ネットリテラシーなど無意味。

涼香は色々な問題点を棚の上に放り投げると、立ち上がって周囲を見回す。

「……なるほど、確かに異世界。あの丸いのは、やっぱりアレかな？」

一見すると普通の草原。しかし視線が高くなったことで、不思議な物が目に入る。

色は草を磨《す》り潰《つぶ》したような濁った緑色。形は少し潰れたボールみたいな楕円《だえん》形。

ゆっくりと動いているので、何かしらの生き物なのだろうが、涼香の乏しいサブカル知識でそれに当てはまるものは、スライムぐらいしかなかった。

「弱そうだけど……予断はせず近付かないでおこう。未知の存在だし」

そこから少し遠くに目を転じれば、ひよこのような鳥が二羽《わ》、ピヨピヨと鳴きながら跳ねている。薄黄色の羽毛で全身が覆われ、こちらも凶暴そうには見えないが……。

「もこもこで可愛い。撫《な》でてみたい。けど、やっぱり近付くのは悪手だよね」

──だって、明らかに大きいんだもの！

彼我の距離は数十メートル。ハッキリと見える時点で、決してひよこなどではない。

少なくとも犬よりは大きく、下手をしたら羊ぐらいのサイズはあるだろう。

「油断はダメ、絶対。現世と同じ感覚でいたら、足を掬《すく》われることになるかも。というか、この世界でこの耳と尻尾は大丈夫なのかな……？」

出来の良いコスプレと思われるなら幸い、事情を聞かれるならまだマシ、下手をしたら怪しげな奴《やつ》だと、問答無用で討伐の対象になるかもしれない。

「早速、《神託》の出番？　取りあえず、お試しで。祈れば良いんだよね？」

──神様、神様、この世界で耳と尻尾は、付いていても大丈夫なものでしょうか？

文箱《ふばこ》を手に持ってそう祈った瞬間、涼香は信仰ポイントが消費されたという、不思議な確信を得る。また、それと同時に文箱が光を放ち、中に新たな書状が現れた。

「なるほど、こんな感じ。えっと『開き直ればなんとかなる！　可愛いからの！』。いや、マジですか、神様？　それがすべての免罪符になるのは、一部界隈《かいわい》だけですよ？」

ついでに折帖も確認してみれば、そこに記されていた残りポイントは九〇〇。

涼香は自分の感覚が正しかったことを実感すると同時に、この程度の情報を得るだけで、一〇〇ポイントも消費してしまったことに肩を落とした。

「一割も減っちゃった……。厳しくない？　《奇跡》を試すのは保留だね、これは」

信仰ポイントは涼香の命綱である。

今後、どれだけ稼げるか判《わか》らない以上、無駄にはできないし、時間も勿体《もったい》ない。

「とにかく今は、暗くなる前に移動しないと」

涼香は風呂敷《ふろしき》にポシェットなどを包み直すと、どちらへ向かうべきかと辺りを見回す。

しかし、目に入るのは草原のみ。町もなければ道もなく、何の指針も見当たらない。

「場所が悪いね。危険性が低そうなことだけが、不幸中の幸い？」

「ギョエエエ――‼」

そんな涼香の言葉を否定するように、汚い鳴き声が響く。

慌てて空を見上げれば、目に入ったのは鳥のような、しかしとても巨大な影。遠すぎて正確な大きさは判らないが、あれからすれば涼香などその辺の野兎《のうさぎ》と大差ないだろう。

「——うん。危険、あるね、確実に」

ここから急いで移動する。

それは絶対だったが、指針がないことに変わりはない。

適当に歩き出すしかないかと思う涼香だったが、ふと足下に転がる石に目を留《と》めた。

「……折角だから、石占《いしうら》でもしてみようかな？　私の占いはお遊びレベルだけど、神様から不思議な力を与えられた今なら、的中率もアップしているかもしれないし」

などと言う涼香だが、彼女の占いはよく当たると、友人たちの間で評判だった。

切っ掛けは中学時代、『巫女《みこ》さんって占いもできそうだよね？』という曖昧な理由。

昔ならいざ知らず、現代の巫女は占いなんてしないのだが、少し面白そうと思った涼香が試しにやってみれば見事に的中。そういうのが好きな年代ということもあり、友人たちから求められるまま応えているうちに、涼香もいくつかの占いを身に付けていた。

もっとも、占いの大半は心理カウンセリングの意味合いが強く、涼香が当たると言われていたのも心理学的な技術に優れていた、という話であるのだが。

「今回の占いは完全に神様任せ。果たしてどうなるか……」

人を占う場合は雰囲気作りも重要。そのために小道具も使っていたが、自分のことを占うならわざわざ雰囲気を作る意味はないし、そもそも小道具自体が手元にない。

涼香は足下の小さな石を四つ拾い上げると、それを握って祝詞《のりと》を唱える。

「掛けまくも畏《かしこ》き緋御珠姫神《あけのみたまのひめのかみ》の大前《おほまへ》に、恐《かしこ》み恐み白《まを》さく――」

あんな調子の神様にこの祝詞《のりと》はないかも――などと思いつつも、涼香は石をポイ。

地面に転がったそれを読み解き、示された方へと歩き始めるが……。


僅か数分後、彼女はガクリと地面に膝をついていた。

「おぉう。神様を信じた私が愚かだった」

歩き出して間もなく、見えてきた森に『これで怪鳥の目から逃れられる！』と喜んだのも束《つか》の間《ま》、その森の入り口に転がっていたのは行き倒れた少女だった。

腐乱したり、獣に荒らされたりしていないことだけは救いだったが、いきなり突き付けられた厳しい現実に、涼香は少女に自分の将来の姿を幻視して地面を叩《たた》く。

「くっ。占いに従った結果がこれとか、さすがにないよ、神様……」

「う……」

「――あれ？　もしかして生きてる？」

微《かす》かに聞こえた声に涼香はハッと顔を上げ、俯《うつぶ》せで倒れている少女を観察する。

年齢はおそらく涼香よりも下。顔は土気色で長い黒髪はパサつき、肌はカサカサ。

僅かな身動《みじろ》ぎすらする様子はなく、とても生きているようには見えない。

だが、先ほどの声が空耳とも思えず、慌てて顔に耳を近付けてみれば、聞こえたのは微かな呼吸音。涼香は急いで彼女を仰向けにすると、その頭を自分の膝の上に載せた。

「嘔吐《おうと》物はなし。呼吸は浅く、脈拍は弱い。日差しはそこまで強くないし、体温も高いわけでは……いや、むしろ冷たいぐらい。気温や湿度を考えても熱中症ではなさそう」

涼香も仕事柄、境内で事故が起きたときに備えて、救急救命講習を受けていた。

ただし、それは飽くまで応急処置。救急車が来るまでの時間稼ぎでしかなく、当然ながら専門的な治療ができるほどの知識は持ち合わせていない。

「救急車は当然、医者も呼べない。今の私が頼れるのは《奇跡》だけ、だよね」

涼香がこの異世界を生き抜く上で、信仰ポイントの存在は非常に大きい。

だが生きていると判った以上、涼香に自分より幼い少女を見捨てる選択肢はなかった。

「とはいえ、何を作れば良いのか。異世界だし、万能なお薬とかあるかな？」

試しに近くの草を毟《むし》り、『この子を治せる薬草』と念じてみる。

「――あ、ダメだ。作れるけど、ポイントが全然足りないっぽい」

涼香が得たのは『手持ちのポイントではまったく足りない』という感覚。

具体的な値までは判らなかったが、圧倒的に足りないことだけは確信できた。

「それじゃ、仮にほうれん草なら——五〇ポイント？」

こちらは正確な値が頭に浮かび、涼香は『ふむ』と頷《うなず》く。

「ただの雑草から万能薬となると、差がありすぎるからポイントが莫大《ばくだい》に？　それじゃ、薬から変換すれば……？　ポシェットに痛み止めを入れておいたはず」

涼香は風呂敷を開いてポシェットを手に取るが、ふと、横に転がるペットボトルに目を留める。カロリーゼロ系ではなく、砂糖たっぷりでカロリーの塊であるコーラに。

「……コーラって、ハーブも入っているし、薬みたいな物だよね？」

ダイエットの天敵である糖類も、体の弱った人には重要な物質。

かなりの暴論ではあるが、少なくとも雑草よりは薬に近いと言えるだろう。

「試しにコーラから変換すると……三〇〇？　もしくは六〇〇？」

涼香の頭に浮かんだのは、何故《なぜ》か二つの必要ポイント。

現実的な値になったことにホッとすると同時、複数あることに疑問も覚える。

「どちらでも助けられる、ということかな？　他のことなら節約するところだけど、人の命が懸かっている状況でそれはないよね。後で困ったとしても」

後悔するかもしれないが、ここでケチるぐらいなら、そもそも助けようともしない。

涼香は覚悟を決め、ペットボトルを両手で握って神様に祈る。

「緋御珠姫神よ、この子を助けられるお薬を私にお与えください」

変化は一瞬だった。ポイントが消費される感覚と共にペットボトルが光を放ち――。

「これが《奇跡》――って、何これ？　すっごく、怪しいんだけど⁉」

コーラという見慣れた暗褐色の液体は、一瞬にして白濁液へと変わっていた。

色鮮やかな液体になったとしても、それはそれで戸惑っただろうが、濁ってドロリとした液体というのはとても薬には見えず、涼香の警戒心を呼び起こす。

「神様を疑うわけじゃないけど、これ、本当に飲ませても大丈夫……？」

眉根を寄せた涼香はパキリとペットボトルを開け、中身を蓋に注いで匂いを嗅ぐ。

「――ん？　これって……」

どこか覚えのある香りに、涼香は目をパチパチ。

くぴりっと口に含めば独特な甘さが広がり、とろりとした食感が舌に当たる。

「甘酒、だよね？　麹《こうじ》で造った。確かに飲む点滴とも言われるけど……」

だが、死にかけの人がこれを飲んで元気になるとは、とても思えない――と涼香が首を捻《ひね》った瞬間、不思議な感覚が彼女の全身を波のように走り、体がビクリと震える。

「ひゃうっ⁉　な、何が――って、あ」

涼香《すずか》の左手にあったペットボトルがない。

恐る恐る視線を下に向けてみれば、彼女の手から取り落とされたペットボトルは、不幸中の幸いと言って良いのか、少女の口にがぽっと嵌《は》まっていて――。

「うがぼぼぼ！　がぼばばっ！」

「あわわっ、マ、マズいよっ⁉」

少女の喉から響く危険な音に、涼香は慌ててペットボトルを引き抜く。

そして、すぐに少女を抱き起こし、その背中を軽くトントンと叩くと、それが切っ掛けとなったのか、少女が小さく咳《せき》をしてうっすらと目を開けた。

「けほっ。い、いったい何が……？」

「あなたは行き倒れていたの。お薬を飲ませてみたんだけど……大丈夫？」

涼香は少女の口元を汚す白濁液をササッと拭って証拠隠滅。

何事もなかったかのように優しく問いかけると、少女はぼんやりと涼香を見た。

「行き倒れ……？　私が？」

「うん。森の入り口で。具合はどうかな？」

状況を把握できず、困惑した様子の少女に改めて問いかけ、涼香はその顔色を窺《うかが》うが、先ほどまでの土気色とは明らかに異なり、とても健康そうな血色となっていた。

それどころかカサカサだった肌はぷるぷるに、パサパサだった髪まで艶々になっていて、事情を知らなければ、先ほどまで死にかけていたとはとても信じられないだろう。

――さすがは神様のお薬。ただの甘酒じゃなかったみたい。

「具合？　それは全然……。あなたが助けてくださったんですか？　ありがとうございます……。あっ、薬草が！　急いで集めないと！　今日中に一袋、ノルマが‼」

半ば呆然《ぼうぜん》とお礼を口にした少女は、すぐに焦《あせ》ったように立ち上がろうとするが、そのあまりの余裕のなさに、涼香は慌てて彼女の手を引いて抱きしめた。

「は、離してください！　薬草が、薬草が必要なんです‼」

「落ち着いて。やるべきことがあるのは判ったけど、今は自分の体のことでしょ？」

先ほどから何となく感じていたが、涼香はこういう人を現世で何度も目にしていた。

具体的には、ブラック企業勤めをしながら『最近、なんだか調子が悪いんです。何かに憑《つ》かれているんじゃないでしょうか？』とお祓《はら》いの依頼に来る人。

その度に『それは憑かれているんじゃなく、疲れているんです。まずは休め』と言いたくなった涼香だが、それで納得するようならお祓いになんて来るはずもない。

多少でも力になりたいと、カウンセリングの勉強もしてみたものの、結局は肉体的、精神的疲労をなんとかしないと冷静な判断もできないわけで。氏子ならまだしも、一見《いちげん》さんではお祓いをして少し話を聞くぐらいしかできず、正直、歯がゆい思いをしていた。

もっとも、そうやって涼香が対応したブラック企業戦士は、彼女のお祓いの常連になっているので、まったく効果がなかったわけではないのだろうが。

「で、でも、私がやらないと――！」

疲労で情緒が不安定になり、突然泣き出す、怒り出すというのもよくあること。

むずかるように身を捩《よじ》る少女の背中を優しく撫《な》で、涼香は努めて穏やかな声を出す。

「それはあなたにしかできないこと？　他の人ではできない？」

「えっ……？　け、けど、私には責任が……」

「それは本当に？　自分を犠牲にしてでも果たすべき責任なの？　一番大事にするべきは自分の体だよ。死んでしまったら何にもならないんだから」

おかしな責任感に訴えかけて無理に働かせるのは、ブラック企業でも定番の手法。

本当は負うべき責任などないのでは、と涼香に諭され、少女はいつの頃からか自身の思考を覆っていた霧のようなものが晴れていることに気付き、逆に混乱する。

「そう、ですよね？　そもそも急患がいるわけでも……あれ？　なんで私……」

「焦らなくて良いよ？　体の調子はどう？　気分は悪くない？」

「大丈夫です。でも、もう少しだけ、このまま……」

「うん、さっきまで死にそうな顔してたんだから、しばらく休んで」

「はい……温かくて良い匂いがします……」

呟《つぶや》く少女を膝の上に抱くようにして、そのまま数分ほど。落ち着いたのか、ゆっくり体を起こそうとする彼女を、今度は涼香も邪魔はせずに手を離した。

「すみません、私ったら、年上なのに甘えちゃって……」

冷静になったからか、少女は恥ずかしそうに頬を染めて涼香を見る。実際、彼女は涼香よりも大人びて見え、先ほどの光景は子供に泣きつく大人の姿だったのだが——。

「気にする必要は——ん？　ちょっと待って？　あなた、何歳？」

「え？　一五歳ですが……」

少し背の低い涼香が年齢を間違われるのは、いつものことではある。

だが主張はしておきたいと、涼香は自分と少女を比べるように指さして口を開く。

「私、一七歳。あなたより年上」

「え？　えぇ!?　見えません！　——って、あれ？」

驚きに声を上げた少女は、涼香から少し身を離して改めて涼香の全身を確認。

ゆっくりと動いた視線が、涼香の頭の上でピタリと止まった。

「頭の上に、み、耳がありますよ……？」

「うん、そうだね。それが？」

やっぱり気付くよね、と思いつつも、涼香は平然とそれを肯定する。

日常の光景である年齢間違いよりも、むしろこちらが正念場。

神様の『開き直ればなんとかなる！』という言葉を信じて堂々とした態度を取れば、少女は戸惑ったように涼香の顔と獣耳の間で視線を行き来させた。

「えっ？　そ、その……変じゃありませんか？」

「全然、まったく。普通、普通。よくあること。変じゃないよ？」

「よくあること……そう言われると……い、いえ！　ないですよ⁉　よく見たら尻尾まであります！　獣の耳と尻尾がある人なんていません‼」

少女は『もしかして自分が間違っているのかも？』と一瞬騙《だま》されそうになりつつも、ハッとしたように涼香の尻尾をビシッと指さすが、涼香はまだ諦めなかった。

「本当に？　あなたが知らないだけじゃなくて？　よーく、思い出してみて？」

少女の両肩に手を置き、その瞳を覗《のぞ》き込むようにして囁《ささや》く。

その声と視線に誘われるように、少女の目がグルグルし始めた。

「え、えぇ……？　う、う～ん……あ。大昔、神獣の眷属《けんぞく》の方々には、神獣の徴《しるし》が体に表れていたという伝説があったような……？」

「じゃあ、それ」

「そう――って、『それ』じゃないですよっ⁉　不敬です！　私の遠いご先祖様は神獣に仕えた巫女《みこ》だったんですよ⁉　それでも、そんな耳や尻尾はなかったたって――」

「いやいや、伝わってないだけかも？　案外あなたも、ある日突然生えたりするかも？」

「な、い、で、すっ！　はぐらかさないでください！」

少女は鼻息も荒く、両手をギュッと握って強く断言する。

――さすがにここまでか。神様、世の中そんなに甘くないみたいですよ？

『仕えた巫女』と気になることも言っていたし、これ以上ゴリ押ししても不信感を招くことになりかねない。そう判断した涼香は、大きく息を吐いた。

「ふぅ。解《わか》った。きちんと説明するね。でも、その前に自己紹介をしようか？」

「あっ！　す、すみません！　助けて頂いたのに問い詰めるようなことを……。えっと、私の名前はソティエールです。ソティって呼んでください」

「ソティだね。私は御守《みもり》涼香――スズカで良いよ。でも、私の事情はそんなに複雑でもないんだけどね。事の起こりは、別の世界からこの世界に落ちたところかな？」

「……いえ、初《しょ》っ端《ぱな》からとんでもないんですが？」

どこか胡乱《うろん》な目を向けるソティエールに対し、涼香は苦笑して肩を竦《すく》める。

「とんでもないけど、複雑ではないから。お仕えしていた神様が私を憐《あわ》れんで、この耳と尻尾、それといくつかの力を与えてくれたの。ソティを見つけたのはその直後だね」

涼香自身、まだ完全には呑《の》み込めていなかったが、現実として耳と尻尾は存在するし、ソティエールを癒やせたことからして、与えられた力は夢幻《ゆめまぼろし》ではない。

ひとまず正直に説明して、命を助けたことを恩に着せてでも納得してもらおうと考えていると、ソティエールから返ってきたのは、涼香にとって意外な質問だった。

「耳と尻尾の形からして、その神様は狐《きつね》の？」

「え？　うん、そう言われているけど……。それって重要なの？」

「重要ですね。やはり神獣ということでしょうか？　つまり、その神様に認められたスズカさんは、ただの巫女ではなく神獣の眷属ということに……？」

「いや、別の世界のことだから、その神獣？　とは違うと思うけど」

緋御珠姫《あけのみたまのひめ》は現世の神。この世界の神ではないはずと涼香は首を捻る。

「いいえ、そんなことはありません。この世界で力を行使している時点で、何らかの関わりがあることは間違いないと思います。それに神獣の伝説に依《よ》れば、他の世界に飛ばされたという神獣の逸話も残っていますから」

「そう、なのかなぁ？　断言されるとそんな気もしてくるけど……その伝説って？」

「この世界では誰もが知っている創世の神話です。ものすごく簡単に纏《まと》めるなら『黎明《れいめい》の時代、世界は〝闇〟に覆われて滅亡の危機に瀕《ひん》した。神獣の方々は力を合わせて〝闇〟に立ち向かい、それを打ち祓って世界を救った』というお話ですね」

神話としては、そこまで突飛な内容ではないだろう。

また、世界中の神話を当たれば、獣の姿をした神も珍しくはないし、涼香はいろんな意味で柔軟性抜群な日本の出身。『なるほど』と頷《うなず》き、ソティエールに目を向ける。

「それじゃ、この世界では、神獣を信仰する宗教が力を持っているの？」

宗教が力を持つ社会というものは、余所者《よそもの》には生きづらい。

だが、自分が与党になれるのなら話は変わってくる。

少し期待して尋ねた涼香だが、しかしソティエールは困ったように首を振った。

「残念ながら。ほとんどの神獣は〝闇〟との戦いで力を使い果たした、と伝えられています。精神的な崇拝の対象ではありますが、今力を持っているのは唯一神カドゥを崇《あが》める宗教で、一般的に教会と呼ばれています」

「へぇ、唯一神。そうなんだ？　……私、大丈夫かな？」

多神教と比べ、一神教は融通が利《き》きづらい。

少し不安そうに眉尻を下げた涼香を安心させるように、ソティエールは微笑《ほほえ》む。

「絶対的な力を持っているわけではないので、そこまで心配する必要はないかと。ただ残念なことに、明確に神獣を崇める宗教は、ないに等しいような状況で……」

「眷属としてチヤホヤされるのは、無理ってことだね」

期待してたわけではない。ただ少しだけ、氏子を集めるのに協力してもらえるかも、とは思っていた涼香は肩を竦め、気を取り直すように「ふむぅ」と息を吐く。

「ま、そんなものだよね、現実って。――次はソティの事情を教えてくれる？　なんでこんな所で死にかけて、そして、なんであんなに焦っていたのか」

「あ、はい。私の方が先にお話しするべきでした。スズカさんは恩人なのに」

「それは気にしなくても良いけど、できるなら教えてほしいかな」

少し話しただけでもソティエールが良い子であることは解ったが、先ほどの彼女の反応は、ブラック企業などの危険な団体に所属して扱《こ》き使われている人に近いもの。

できれば助けたいが、現世ですら対処が難しい問題。

こちらの事情に疎《うと》い自分が下手に首を突っ込めば、逆効果になるかもしれない。

だからこそ事情を聞きたいと涼香《すずか》が問えば、ソティエールは考えを纏めるようにしばらく沈黙すると、自分の胸に手を当ててゆっくりと話し始めた。

「私は先ほどの話に出た、教会に所属する聖女見習いになります。教会は町で病気や怪我《けが》の治療を担《にな》っていて、そこで使う薬草を集めるためにこの森に来ました」

「えっと、つまり医者とか薬局とか、教会にはそういう役割もあるってこと？」

「はい。むしろその分野を独占していると言っても良いと思います。教会以外にしっかりとした治療を施せる場所は、現状ではほとんどありません」

「ほ、ほう、独占……。それで？」

なんだか焦臭《きなくさ》いものを感じ、涼香の眉間に皺《しわ》が寄るが、歴史を辿《たど》れば寺社が治療の主体だった時代もある。自分の考えすぎかもしれないと、ソティエールに先を促す。

「そんな事情から、教会では常に治療に使う薬草を集めているんです。私たちのような下《した》っ端《ぱ》にもノルマがあって、一定数の薬草を集めてこないと叱責されます。薬草が足りないばかりに人が死んだら、お前はどう責任を取るんだ、と」

「ええ？　そんなに需給が逼迫《ひっぱく》しているの？　疫病でも流行《はや》っているとか？」

「いえ、そんなことは。採取量や使用量からすると、在庫も問題ないはずです」

常日頃から薬草が足りないのなら、それは仕事を管理する側の問題であり、下っ端を扱き使って辻褄《つじつま》を合わせようとするのは、典型的な労働力の搾取《さくしゅ》だ。

あまりにも判《わか》りやすいブラックな労働環境に、涼香は慎重に言葉を選ぶ。

「それなら、どうしてソティは体を壊してまで無理を続けているの？　神様への信仰心？

それともお給料が良いから？　倒れるまで頑張る必要があるの？」

「私が教会で働き始めたのは、信仰心ではなく、病気の人を助けたかったからです。お給料もほとんど貰《もら》った記憶は……え、なんで、私、こんなに……？」

改めて指摘した涼香の言葉を反芻《はんすう》し、ソティエールは目を大きく見開いた。

その視線は動揺で定まらず、顔からも血の気が引いていく。

「厳しい研修を乗り越えて、教会の一員になれて——なれて？　私、別に教会には……。でも、使命が——え、使命って？　私は病気を治したいと……な、なん——」

「落ち着いて、ソティ。それって、どんな研修だったの？」

涼香は穏やかに尋ねつつ、微《かす》かに震えるソティエールの手を取る。

ソティエールは縋《すが》るようにその手を握り返し、ポツリ、ポツリと話し始めた。

「え、えっとですね、まずは新人を山奥の研修施設に集めて——」

彼女の語るそれは、涼香の知る典型的なブラック企業の手法とあまりに一致していた。

まずは外部から遮断、その上で過酷な労働を課して睡眠時間を減らし、肉体的にも精神的にも極度の疲労状態に置いて、弱ったところで徹底的に人格を否定。

それから擬似的な救いを与えて、組織にとって都合の良い思想を吹き込む。

これは一種の洗脳であり、成人した大人でもなかなか抜け出せなくなるのだから、まだ中学生ぐらいの子供が相手なら、その効果は言うまでもない。

「ちなみにだけど、教会の治療は無償で？　苦行を修行とする宗教もあるけど」

苦行を修行とする宗教もある。それで人を救っているならまだ……。

「いいえ、むしろ高額な治療費を取っていました」

「うん。アウトだね。私的にはもう完全に悪徳宗教だよ」

人格が未成熟な子供を洗脳して利用するような宗教は、絶対に許してはいけない。

涼香はそう確信しつつも、そんな教会が力を持っていることに目眩《めまい》を覚える。

「そう、ですよね？　冷静に考えれば当たり前なのに、何故《なぜ》疑問を覚えなかったんでしょう？　たとえ、神の教えを広めるためには資金が必要と言われたとしても」

ソティエールが眉根を寄せて暫《しば》し考え込み、やがて「あっ」と声を上げる。

「そういえば、研修所には常にお香が焚《た》きしめられていたような？　もしかして……」

「怪しいね、すっごく」

宗教にお香はつきものなので、無害な物という可能性もある。

だが状況を考えると、涼香には怪しげな薬を使っていたとしか思えなかった。

「今は大丈夫？　見た感じは元気そうだけど」

「はい、頭も体もスッキリ――あれ？　私、なんでこんなに元気なんですか？」

ソティエールも治療に携わる人間、冷静になれば、今朝までの自分が非常に危険な状態だったことは理解できた。それこそ、行き倒れたのも当然と思えるほどに。

しかし、今の自分は近年ないほどに快調。普通ならあり得ない事態に、いったい何故と涼香を窺《うかが》うと、ニコリと笑って差し出されたのはペットボトルだった。

「その理由はこれかな？　ちょっと特別なお薬なんだけど……もう少し飲んでおく？」

「えっと……は、はい、頂きます」

ペットボトルに残る白濁液は、三分の一ほど。

その見た目の怪しさにソティエールは少し躊躇《ちゅうちょ》するが、相手は命の恩人である涼香である。おずおずと受け取って、ゆっくりと口に含み——大きく目を見開いた。

「——っ！　こ、これ、なんですか⁉　異常な回復力を感じるんですけど⁉」

「ふふっ、神様から与えられた力の一端《いったん》かな。それで作ったお薬だよ」

「神様の？　まさか、これがネクタル？　いえ、これはそれ以上の……」

「え？　ネクタル？　そのネクタルって？」

「どんな病気も治すという神酒《しんしゅ》です。でも、ネクタルでも一気に回復することは——って、今気付きましたけど、私の肌や髪、健康というレベルじゃないですよね⁉」

「うん。輝いてるね。可愛《かわい》いよ？」

涼香が微笑んで『いいね！』と親指を立てると、ソティエールは小さく「ありがとうございます」と言って照れたように頬を染めるが、すぐにプルプルと首を振った。

「いえ、そうではなくてですね？　言うまでもなく、これはとんでもないお薬なんです。王族が金貨を積んでも手に入らないような物ですよ、絶対」

「そっか。でも、それは飲んじゃって。残しておいても意味はないと思うし」

「なんでそんな気軽に――!?　とても飲めません!!」

劇的な効果を目の前で見ているので、涼香も貴重な物であるとは理解している。

しかし、元はコーラ。現在は甘酒もどき。

いくら特別な薬でも常温に放置すれば傷みかねないと、ソティエールに勧めるが、彼女は必死に首を振って、半ば強引に涼香にペットボトルを握らせた。

「う～ん、そっか。それじゃ、私が飲んでおこうかな」

今のところ健康に不安はない涼香だが、ここは異世界である。未知の病気だってあるかもしれず、飲んでおいて損はないかと、ペットボトルに口を付けた。

「あ……」

「ん？　やっぱり飲みたかった？」

「いえいえいえ！　そんなことないですっ！」

小さく声を漏らしたソティエールに涼香が小首を傾《かし》げると、ソティエールは少し頬を赤らめて慌てたように手を振り、涼香は「そっか」と応えてペットボトルを傾ける。

「――っ。くぅぅ」

最初の時ほどの衝撃はないが、体の老廃物が一気に押し流されるような爽快感。

エナジードリンクのような一時的な興奮作用ではなく、体質が根本的に改善されるような感覚に、涼香は思わずギュッと目を閉じ、小さく声を漏らした。

「……ふぅ。凄《すご》いね、これ。少し大袈裟《おおげさ》だけど、生まれ変わったような気分かも」

「ですよね？　スズカさん、こんな物を簡単に作れるなら大問題になりますよ？」

「あー、だよね。でも、簡単では――というか、もう作れないかも？」

「もう作れない……。そんな貴重な物を私に……？」

涼香がこの薬を作るのに消費したのは六〇〇ポイント。手持ちのポイントからすると決して少なくはないが、それよりも重要なのはおそらく元となったコーラだろう。

雑草からの変換では莫大《ばくだい》なポイントが必要で、それだけのポイントを貯《た》めることは容易ではないし、それ以外の物を元にしたとしてもコーラほどの稀少《きしょう》性は期待できない。

涼香としてはソティエールを安心させるためにも『もう作れない』と言ったのだが、それを聞いた彼女は深刻そうに考え込むと、やがて真面目な顔で切り出した。

「スズカさんはこれからどのように？　やはり元の世界に戻りたいですよね？」

「それはね。でもそのためには、ちょーっと困難な試練があるんだよねぇ……」

そう言って涼香は困ったように笑うが、ソティエールは逆に表情を和らげた。

「戻れる見通しはあるんですね。では私にも、そのお手伝いをさせて頂けませんか？」

「え？　それは願ってもないことだけど……良いの？　教会のこととか。いや、正直に言うと、戻らない方が良いとは思うんだけどね？」

「構いません。その歪《いびつ》さを認識した今となっては、とても戻る気にはなりませんし」

「やっぱり？　それなら私も安心かな。心配だったから」

脅されたり、言いくるめられたりで、自分では辞めにくいのがブラック企業。

だからこそ、戻らないときっぱりと断言したソティエールに、これもあの『甘酒』の効果かと涼香はホッと胸を撫《な》で下ろし、ソティエールは嬉《うれ》しそうに微笑《ほほえ》む。

「心配してくださってありがとうございます。どうせ私が戻らなくても、森で死んだと思われるだけ。教会は疑問にも思わないでしょう。まともに思考できるようになった今、改めて思い返せば、ここ最近の私は明らかに過労で死にかけでしたし？」

ソティエールはそう言いながら「フフフ……」と、どこか冥《くら》い笑いを漏らす。

実際、涼香が助けなければソティエールは死んでいただろうし、そんな状態でも扱き使っているのだから、教会は彼女を消耗品程度にしか思っていないのだろう。

「まぁ、教会についてはもう良いです。それよりも、試練について具体的に訊《き》いても良いですか？　スズカさんは命の恩人、全力で取り組ませて頂きます！」

ふんすっ、と鼻息も荒いソティエールだが、事はそう簡単ではない。

涼香《すずか》が授かった力はとても強力で、やり方次第では悪用もできる。軽々に他人に教えることはできないが、しかし教えなければ、氏子を集めるために活用もできない。

——つまりは、私がソティを信用できるか。でも、迷うことでもないかな？

ソティエールの瞳をじっと見つめた涼香は、直感に従ってすぐに答えを出した。

「簡単に言えば、信仰を集めろってことなんだけど、そのために——」

涼香が選択したのは、信仰ポイントや使命《ミッション》なども含め、すべてを打ち明けること。

詳《つまび》らかに説明する涼香の言葉を最後まで聞き終え、ソティエールは大きく頷《うなず》く。

「なるほど、つまり狐神《きつねがみ》の宗教を興《おこ》すということですね」

「そう、なるのかな？　他に方法もないし」

信仰を集めるというだけで、具体的なことは決めていなかった涼香。

しかし改めて考えると、こちらに神社という組織が存在しない以上、新たな宗教団体を作らなければ氏子を獲得して信仰を集めることなど、できるはずもなかった。

「これも神様の思し召《おぼめ》しかもしれません。先ほど私のご先祖様が巫女《みこ》だったとお話ししましたが、実はご先祖様が仕えていたのは、狐神だったと伝わっているんです」

「へー、それは偶然——じゃないのかな？　ここに来たのは占いの結果だから」

「やはり、そうなのですね。スズカさんに仕えてお支えしろというのが、神様のご意思なのでしょう。スズカさん、私を氏子に——いえ、巫女にしてください」

「私は助かるけど、良いの？　すぐには終わらない。何年も、何十年も掛かるかもしれない。下手をすれば死ぬまで巫女を続け、ずっと私と一緒ということすら……」

できるだけ早く帰りたいと思っている涼香だが、神様は期間どころか、帰れるとも明言しなかった。最悪、こちらで一生暮らすことになる可能性だってないとはいえない。

確かにソティエールの命を救いはしたけれど、その恩返しが一生続くというのはさすがに重すぎる。そう思っての確認だったが、ソティエールは躊躇《ためら》いもなく頷く。

「構いません。私の親は既にいませんし、きちんと恩を返さなければご先祖様にも顔向けできません。巫女になるのであれば、それぐらいの覚悟はあります！」

——いや、私の方にそんな覚悟がないよ？

少々重いソティエールの宣言。いうなれば、人生を引き受けるようなもの。

しかし、涼香が彼女の手助けを欲《ほっ》しているのは、間違いないわけで。

――ま、恋人ができたり、結婚したりすれば、ソティの気持ちも変わるかも？

自分もソティエールもまだまだ若い。何かあればそのときに対処すれば良いかと、涼香は面倒事を未来の自分に放り投げ、ソティエールに微笑みかけた。

「えっと、それじゃ、これからよろしくね、ソティ」

「はい！　こちらこそよろしくお願いします、スズカさん――いえ、スズカ様！」

「うん。――ん？　様？　普通にさん付け、いや、むしろ呼び捨てでも良いんだよ？」

「それはダメです！　私が巫女ならスズカ様は眷属《けんぞく》。これから氏子を増やしていくおつもりなら、まずは私が敬う姿勢を見せなければ、組織として成り立ちません‼」

ソティエールは両手の拳をギュッと握り、きっぱりと否定する。

「え、えぇ……？　確かにそうだけど……」

合理的に考えれば、ソティエールの言葉には一理ある。

だが寄る辺のない異世界で、涼香が初めて会った人でもあり、加えて同性で同世代、できれば友達になりたいと考えていたし、一線を引かれてしまうのは少し寂しかった。

しかし、それはそれとして、互いをまだよく知らないのも事実であり……。

「――解《わか》った。なら、ソティ。巫女としてよろしくね？」

「お任せください。必ずや、お役に立ってみせます」

無理に踏み込むべきではないかと気持ちを切り替え、涼香が微笑みながら手を差し出すと、ソティエールは真剣な顔で涼香の手を握り返した――次の瞬間、まるでそれを待っていたかのように、傍《そば》に置いていた風呂敷《ふろしき》包みが光を放った。

「「えっ？」」

二人が揃《そろ》って声を上げ、直後、涼香は『そういえば！』とその理由に思い至る。

すぐさま風呂敷を解いて文箱《ふばこ》を開ければ、折帖《せつじょう》と短冊《たんざく》が二つ、ぼんやり光っていた。

「スズカ様、それが使命《ミッション》ですか？」

「そうだよ。『新たな巫女を作れ』と……あ、『氏子を獲得せよ』も達成なんだ？」

光っていた使命《ミッション》の短冊はその二つ。

それぞれの表面に、五〇〇と一〇〇〇という光る数字が浮かび上がっている。

「この数字が報酬の信仰ポイント――あっ」

涼香がそっと数字に触れると短冊が光の球に変わり、折帖に吸い込まれた。

「消えちゃいました。これが神の御業《みわざ》……凄いですね」

「だね。まぁ、重要なのはポイント数の方なんだけど――ん？　八三〇〇⁉」

見間違いかと二度見するが、折帖に書かれていたのは確かにその数値。

――お、おかしいな？　計算が合わないよ？

元々残っていた三〇〇ポイントを加えても、二〇〇〇ポイント余計に増えている。

「いつの間に……。あ、もしかして、ソティの信仰心？」

心当たりはそれぐらいだったが、二〇〇〇ポイントは涼香の二倍である。

熱心に信仰していたとは言えないが、それでも物心ついた頃から巫女だった涼香である。

自身のアイデンティティの危機に、少しもやっとしてしまうのも当然だろう。

「むむ。軽い――もとい、親しみやすい神様、とか思ったのがダメだった？」

異世界に来たことで涼香は神様の実在を確信したが、逆に畏敬の念は下がっている。

つまり信仰という点から見れば、『信じる』気持ちはアップしたが、『仰ぐ』という部分は微妙にダウン。総合的に点数を付けるならば――。

「……うん。ま、いっか。それより気になるのは、次のページだね」

折帖に追加されていたのは、『功績《アチーブメント》　初めての巫祝《ふしゅく》』の記述。

その下では『報酬　一万ポイント』という一文がピコピコしていて、涼香がそこに触れると光の点滅が収まり、信仰ポイントが一気に一万八三〇〇にまで増えた。

「なるほど。功績《アチーブメント》はこういう感じなんだ？　巫祝は神職の意味だから……ソティが巫女になってくれたから達成できたみたいだね。ありがと」

「いえ、私は……。それよりも、そこに書かれているのが残りポイントなんですか？」

「あ、ソティは読めないのか。そう。一万八三〇〇って書いてあるの。——うん？　でも、言葉は通じているよね？　私も普通に理解できているし、神の御業かな？」

非日常な状況で失念していたが、本来はそれも不思議なこと。

どういうことかと首を捻《ひね》る涼香に、ソティエールは辺りを見回すと、近くに落ちていた自分の鞄《かばん》から紙を一枚取り出し、そこに書かれた文字を涼香に示した。

「眷属の方であればあり得ることかと。ちなみに、この文章は読めますか？」

「——ダメだね。残念、神様も文字には対応してくれなかったかぁ。くっ、贅沢《ぜいたく》かもしれないけど、折角なら読み書きもできるようにしてほしかったよ」

少し拗《す》ねたように涼香が口を尖《とが》らせると、ソティエールは小さく笑う。

「ふふっ、でも、私にもお仕事があるようで、少し安心しました」

「いやいや、ソティには他にもいっぱい頼るつもりだよ？　私はこっちの宗教事情とか、さっぱり解らないもの。だから、覚悟してね？」

「お任せください。幸か不幸か、教会では色々勉強させられましたから。その中には信者の獲得方法や、新しい教会を造るときのノウハウもあります」

「あ、それは助かる。私は積極的な勧誘なんてしたことないし、入信者を集める手法はさっぱりなんだよねぇ。もちろん、宗教の作り方についても。教えてくれる？」

「そうなんですか？　では、僭越《せんえつ》ながら少しばかり、これからの指針を」

涼香に頼まれソティエールはどこか得意げに胸を張ると、人差し指をピンと立てた。

「まず宗教に必要なのは、利益、象徴、教義です」

「ほうほぅ？　少し生臭いけど、利益というのは現実的だね。それで？」

「はい。利益と象徴は勧誘に必須です。教義は後回しでも良いのですが……。ちなみに、スズカ様は元々狐神を祀《まつ》っておられたと思いますが、どのような教義が？」

「う〜ん、私の宗教は少し特殊で、明確な教義を持ってないんだよねぇ。〝言挙げせじ〟という考え方――解りやすく言うと、相手を明確に否定してしまうより、ある程度の柔軟性と受け入れる余地を持って仲良くやりましょう、という宗教だから」

明確な教義を持つことは、それ以外を拒絶することにも繋《つな》がる。

教典に書いてあるから可、書いてないから不可。

そういった硬直化を避けるためにも、明言しないという考え方である。

「あえて教義というなら、〝浄明正直《じょうめいせいちょく》〟かな？　清く明るく、正直に生きましょうという普通のこと。だから罪や穢《けが》れを嫌い、祓《はら》い清めることが重要という考え方なの」

涼香も神職の勉強はしているので小難しく語ることもできるが、大らかさが神道《しんとう》の良いところ。本質を簡単に纏《まと》めて伝えると、ソティエールは笑顔で両手をポンと合わせた。

「なるほど、誰でも理解でき、伝えやすく、悪人以外は受け入れられる。とても良いと思います。それを教義として広めていきましょう！」

「懐《ふところ》の大きさが売りだからね。あとは利益と象徴？」

「はい。まず利益ですが、これは治療の提供が良いと思います。私も薬草などの知識に関しては自信がありますので。教会のお株を奪ってしまいましょう」

教会が力を持っているのは、治療技術をほぼ独占しているから。

結果、請求される治療費は高く、人々からは必ずしも好意的には見られていない。

「なので、私たちが良心的な料金で治療を行えば、信者も集まると思います。私が作ったお薬をスズカ様の《奇跡》で少し強化すれば、更に完璧です」

「それなら、ポイントの節約と競争力が両立できそうだね。でも、正面から争うのは危険じゃない？　ソティに酷《ひど》いことをした教会は、私もなんとかしたいけど……」

「いえいえ、争うつもりはありませんよ？　――今はまだ」

「え、まだ……？」

やや不穏な言葉。しかし、ソティエールはニコリと微笑《ほほえ》んで続ける。

「なんでもありません。私たちが狙うのは教会が存在しない開拓村です」

それは国の施政下にない辺境や、人が住めない場所を開拓するために造られる村。

開拓に成功すれば爵位と領地を認められるので、行き場のない人たちが最後の希望として、もしくは金持ちが野心で挑戦するのだが、当然のように成功率は非常に低い。

「逆に言えば、そんな環境なら私たちも紛れ込みやすい？」

「そうです。領主がいませんから、村人に受け入れられれば定住できます」

「なるほど……。でもさ、村を造るときに一緒に教会を造ったりはしないの？　そういった場所を開拓するときこそ、怪我《けが》や病気の治療ができる人が必要だよね？」

涼香《すずか》たちにとっては好都合だが、普通に考えれば不合理。

そう思って尋ねた涼香だが、ソティエールは目を瞑《つぶ》ってゆっくり首を振る。

「教会が来るのは、村が発展して利益が出るようになってからです。しかも、治療師を派遣してやるから、立派な教会を建てて迎えろとか平気で言いますし。必要なので仕方なく受け入れるようですが、当然、そういった村で教会は好かれていません」

「ええ……？　そりゃそうだよ。一番必要な時期にいないんだから」

「はい。一部、薬師《くすし》がいる村もありますが、大抵は町に治療を受けに行くか、大金を払って教会の治療師を呼ぶか。つまりそこに、私たちが付け入る隙があるわけです」

「確かに可能性はありそうだね。人助けにもなるし、反対する理由はないかな？」

「単純に『神様を信じろ』と言っても難しいですからね。実利はやはり強いです。さて、三つ目。宗教の象徴ですが、実はこれが一番簡単です」

「そうなの？　象徴、つまりは祈りの対象だよね？」

御神体や仏像、イコン、もしくは聖地など。儀式を伴うのが宗教だが、対象もなく祈るというのは案外難しいようで、大抵の宗教では何かしら存在している。

「私たちだと神社かな？　小さなお社でも造る？」

補修にすら多額のお金が掛かる神社、建立《こんりゅう》ともなればどれほど必要か。

神社の運営にも関わっていた涼香であれば、それを想像することも容易である。

故に『小さなお社』と口にしたのだが、ソティエールは首を振ってそれを否定する。

「長期的には必要でしょうが、仮に開拓村に受け入れられても、私たちだけでそれを造ることは困難。まずは手伝ってくれる信者を集める必要があります」

「でも、そのためには象徴が必要、と。卵が先か、鶏が先か。どうするの？」

「ご安心を。狐神《きつねがみ》が祈りの対象であると、ハッキリ認識させるものさえあれば事足ります。そして幸いなことに、それは既にあります。スズカ様という存在が」

「ほほう、それなら何の準備も必要ないね。——って、私⁉」

瞠目《どうもく》して自分を指さす涼香に、ソティエールは鷹揚《おうよう》に頷《うなず》く。

「大丈夫です。スズカ様のお姿は神獣の眷属そのもの。象徴として不足はありません。そのお姿を目にすれば、多くの人は自然と頭《こうべ》を垂れることでしょう」

「いや、さすがにそれは……。い、一応、神様からこんなのも貰《もら》っているけど？」

涼香が慌てて風呂敷を漁《あさ》り、取り出したのはゆるキャラのマスコット。

しかし、それを目にしたソティエールは困ったように笑う。

「可愛《かわい》いと思いますが、祈りの対象としては少々……」

「だ、だよね……。ゆるキャラ、頑張ってデザインしたんだけど」

異世界にはちょっと早すぎたらしい。いや、単に目的の違いかもしれないが。

涼香は若干肩を落とすが、申し訳なさそうなソティエールは更に続ける。

「それから、スズカ様の見た目は文句なしなのですが、立ち居振る舞いが少々……」

「えっと、私も丁寧で慎《つつ》ましやかな対応はできるよ？　神社の巫女《みこ》も客商売だからね」

加えて涼香は、巫女として厳しく育てられているため、現世の同年代の女子と比較するまでもなく、かなりしっかりとした礼儀作法を身に付けている。

そう主張する涼香に、ソティエールは「違います」と言って首を振る。

「むしろ尊大さが必要です。神獣の眷属《けんぞく》といえば、普通の人からすれば神にも等しい存在。舐《な》められないように多少偉そうな態度でいた方が良いと思います」

「偉そうで、尊大……？」

想像とは真逆。涼香にとっては完全に未知の領域。

困り顔の涼香の耳元で、ソティエールは「例えばこんな感じで……」と囁《ささや》く。

「……ええ？　それをやるの？　私が？」

「はいっ！　是非！　威厳たっぷりに！」

正直恥ずかしい。しかし、期待感に輝く瞳で見つめられ、涼香は覚悟を決める。

「――コホン」

胸を張って立ち、獣耳をピンと立て、豊かな尻尾をふわりと揺らし。

薄い胸元に右手を当てて、涼香は堂々と宣言する。

「我は狐神の眷属たるスズカじゃ。崇《あが》めるがよい！」

「か、可愛《かわ》――っ！」

ソティエールが口元を押さえて仰《の》け反《ぞ》る。

対して涼香は恥ずかしさに耳まで赤く染め、そんな彼女にジト目を向けた。

「ねぇ、こんなので良いの？　私、騙《だま》されてない？」

「完、璧、です！　スズカ様、可愛すぎませんか⁉　推せます！」

「いや、推されても⁉」

――っていうか、この世界にも推しの概念があるの⁉

「肌も綺麗《きれい》で、耳と尻尾も似合っていて素敵です！　輝くような毛並みには神々《こうごう》しさすら感じますし、その服もシンプルですが清潔感があって良いと思います。このお姿だけでも確実に信者は集まります。最っ高ですね！　私だったら限界までお布施《ふせ》します‼」

「そ、そんなに褒められると、すっごく照れるんだけど⁉」

鼻息も荒く迫るソティエールを、涼香はぐいっと遠ざける。

涼香の容姿は元々とても整っているし、彼女自身もそれは認識していた。

更に『甘酒』という特別な薬の効果で、肌のキメや髪の艶も最良の状態である。

現世では巫女装束で商店街に出かけていた涼香であるし、普通なら恥じる必要もないコンディションだが、今の彼女には獣耳と尻尾という装飾品《オプション》が追加されているわけで。

さすがに勝手が違うようで、涼香は気恥ずかしそうに獣耳を両手で押さえた。

「そ、それにソティだって可愛いよ？　服はちょっと……アレだけど」

素材は十分以上に良いこともあってか、環境のせいでボロボロになっていた体が『甘酒』の恩恵で回復した今、ソティエールは間違いなく美少女だった。

だからこそ余計に気になるのが、彼女の纏う微妙に薄汚れた服。

洗濯はしているのだろうが、元々がやや黄ばんだ生成りの布である。

涼香の纏う白衣が真っ白なことも相俟《あいま》って、その差が余計に目立ってしまう。

客観的に二人を見れば、自分だけ綺麗な服を着る傲慢な眷属と、扱《こ》き使われる巫女。

まず間違いなく、他者からの印象は良くない。

「女の子なのにあまりに勿体《もったい》ないし、巫女としてその格好は……。ソティさえ良ければ、私と同じ服を着る？　もちろん、無理には勧めない――」

「良いんですか⁉」

巫女装束という、慣れない服を着るのは抵抗があるかもしれない。そう思って強く勧める気はなかった涼香だが、ソティエールはその言葉を食い気味に身を乗り出した。

「う、うん。たぶん、巫女になる人のために授かった物だと思うし」

最初は自分の着替えかと考えていた涼香だが、使命《ミッション》の内容からして、おそらくはそういうこと。涼香が巫女装束を差し出すと、ソティエールはそれを嬉《うれ》しそうに胸に抱く。

「ありがとうございます！　この服、可愛いなって、思ってたんです！」

「そうかな？　私は好きだけど、飾り気はないよ？」

「真っ白で清潔そうですし、赤と白のコントラストが良いんです。そもそもこんなに鮮やかな色で染めている服なんて、普通は着られませんから」

「……あぁ、そっか。ファストファッションなんて、近代の話だよね」

それまでの服は何度も補修して長く着るのが普通で、物によっては財産になるほど高価な代物だった。この世界の庶民も、新品の服なんて滅多には着られないのだ。

「そ、それじゃ、早速着てみますねっ！」

「うん——って、ちょ、ちょ、ここで？」

「大丈夫ですよ、こんな所、滅多に人なんて来ませんから。よいしょっ！」

「思い切り良すぎ——⁉　こ、これを着て！」

気にした様子もなく服を脱ぎ始めたソティエールに、涼香は慌てて白衣《びゃくえ》を羽織らせると、素早く辺りを見回し、人影がないのを確認してホッと息をつく。

「もう。ソティも女の子なんだから……あ、ここはこうやって結んで——んん？」

ソティエールに着方を教えながら、涼香は巫女装束の違和感に気付く。

てっきり自分と同じと考えていたのだが、実際に着せてみると微妙に形が違ったのだ。

まるでゲームやアニメに出てきそうなデザイン、といえば良いのだろうか。

中でも一番大きな差異は、袴《はかま》の両サイドに入った大きなスリット。普通にしていれば大丈夫だが、ソティエールが少し脚を動かすと鼠径《そけい》部の辺りまでチラリと覗《のぞ》いて……。

——ちょ、ちょっぴりえっちぃ⁉　神様、やっぱりサブカルに嵌《は》まってません？

「この服、着るのは難しくはないですけど、綺麗に見せるにはコツが要りそうですね」

「あ、うん、そうだね。姿勢も大事だから——って、脚見えちゃってるけど、大丈夫？」

自分なら少し恥ずかしい。そう思って尋ねるが、ソティエールは目を瞬《しばたた》かせた。

「え？　いえ、別に。高貴な方々は肌を見せないのが望ましいみたいですけど、そんな贅《ぜい》沢《たく》を言えるのはお金持ちだけ。庶民からすれば、破れていない服を着られるだけでも御の字なんです。それが新品の、しかもこんなに綺麗な服なんて……」

「あー、なるほど？」

――布を贅沢に使った服を着ることが、昔は富の象徴だったんだっけ？

実際、ソティエールの言葉に嘘《うそ》はないようで、彼女は嬉しそうな笑みを浮かべて自分の服を見下ろすと、その場でクルリと軽やかに回って涼香《すずか》の顔を窺《うかが》った。

「どうですか？　スズカ様、私にも似合いますか？」

「うん。可愛いよ、ソティ。むしろ私より似合ってるかも？」

涼香と比べて一〇センチは高い身長、程良い胸の膨らみ、艶《つや》やかで綺麗な黒髪。紅《くれない》色の瞳はやや特徴的だが、事実として一般的な巫女のイメージに近いのは間違いなかった。

「えへへ、ありがとうございます。スズカ様とお揃《そろ》いです」

ソティエールが照れたように笑うと、その顔は少し幼く見える。

――でも、考えてみたらソティって、まだ中学生ぐらいなんだよね？

そんな少女が教会に扱き使われて死にかけ、今は涼香のために新しい宗教を興《おこ》そうとしている。それを改めて認識し、涼香は少し背伸びをしてソティエールの頭を撫《な》でた。

「まだ若いのに、ソティはしっかりしてて凄《すご》いよね」

「えぇ？　スズカ様に若いと言われても……」

ソティエールは困惑交じりの視線を、涼香の顔から下方向へと移動させ――。

「って、スズカ様は私より二つも年上でしたね。忘れがちですけど」

「……ねぇ、ソティ？　今どこを見て言ったのかな？」

「ぜ、全体的に？　――あっ、そうでした！」

ジト目を向ける涼香からソティエールはサッと目を逸《そ》らし、ついでに話も逸らす。

「申し訳ありませんが、これで耳と尻尾を隠して頂けますか？　そのままでは少々刺激が強すぎて危険です。――可愛すぎて危険、という意味ではないですよ？」

「わ、解《わか》ってるよ？」

ソティエールが差し出したのは、彼女が着ていたフード付きの外套《がいとう》。

日本でならあり得ないとは言わないが、涼香もさすがにそんな勘違いはしない。

「まぁ、私的には、そちらの意味でも危険なのですが」

「――え？」

「なんでもありません。神獣の眷属は伝説の存在。下手に話が広がると騒ぎになってしまいます。それに母の遺《のこ》した〝宗教のすゝめ〟にも『如何《いか》に勿体振るかが重要だ』と書いてありました。スズカ様を特別な存在と位置づけて勧誘に利用しましょう」

「えっと……文脈的にそれは本かな？　『最後に頼れるのは宗教だけだ』みたいな？」

確か〝学問のすゝめ〟は、大雑把にはそんな内容だったはず。

平等だ、なんだと言ったところで、勉強してないと負け組だよ、的な。

それに倣《なら》うなら『信仰心の強さで階級が決まる』と説く危ない本だったり？

「いいえ。どちらかといえば、『効率的な信者の集め方』でしょうか」

「な、なるほど。〝宗教のすゝめ〟というより、〝宗教のすゝめ方〟なわけだ」

例えば秘仏の御開帳。仏教徒以外でも興味本位で見に来る人は少なからずいる。

自分がその『秘仏』となるのは少し複雑だが、効果があるなら拒否する理由はない。

涼香は素直にソティエールから外套を受け取り、それを広げてみる。

二人の体格差から、その外套は涼香には大きかったが、耳と尻尾を隠すためには好都合、使わない理由はない——その他の欠点に目を瞑《つぶ》ることができるならば、だが。

「むぅ。巫女装束に合わないのはまだしも、これは……」

一番外に着る服ということもあってか、飾らずに言ってしまえば汚れている。

選択肢がないのならそれでも着るしかないが、今の涼香には特別な力があるわけで。

「ねぇ、ソティ。これに《奇跡》を使っても良い？」

「思い入れはまったくないので別に構いませんが、そんなこともできるんですか？」

第一の目的は、獣耳と尻尾を目立たなくすること。

ついでに自分の体に合うサイズで、見栄《みば》えも良ければなお良し。薄汚れた巫女《みこ》なんて威厳も何もあったものではなく、涼香も女の子だから、できれば綺麗な服を着たい。

「この条件だと……一二〇〇ポイント？　多いけど許容範囲かな？」

頭に浮かんだポイントがそれ。冷静に考えるなら、涼香に与えられた初期ポイント以上であり、決して少なくはないのだが、今の手持ちは一万八三〇〇ポイントである。

少し気が大きくなっていた涼香は、あまり考えることなく《奇跡》を発動した。

「外套が光って——あ、全然違う物に変わりました。これが《奇跡》……」

目を丸くしたソティエールに、涼香は「凄いよね」と同意しつつ、外套を広げる。

材質は薄絹のように透け感があり、形状としてはフードの付いた千早《ちはや》に近いだろうか。

涼香の望み通りに見栄えが良く、巫女装束に合うという点は二重丸だが……。

「う〜ん、これで隠せる？　薄すぎない？」

問題はそこ。普通に考えれば、確実に獣耳と尻尾が透けて見えるはずである。

だが、これは奇跡の賜物《たまもの》。見たままではないだろうと、取りあえず身に纏《まと》ってみれば、隣で見ていたソティエールが「えっ⁉」と声を上げ、何度も瞬《まばた》きをした。

「えっと、スズカ様、耳、ありますよね……？」

「もちろん。ほら」

そう言いながら涼香がフードを取れば、その下には確かに可愛《かわい》い獣耳。

しかし再びフードを被《かぶ》れば、そこにあるはずの耳が何故《なぜ》かハッキリと認識できない。

「布越しでも見えそうなほど薄いのに……。神々《こうごう》しさすら感じる外套になりましたね」

「ええ、神々しさ……？　それは良いの？　目立つよね？」

「問題ありません。そもそもこの服が普通に目立ちますし、ある程度のインパクトがなければ布教なんてできません。さすがは神様の《奇跡》――ちょっと良いですか？」

ソティエールが涼香の頭に手を伸ばし、フードの上から獣耳をさわさわ。

微妙な擽《くすぐ》ったさに涼香が耳を震わせると、「あ、すみません」と言って、今度は外套の後ろを捲《めく》って尻尾を確認、納得したように『うんうん』と何度も頷《うなず》いた。

「これなら安心して移動できそうです。できれば夜になる前に、屋根のある場所を確保したいところですね。ちなみにスズカ様、野営の経験は？」

「ないね、まったく。野宿すらも」

現代日本の高校生である涼香。それも当然といえば当然だろう。

一応、キャンプの経験はあるが、準備万端で行うそれを野営と呼ぶのは無理がある。

「そうですか。場合によっては、ご不便をおかけすることになるかもしれません」

「それは全然問題ないよ？　むしろ、お荷物になってゴメンね？」

申し訳なさそうな上目遣いで謝る涼香に、ソティエールはブンブンと手を振る。

「いえいえ！　スズカ様の慣れない部分をフォローするのが私の役目です。お気になさらず。もちろん安全面を考えると、可能な限り野営は避けたいですけど」

「あー、そういえば、なんか怖そうな鳥とか見かけたね」

あんな鳥がいるならば、他にも危険な獣がいるかもしれない。

涼香は不安そうな顔になるが、ソティエールは苦笑してその言葉を否定する。

「あれに襲われることは滅多にありません。魔物除《よ》けのお香も持っているので、この辺りなら他の魔物も大丈夫です。むしろ注意すべきは人間――盗賊ですね」

「盗賊……。そっか、そっちの心配もあるんだね」

現在の日本で盗賊に襲われることなど、まずあり得ない。

魔物という、如何にも危険そうな存在より人の方に注意が必要と言われ、涼香は微妙な心持ちとなるが、すぐに頭を振って気持ちを切り替える。

「なんにせよ、急いだ方が良さそうだね。行き先の候補はある？」

「すみません。近場の村の場所ぐらいは知っていますが、詳しい情報までは……。一応、あちらの方角に、私が住んでいたモンブロワという町があります」

涼香たちの目的は、受け入れてくれそうな開拓村を探すこと。

順当に考えるなら、町で開拓村の情報を集めてから訪問すべきだろうが、涼香は当然として、教会で扱《こ》き使われていたソティエールも、大してお金を持っていない。

必然、町で宿を取って情報収集をするような余裕は、二人にはなかった。

「……仕方ない。どこへ行くのが良いか、占ってみよう。一度目はソティに出会えたから、きっと今度も良い出会いがあるかも？」

「そうですね。神様の御加護に期待しましょう」

涼香のそれは希望的観測だったが、一度目は上手《うま》くいったわけで。

微笑《ほほえ》むソティエールに頷き、涼香は足下の石を拾い上げた。

The story of a shrine maiden with animal ears reviving a shrine in another world

《第二章》
神様、信じても良いの？

Chapter2
God, can I believe?

一度目の占いは、ただの偶然だったのかもしれない。

歩き始めて小一時間、そんな気持ちにさせる事態に涼香《すずか》たちは遭遇していた。

「ちょっと待ちな！　お嬢ちゃんたち‼」

そう言って涼香たちの前に立ち塞がったのは、武器を持った男たち。

やや草臥《くたび》れた身形《みなり》ながら薄汚れているわけでもなく、意外にもさほど野卑な雰囲気ではなかったが、その言動は決して友好的とは見えなかった。

「（ソティ、これってやっぱり、盗賊ということでいいのかな？）」

「（おそらくは。逃げるだけならなんとかなります。ここは私に任せてください）」

涼香を庇《かば》うようにソティエールが一歩前に出ると、盗賊の一人が堂々と告げた。

「お前ら、ここを通りたければ有り金全部——じゃなかった。半分、置いていけ！」

——ん？　なんだか、想像と違うよ？

涼香としては最悪、問答無用で身ぐるみ剝がされ、売られるぐらいは考えていたのだが、意外も温情のある要求である。もちろん、素直に従うかどうかは別問題なのだが……。

「（ねぇ、もしかしてこれって、勝手に作った関所的な？）」

「（可能性はあります。通行止めだけなら討伐される可能性は低いですから）」

古今東西、街道近くの住民が勝手に関所を設け、通行料を取る事例は珍しくない。

それは単純な強盗行為であることもあれば、街道の管理コストの回収を目的とする場合もあり、一概にすべてが悪いとも言えないが、旅人からすれば迷惑なわけで。

「(引き返して別の道を行っても良いのですが、占いの結果を考えると……)」

一度目の占いによって、涼香はソティエールの所に導かれている。

それが偶然でなかったとするなら、この出会いは神様の思《おぼ》し召《め》しであり、果たして引き返しても良いのか。迷い沈黙する涼香たちに、盗賊たちは顔を見合わせる。

「村長――じゃなかった。親分、やっぱり半分は多いんじゃ？　せめて四分の一に」

「バカヤロウ！　俺たちは血も涙もない盗賊団だ！　村には苦しむ娘がいるし、病気は他のヤツらにも広がるかもしれねぇ。治療費が必要なんだ。それを忘れるな！」

「「「お、親分……」」」

親分と呼ばれた男が奥歯を噛《か》み締めるように告げ、他の男たちも顔を歪《ゆが》めた。

――でも、血も涙もないはどこに行ったのかな？

目の前で唐突に始まるお涙頂戴な遣《や》り取り。涼香たちは困惑して顔を見合わせる。

「で、でも、親分、相手は娘よりも小さい子供ですぜ？」

下手をすると小学生に間違われかねない涼香と、見るからに年若いソティエール。

二人の姿が自分の子供に重なり、盗賊たちは「くっ」と歯噛みして目を逸《そ》らすと、その反応を見たソティエールは、探るように口を開いた。

「あの、一応言っておきますが、私たちは宿代にも事欠く有様《ありさま》ですよ？」

「なに？　女二人旅で宿代すらないだと……？　本当か？」

「はい。訳あって町には戻れませんし。このままだと今日は野宿ですね」

訝《いぶか》しげに眉根を寄せた親分の問いかけに、ソティエールは端的に答えた。

その説明に盗賊たちは何を理解したのか、揃《そろ》って悔しそうに目元に手を当てた。

「こんな娘っ子が金も持たずに……。そうか、あんたらも事情持ちか。くぅ！」

「クソッ、こんな世の中、間違ってやがる！」

「なんでオレはこんなにも無力なんだっ」

――だから、血も涙もないはどこに行ったの⁉　いや、別に良いんだけどね？

本当に盗賊なのか疑わしいが、二人にとっては好都合。ソティエールは慎重に尋ねる。

「疑問なのですが、私たちを人買いに売ろうとは考えないのですか？」

「はぁ⁉　ふざけんなっ！　そんな非道なことができるかっ‼」

即座に声を上げたのは、目を怒《いか》らせた親分。

それに同調するように、他の盗賊たちも顔を見合わせて頷き合う。

「んだんだ。そもそも俺たち、犯罪者に伝《つて》とか、ねえしなぁ？」

「あぁ、そんな恐ろしいこと、考えたこともねぇ」

「（……なるほど。根っからの悪人というわけでは、なさそうですね。病人がいるという話でしたし、好都合かもしれません。さすがはスズカ様の占いです）」

そう小さく呟《つぶや》いたソティエールは殊更《ことさら》優しげな笑みを浮かべ、言葉を続けた。

「どうやら皆さんにも事情がある様子。それを私に話しては頂けませんか？　これでも多少は治療の知識もあります。お力になれるかもしれませんよ？」

「治療……。今更隠す意味もねぇか。実は俺たち、近くの開拓村の住人なんだが――」

ソティエールの『治療の知識』という言葉が切っ掛けとなったのだろう。

少し迷いつつも、親分がポツポツと語り始めたところによると、事の起こりは一ヶ月ほど前。村長の娘が体調を崩し、寝込んだことから始まる。

最初は風邪を拗《こじ》らせたかと思って、安静にさせて経過を観察していた。

だが、娘の体調は数日経《た》っても回復しないどころか、日に日に窶《やつ》れていくばかり。

それを見て、慌てて教会の治療師を呼んだところ、下された診断は〝枯木病《こぼくびょう》〟。

枯れ木のように痩せ細り、最後には衰弱死する危険な病気だった。

当然、親分は治療を望んだのだが、料金として要求されたのは二〇〇〇万リヨ。

治療師を呼ぶ費用すら、村人たちでお金を出し合ってようやく工面した開拓村にとって、それはとんでもない大金であり、まともな手段で用意できるような額ではなかった。

それでも時間さえあれば、なんとか稼ぐこともできたかもしれない。

だが、病気の進行は待ってはくれず、止《や》むに止まれず手を染めたのが盗賊行為だった。

「本当は俺たちだってやりたくはなかった。だが、娘の命には……」

血を吐くように言葉を漏らすのは親分。

話の流れからして彼が村長であり、病気になった娘の父親なのだろう。

「そういう事情が。同情の余地はありますね——私たちに怪我《けが》はありませんし」

病気と教会という組み合わせに思うところもあり、ソティエールはその言葉通り、盗賊たちに同情混じりの視線を向けるが、微妙に深刻さが理解できないのが涼香である。

むむっと口をへの字に曲げ、こそっとソティエールに尋ねる。

「(ねぇ、〝リヨ〟って通貨の単位だよね？　二〇〇〇万リヨの価値って？)」

「(えっと、普通の庶民だと月に二〇万リヨを稼ぐのも厳しいです)」

「(……わぉ。さすが教会、ぼるねぇ)」

もちろん命の値段としては、決して高いとはいえない。

だが、医療保険などない世界で、それを治療費として出せるかは別問題である。

庶民の多くは生きていくだけで精一杯であり、当然ながら支払えるほどの貯蓄もない。

結果、天に運を任せて、その大半が死ぬことになる。

「ちなみにですが、これまでにどれぐらいの成果が？　このような所で盗賊行為に及んだとて、それほどの大金を集めることは難しいと思いますが」

「いや全然――というか、嬢ちゃんたちが、初めてだ」

「でしょうね。ここは〝不踏《ふとう》の森〟の近くですし」

首を振る盗賊にソティエールは頷《うなず》き、ニコリと笑って両手をポンと合わせた。

「あなた方はとても幸運です。これも神様のお導きでしょう」

かなり不幸な目に遭っている盗賊――いや、村人たちに対して、それは神経を逆撫《さかな》でしかねない言葉。当然のように彼らは不快そうに顔を歪め、吐き捨てる。

「けっ！　何が幸運、何が神だ！　俺たちは教会に――」

「黙りなさい！　教会の話などしておりません‼」

笑顔から一転、鋭く言葉を発したのはソティエール。

気圧《けお》された村人たちは息を呑《の》み、ソティエールはそんな彼らを睥睨《へいげい》するように視線を動かすと、再び表情を緩めて笑顔になり、ゆったりと涼香の方を振り返った。

「奉《たてまつ》るべきは狐神《きつねがみ》、祈るべきはスズカ様です。スズカ様、拝顔を賜れますか？」

「うぇ――っ⁉　（ちょ、唐突なフリはやめて‼）」

「（大丈夫です。やっちゃってください）」

涼香は漏れそうになった声を押し殺して抗議するが、ソティエールは村人たちから見えない位置でグッと親指を立てていて――涼香は覚悟を決め、徐《おもむろ》にフードを取った。

「「「おぉぉ……」」」

涼香の顔――正確に言うなら、獣耳《けもみみ》を目にした村人たちの間にどよめきが広がる。

巫女《みこ》という仕事柄、氏子から敬われることも多かったが、それとは段違いに強い畏敬の視線が集中、自然と引き攣《つ》りそうになる顔を努めて真顔に保ち、涼香は口を開く。

「――わ、我は狐神の眷属《けんぞく》たるスズカじゃ」

「皆さん、神獣の伝説は当然ご存じですね？」

若干声が震えた涼香をフォローするように、すかさずソティエールが問いかける。

「と、当然だ！　この世界に生きていながら知らない奴《やつ》なんざ、人間じゃねぇ！」

「あぁ！　俺たちが生きていられるのは、神獣のおかげだ！」

村人たちが口々に「そうだ、そうだ！」と同意する中、一人が「けど、眷属なんて御伽《おとぎ》話《ばなし》じゃ？」と怪訝《けげん》そうに口にするが、それを「待て」と止めたのは村長だった。

「神代《かみよ》の昔に眷属の方々が存在したのは事実だ。だが、神獣がお隠れになるのに併せて、眷属方も姿を消された。都合良くここにおいでになることなど……」

家族が難病に罹《かか》り、治療できずに困っている状況で、治せると言う人が現れる。これだけ聞くと、完全によくある詐欺の手法。冷静に考えれば疑念を持つのは当然だったが、ソティエールは村長の思考を邪魔するように言葉を重ねる。

「だから『とても幸運』と言ったのです。私たちは狐神の神託を受け、教会の横暴に苦しむ開拓村を救うために、こうして旅をしています。――ですよね？」

「う、うむ。その通りじゃ」

いつの間にか、そういうことになったらしい。

涼香は動揺を押し隠し、ソティエールを援護するように豊かな尻尾をゆったり揺らす。

「あなた方が拒否するのであれば、私たちはこのまま去りましょう。ですが、皆さんが真摯な信仰を捧《ささ》げるのであれば、スズカ様は必ずやそれにお応えになるでしょう」

「それは……、娘を助けてくださるということですか？」

半信半疑でも涼香から漂う神々《こうごう》しさは否定できず、他に頼れる相手もいない。

口調を改めた村長が縋《すが》るような目を涼香に向けると、彼女はそれに「うむ」と重々しく頷き――村長は即座に、這《は》いつくばるようにして頭を下げた。

「お願いします、スズカ様！　娘を、娘を救ってくれるなら俺はどうなっても良い！　命だって捧げます！　どうか、どうか、助けてください！」

「――へぅ⁉　（ソ、ソティ！　た、助け――）」

「（にっこり）」

――あ、自分で対処しろと？　うぬぬぬぅ……。

どんな対応なら〝偉そうな眷属〟っぽいのか。

安請け合いして病気を治せなかったらどうなるのか。

様々な不安が涼香の頭を過《よぎ》るが、それを表に出すことも、沈黙を続けることも、この場面では悪手。涼香《すずか》はゆっくり息を吐くと、覚悟を決めて口を開く。

「う、うむ。其方《そなた》らが真摯な祈りを捧げれば、きっとその娘も助かるじゃろう！」

「あ、ありがとうございます！」

何の根拠もない言葉だが、涼香の外見が効果を発揮したのか。

村長は救われたような表情で顔を上げ、ソティエールは満足そうに微笑《ほほえ》んだ。

◇　　◇　　◇

深い森を三〇分ほど歩き、見えてきたのは頑丈な柵で囲まれた小さな村だった。

やはり森の中、相応に危険ということなのか、村の入り口にはしっかりと補強された扉が存在し、そこを抜けてようやく、広々とした畑が目に入るようになる。

住居などの建物は村の奥にこぢんまりと建てられているのに対し、柵内の大半の場所は農地として使われていて、そこでは今も村人たちが農作業に精を出していた。

「ほほぅ、随分と畑の割合が多いのじゃな？」

「はい、柵の外では農作業も難しいですから。基本的に自給自足なのです」

村長がそう答えて歩き出すと、近くで働いていた村人が手を止めて振り返った。

「ん？　村長、無事お戻りに——えっ⁉」

目を丸くした村人が途中で言葉を止め、驚いたように声を上げた。

だが、それも当然だろう。涼香たちの巫女装束は特徴的で目立つ上、獣耳と尻尾も曝《さら》した状態。口をパクパクさせて言葉も出ない村人を、村長が低い声で制する。

「騒ぐな。後で説明する」

「は、はい。解《わか》りました……」

その村人はひとまず頷くが、そのまま農作業を再開する気にはなれなかったのだろう。

農具をその場に置いて涼香たちの後ろについて歩き出し、同様の光景が二度三度。

やがて村の奥に到着する頃には、一行は倍以上の人数に膨れ上がっていた。

「スズカ様、こちらが私の家です。荒《あば》ら屋《や》で申し訳ありませんが……」

示された村長の家は総二階。効率を重視してか、形は単純な長方形だが、周囲にある家が小さな平屋ばかりなので、建坪だけでも他の家の二、三軒分はあるだろう。

飾り気こそないが、場所を考えれば十分にしっかりした建物と言える。

「なんの。実用的で悪くない。まずは娘の様子を見させてもらうのじゃ」

「どうぞお入りください。——ハンス、皆に事情を説明しておいてくれ」

「はっ、お任せください！」

応じたのは年配の男性。村長は彼に頷いて家の中に入ると、涼香たちを二階の一室へと案内、その部屋のベッドに寝かされていたのは、酷《ひど》く痩せ細った女性だった。

「娘のアンリです」

涼香たちが部屋に入っても反応すら示さない彼女の状態は、明らかに悪かった。

枯れ枝とまでは言わずとも、頬は痩《こ》け、腕には骨が浮き。村長からはまだ一九歳と聞いていたが、一見すると老人のようでもあり、とてもそんな年齢には見えなかった。

「これは……。すぐに診察を行います。村長さんは外でお待ちください」

深刻そうに眉根を寄せたソティエールがそう告げると、村長は迷いを見せる。

知り合って間もない相手。病気の娘だけを残すことに不安を覚えるのも当然だろうが、彼がいると不都合なのが涼香である。あえて不満そうな顔を村長に向けた。

「神獣の眷属と巫女である我らを信用できぬのか？　それに彼女は若い女子《おなご》じゃ。いくら自身の娘とはいえ、診察するところを男が見るのはどうかの？」

「――失礼致しました。俺は村の者に説明してきます。どうか娘を頼みます」

「任せておくのじゃ。悪いようにはせぬからの」

涼香が鷹揚《おうよう》に頷くと、村長は丁寧に頭を下げて部屋から出て行く。

そして程なく聞こえてきた階段を下りる音に、涼香はようやく安堵《あんど》の息を吐いた。

「はぁ……。疲れた。ねぇ、ソティ、あんな対応で良かったのかな？」

「バッチリです！　スズカ様。良い感じに偉そうでしたよ！」

「それは、喜んで良いのかなぁ……？」

ソティエールはとても良い笑顔だが、涼香は微妙な表情で小首を傾《かし》げた。

そして実際、涼香の尊大さなど所詮は付け焼き刃、むしろ可愛《かわい》さの方が勝《まさ》っている。

だがその整った容姿、眷属の徴《しるし》である獣耳と尻尾、見慣れない巫女装束。それらが合わさって醸《かも》し出す雰囲気は涼香の拙《つたな》さを補って余りあり、十分な神秘さを感じさせた。

「はったりも必要ですよ？　たとえ力があっても、それを示す機会がなければ意味がありません。こうして重病人のいる村と縁が繋《つな》がったのも、神様のお導きなのでしょう」

「う～ん、病人を利用するようで、少し気が咎《とが》めるんだけど……」

「騙《だま》しているならともかく、互いに利益があるのですから気にされる必要はないかと。ちなみに現在の信仰ポイントは、どれぐらい残っていますか？　村長たちがスズカ様に敬意と信仰心を向けたのなら、増えているはずですが」

「えっと、一万八二〇〇だね。……あれ、一一〇〇しか増えていない？」

村長の大袈裟《おおげさ》な反応に比して、増加した信仰ポイントはあまりにもしょっぱい。

「もしかして、あの態度は口先だけだった……？」

「いえ、おそらく他の村人たちも含め、まだ半信半疑なのでしょう。スズカ様が眷属であることは疑いようもないですから、実力さえ見せつければ流れは決まると思います」

「逆に言うと、病気を治せなかったら夜逃げだね。大丈夫？」

「本当に枯木病であれば、私も治せますが……」

涼香が見守る中、ソティエールはアンリの服をはだけさせ、首筋や腕、胸、腹などに触れて丁寧に診察すると、「良かった」と安堵の息を吐いた。

「教会の診断は正しかったようです。すぐに悪化することはないでしょうが、まずは魔法を使って、病気の進行を遅らせておきましょう」

「え、魔法？　やっぱりあるんだ⁉」

「はい。スズカ様の世界には存在しなかったのですか？」

「少なくとも一般には知られていないよ。超常的なものがないわけじゃないけど」

巫女という仕事上、涼香も科学では説明できない事象に関わることはあった。

だが明確な魔法に触れる機会はなく、それが逆に魔法に対する憧れを強くしていた。

不謹慎ながら少々わくわくが抑えきれない涼香の様子に、ソティエールは微笑み頷《うなず》く。

「そうなんですね。この世界でも魔法を使える人は少ないですが、目にする機会はそれなりにあります。教会でも怪我《けが》の治療に魔法を使うことがありますから。もっとも今回使うのは教会系統の魔法ではなく、私が母から習った系統の魔法ですが」

ソティエールが自分の鞄《かばん》から取り出したのは、インクと筆、それに薄い木の板。

一見すると何の変哲もないそれを、ベッド脇のテーブルに並べる。

「それは……？　もしかして、魔法で使うの？」

「はい。この系統は『記述する』という行為が必要で、そのための媒体です。教会では禁止されていましたが、今なら関係ないですから。──組織の理論は解るんですけどね」

「あー、バラバラなのはマズいよね。特に治療だと」

喩《たと》えるならば、度量衡《どりょうこう》の違いのようなもの。個々人で得手不得手があったとしても、組織内で統一しておかなければ、治療方法の正確な伝達は難しい。

「ですね。でも、おかげで教会系統の魔法が苦手な私は、落ちこぼれ扱いで……。教会系統は口述だけで発動するので、記述が必要な系統は下に見られていたことも一因ですが。でも、効果を持続させるという点では、実はこちらの方が優秀なんですよ？」

涼香に説明しつつもソティエールは手を動かしていて、板に複雑な文様を描いていく。それは幾何学《きかがく》というよりは、どこか文字に近いような不思議な形で――。

「つまり、ソティの系統は呪符のような……？　それって、私にも使えるかな？」

「魔法を使うには素質が必要ですが、スズカ様は神獣の眷属《けんぞく》。十分に可能性はあるかと。お望みなら、私がお教えしましょうか？」

魔法少女に憧れて、玩具《おもちゃ》のステッキを振り回した幼少期。

そんな過去を持つ女の子は、決して少なくないだろう。

ご多分に漏れず涼香もそのタイプで、今思い返せば赤面するような黒歴史をきっちり作っていた――もっとも振り回していたのは大幣《おおぬさ》で、憧れていたのは陰陽師《おんみょうじ》だったが。

そんな彼女に呪符のような魔法を見せればどうなるかなど、自明である。

「良いの⁉　お願い！」

「お任せください。ただ、お教えできるのは色々落ち着いてからになると思いますが」

「うん、当然だよね。ちなみに、魔法でこの病気を治すことは？」

「難しいです。普通の魔法は病気の症状を抑え、回復を補助することしかできません。初期の頃ならまだしも、ここまで進行してしまうと自身の回復力だけでは……」

「そっか。魔法といっても、そこまで万能じゃないんだね。――あ、でも、病気の進行を遅らせることはできるんだよね？　それだけでも十分に凄《すご》いか」

「はい。治療の期間が稼げますからね。見ていてください」

ソティエールはそう言うと、描き上げた四枚の板を部屋の四隅に設置する。

そして、その中央に立ち、何やら小さく呪文のようなものを唱えて、両手をパンッと打ち鳴らした――次の瞬間、部屋の淀《よど》んだような雰囲気が一瞬にして変わった。

「あ、空気が……。清浄になった？」

神社の神事でも穢《けが》れを祓《はら》う儀式は行う。

それに近いものを肌で感じ、涼香は大きく目を見開いた。

「判《わか》りますか？　やはりスズカ様には魔法の素質がありそうですね。さすがです」

どこか満足そうな笑みを浮かべたソティエールは、鞄から薬草や調薬道具を取り出すと、そのうちの一つ、小瓶に入った根っこのような物を指さした。

「次は治療ですが、こちらは若干問題があります。使う薬草の多くは一般的な物ですが、この〝マンドラゴラ〟だけは入手が難しく、治療費が高い理由の一つでもあります」

「なるほど――というか、ソティ、それは使っても良いの？」

「大丈夫です。これは教会の物ではなく、私の母が遺《のこ》してくれた私物ですから」

「でも、貴重な薬草だよね？　治療費は期待できないのに」

売れば確実に一財産。それを今回の治療に、延《ひ》いては自分のために使わせることに、涼《すず》香《か》は申し訳なさを感じるが、ソティエールは気にした様子もなく微笑《ほほえ》む。

「構いません。私はスズカ様に命を救われました。スズカ様の助けになるのであれば、この程度は惜しくありませんし、ここは使いどころだと思います」

「ソティ……。ありがとう、凄く嬉《うれ》しい」

「気にしないでください。私はスズカ様と共に歩むと決めました。病めるときも、健やかなるときも、常に傍《そば》にあると誓ったのですから！」

「…………そ、そうなんだ？」

言葉通りに受け取れば、病気になっても見捨てないという意味。

しかし、とても聞き覚えのある定番フレーズに、涼香は『私の考えすぎ？』と汗を垂らすが、ソティエールは涼香の戸惑いなどお構いなしに、真剣な顔で言葉を続ける。

「それより問題は、これが一人分しかないこと、そして一度枯木病患者が出ると、その周辺でも発生することです。患者からの感染ではないのが逆に厄介でして」

患者を隔離しても効果はなく、行き来のない集落でも発生するため、地域的な要因があると考えられているが、正確な原因や予防法は知られていない。

「しばらくすれば自然と沈静化するので、患者を治しながら時を稼ぐのが一般的なのですが、治療に大金が必要なため、現実的には多くの人が見捨てられてしまいます」

「そ、それは結構な大問題だねっ」

今の涼香が重要視するのは、自分とソティエールの身の安全だ。人助けは信仰を増やすための手段であり、それが達成できないのなら、極論、アンリを治す意味すらない。

もちろん、可能なら苦しむ人を助けたいと思うが、更に枯木病が広がるなら他の人も治してくれと頼まれるだろうし、それができなければ逆恨みされる危険性もある。

そうなれば、信仰を集めるどころか、村に居続けることも難しくなるだろう。

「適当な薬草を《奇跡》でマンドラゴラに変換するのは……厳しいよねぇ」

「そうですね。マンドラゴラは珍しい薬草ではないですが、やはり貴重ですし」

「うん――ん？　あれ？　貴重なのに、珍しくはないんだ？」

イマイチ理解できず涼香が小首を傾げると、ソティエールは困ったように笑う。

「はい。この森のように魔力が豊富な場所にはそれなりに自生していて、この村の中を探せば一、二本は見つかると思いますが、問題となるのは採取の難易度で……。マンドラゴラを地中から引き抜くと、魔力爆発が起きるんです」

それは精神的な攻撃魔法のようなもので、抵抗力が低ければ心臓が止まって死亡し、それを免《まぬが》れても、大半の人は昏倒《こんとう》することになる――魔物がいる森の中で。

「つまり、採取は命懸け、だから高いと。納得の理由だね」

涼香が現世《うつしょ》で集めていたサブカルの資料《ラノベ》でも、マンドラゴラは扱われていた。

そこでは『魔力爆発』ではなく、『叫び声』として描写されていたが、引き起こす結果はこの世界とほぼ同じ。それに対処するための採取方法は――。

「葉っぱに縄を結んで、犬に引き抜かせるんだっけ……？」

記憶を辿《たど》った涼香がポロリと漏らすと、ソティエールは目を瞬《しばたた》かせた。

「え、マンドラゴラをですか？　何故《なぜ》犬かは知りませんけど、犬はもちろん、人が縄を引っ張っても無理だと思いますよ？　葉っぱが千切れてしまうだけで」

「あ、うん、そうだよね」

それはまったくの正論。品種改良された作物ならまだしも、野草――例えばタンポポの葉っぱを摑《つか》んで引き抜くなんて土台無理な話。縄を結ぶなど、更に言うまでもない。

「境内《けいだい》の草抜きは苦労したなぁ。石畳の間とか、根っこが深い草は特に。両親が『神域に除草剤を撒《ま》くなんてとんでもない！』って使わせてくれなかったから」

根まで枯らそうと熱湯をかけたのも、今となっては懐《なつ》かしい思い出。

それなりに効果はあっても、広い境内に比べればヤカン一杯の熱湯など、雀《すずめ》の涙にして蟷螂《とうろう》の斧《おの》。か弱い涼香がしぶとい雑草に立ち向かうには、非力すぎる武器だった。

「除草剤ですか。下手に使うと他の植物にも悪影響が出ますし、難しいですよね」

「うん。雑草だけを枯らすなんて、そんな都合の良いものは——。……ん？」

涼香の視界に入ったのは、ふわりと揺れる金色の尻尾。

それは彼女が普通の巫女《みこ》から、獣耳付き巫女へとジョブチェンジした証《あかし》であり。

「——ねぇ、ソティ。マンドラゴラ自体は簡単に見つけられるんだよね？」

「そうですが、やはり危険性が……スズカ様？」

「そっか、そっか。これは案外、稼げちゃうかも……？」

お布施《ふせ》に依《よ》らない収入源は、経営安定の第一歩。

涼香は「ふふふ」と意味ありげに笑うが、傍《はた》から見ればただ可愛《かわい》いだけ。

そんな涼香をソティエールは不思議そうに、でもどこか愛おしそうに見るのだった。

◇　◇　◇

涼香たちが村長の家から出ると、そこには老若男女《ろうにゃくなんにょ》、数十人もの村人が集まっていた。

いや、正確には『老』はおらず、働き盛りの壮年まで。

子供たちの姿も少ないのは、開拓村という厳しい環境故だろう。

「眷属様……本当だった」「まさか、我々に?」「美しい」「耳と尻尾だ」

感じ取れるのは驚きと多少の畏怖。人とは異なる容姿に対して、明らかな恐怖や忌避感がないことに涼香が安堵《あんど》していると、必死の形相の村長が急《せ》き込むように尋ねる。

「スズカ様、娘は、娘はどうなりましたか⁉」

それと同時に村人たちも口を閉じ、固唾《の》を呑んで涼香を注視。圧力すら感じるその視線に心臓は跳ねるが、涼香は何度か深呼吸して、再び偉そうな仮面を被《かぶ》った。

「落ち着くのじゃ。病気の進行は魔法で抑えた。ただし、本格的な治療にはマンドラゴラが必要となるのじゃ。この村ならば、多少は生えておらぬか?」

「え? はい、畑の方に行けば何本でも。ですが、あれは……」

「解《わか》っておるのじゃ。我を信じよ!」

涼香は余裕の表情を作って断言、慎《つつ》ましやかな胸元をポンと叩《たた》く。

すると村長は虚を衝《つ》かれたように目を丸くし――すぐに神妙な顔で深く頷いた。

「そういうことですか。解りました、俺が抜きましょう。仕事の引き継ぎを行いますので少々お待ちください。運に恵まれず私が死んだとしても、どうか娘のことは――」

「え？　なんでそんな――あっ！　は、早合点《はやがてん》するでない！」

強い覚悟と悲壮感の籠もった村長の言葉に、涼香は一瞬混乱。しかし、すぐにその意味するところを理解し、涼香は慌てて、しかし平静を装《よそお》ってビシッと否定する。

「村長、我を信じよと、そう申したであろう？　案内するのじゃ！」

「……かしこまりました。どうぞ、こちらへ」

やや疑念を残しつつも、村長が頼れるのは涼香たちだけである。彼は恭《うやうや》しい態度を崩さないまま二人を畑に案内すると、そこに点在する三角錐《さんかくすい》状に打たれた杭《くい》を指さした。

「あれらはすべて、事故が起きないようにマンドラゴラを隔離した箇所になります」

「わぁ～、随分と多い――のじゃな？」

「耕した畑の居心地が良いのか、どんどん生えてきやがるんです」

目が届く範囲でも数十箇所。ソティエールの『一、二本は見つかる』という予想よりも明らかに多かったが、彼女は興味深そうに、それでいてどこか納得したように頷《うなず》く。

「これは予想外――いえ、不踏の森に畑を作れば必然なのでしょうか？」

「競合する植物がなければ根付きやすいということじゃな。畑なら栄養も豊富じゃ」

「はい。しかもアイツら、異常に成長が速いんです。小さいうちに発見できれば安全に駆除できるんですが、少しでも遅れると手を付けられなくなって」

「自衛手段なのか、発芽したマンドラゴラは根を先に伸ばしますからね」

「そうなんです。葉が茂って目立つ頃には既に……。そうなってしまうと、隔離して枯れるまで放置するか、決死の覚悟で引き抜くしか方法がなくなるのです」

「ふむ。どれぐらいで枯れるのじゃ？」

「一般的には三年ほどで種を付けて枯れるそうです。そうなれば抜いても危険はありませんが、薬効もなくなるらしく売れもしません。無駄に畑を占有する厄介物ですね」

ちなみに最も薬効が強いのは蕾《つぼみ》が付く直前、三年物のマンドラゴラ。

これはとても高値で取り引きされるのだが、同時に魔力爆発の威力も最高潮となっているため、採取で死ぬ危険性も高く、これをお金に換えることは非常に難しい。

憂鬱そうにため息をついた村長に涼香は「なるほどの」と頷き、颯爽《さっそう》と歩き出す。

「では、後は任せるが良い。我が解決してやるのじゃ！」

「あの、本当に大丈夫なのでしょうか……？」

そんな涼香の背中を見送り、村長は不安そうな視線をソティエールに向けるが——。

「村長さんは信仰心が足りないようですね。スズカ様は真摯な祈りを捧《ささ》げれば助かると仰《おっしゃ》いました。ですが、逆もまた真なりです。意味は、解りますね？」

ソティエールが試すように見返し、村長はハッとしてゴクリと唾を飲む。

「その目で見届けてください。スズカ様の為《な》されることを」

涼香の《奇跡》は、変換前後の『差』によってポイントの消費量が異なる。

稀少性《きしょう》、価値、重量。実行せずとも必要ポイントが判《わか》ることを利用して調べた結果、基本的には上方向では消費が多く、下方向には消費が少ない傾向が判っている。

また横方向の状態変換――例えば水をお湯に変える場合なども、比較的消費が少ない。

「つまりね。マンドラゴラを地中で乾燥させてしまえば、少ないポイントで安全に採取できると考えたわけ。枯れてしまえば魔力爆発も起こさないでしょ？　どうかな？」

マンドラゴラの数は予想以上だったが、採取方法を確立できれば貴重な薬草が大量に手に入るということであり、つまりは大きく稼げるということでもある。

そんな自説を涼香は得意げに開陳、ソティエールはほっこりしつつも、冷静に答える。

「実のところ、似たようなことは過去にも試されているんです」

マンドラゴラの周りで焚き火《たび》をしたり、魔法で直接乾燥させようとしたり。

だがその結果は、途中で魔力爆発を起こすか、加熱のしすぎで薬効がなくなるか。

いずれも失敗していて、少なくともソティエールは成功事例を知らなかった。

「え……。それじゃダメかな？」

所詮は素人《しろうと》の浅知恵だったかと涼香《すずか》は肩を落とすが、ソティエールは小さく首を振る。

「いえ、スズカ様のお力は私程度では推し量れません。可能性はあるかと。仮に失敗して魔力爆発が起きても、私たちが死ぬようなことはないと思いますし」

「そうなの？　それなら気軽に試せそうだけど……」

「自身の魔力が多いほど耐性も高くなります。私やスズカ様なら気絶もしないでしょう」

「む、ソティだけではなく、私も？」

「はい。正確には判りませんが、スズカ様の魔力は私の何倍も多いと思いますよ？」

「もしそうなら神様のおかげだね。三つの権能って、明らかに普通じゃないもの」

色々と危険そうなこの異世界、魔力の多さはきっと身の安全に繋《つな》がる。

涼香は神の恩恵に感謝しつつ、伸縮自在という大幣《おおぬさ》を手に持って伸びろと念じる。

大丈夫と言われても、魔力爆発なんて得体の知れない現象、やっぱり怖い。

できるだけ距離を取って《奇跡》を行使しようと大幣を持ち出したのだが、シュッと伸びた大幣の長さは二メートル程度。それ以上に伸びることはなかった。

「この長さが最大か。扱いやすさを考えれば、仕方ないのかな？」

大幣の本来の用途を考えれば、それでも長いぐらい。

涼香は不格好にならない程度に手を伸ばし、大幣の先端でマンドラゴラに触れる。

「それじゃ、試してみるね。上手《うま》くできなかったら引っこ抜くことになるけど」

「できれば《奇跡》の凄《すご》さを示したいですけどね、信仰を集めるためには。魔力爆発を起こさずにマンドラゴラを抜く方法は知られていませんから、効果は抜群です」

魔力爆発が起きてしまえば、そこに神秘さはない。

だから一瞬で乾燥マンドラゴラができあがるのが最善と、涼香はそれを意識する。

「必要なポイントは……五〇？　思ったより少ないかも」

この程度の消費なら、ここに生えている他のマンドラゴラも処理できるだろうし、畑を使えるようになった村人は喜び、マンドラゴラを運営資金にする計画も実行できる。

おそらく、ここでの成功がターニングポイント。

そんな予感を抱《いだ》きつつ涼香が神に強く祈ると、大幣の先から光が溢《あふ》れ――その光が消えた後、地面の上にコロンと転がったのは、乾燥したマンドラゴラだった。

「――やっ！」

無事に成功した安堵と喜びで、思わず漏れそうになった声を押し殺し、涼香は『当然ですよ？』という風な顔を作ると、村人たちの様子を窺《うかが》うが――。

「「「…………」」」

返ってきたのはしわぶき一つ聞こえない沈黙。予想外の反応に鼓動が速くなる。

「（も、もしかして、一つじゃインパクトが足りなかった？　なら！）」

「（ちょ、スズカ様、それ以上は！）」

「（大丈夫、ポイントにはまだ余裕があるから！）」

「（ち、違います、もう十分ですから！）」

ソティエールは更に二つ、三つとマンドラゴラを乾燥させる涼香を慌てて止め、地面に転がったマンドラゴラを拾い上げた――次の瞬間、村人たちが爆発した。

「お、おぉぉ！　あれはマンドラゴラ！　あんなにたくさん……！」

「こ、これでアンリさんが助かるのか！」

――あ、なんだ。見えなかっただけだったのか。

冷静に考えれば、乾燥したマンドラゴラは小さく、細く、遠目では見分けが付かないほどに木の根っこ。村人たちから反応がなかったのは、それが原因だったらしい。

「それだけじゃねぇ！　畑を耕すのに、もうマンドラゴラに怯《おび》える必要もねぇんだ！」

「お前、やっちまったもんなぁ。死にはしなかったが、色々漏らして――」

「言うんじゃねぇよ⁉　お前だって、小さいのを鍬《くわ》に引っ掛けて倒れただろうが！」

注意はしていても、マンドラゴラには散々悩まされていたのだろう。

村人たちが笑顔で肩を叩きあう中、村長が涼香に駆け寄り、地面に跪《ひざまず》いた。

「スズカ様！　これで娘は救われるのですね⁉」

「す、既に言った通りじゃ。我らはこれから治療に取り掛かる。暫《しば》し待っているがよい」

祈るように手を合わせ、涙目で涼香を見上げる村長。

その熱量に若干怯《ひる》みつつも、涼香は尊大に見えるように胸を張って大きく頷いた。

◇　◇　◇

「ふぅ～。なんとか上手くいったね。これで立場は安泰かな？」

村長を含め、村の人たちに普段通りに過ごすように伝えた後、アンリの寝かされた部屋に戻ってきた涼香は、椅子に座り込んで脱力していた。

「そうですね。スズカ様のお力は示しました。そこまでの派手さはありませんが、印象には残ったと思います。これで治療が成功すれば、もう足抜きはできなくなるかと」

「……なんか、人聞きが悪いね？　まぁ、病気の恐怖と治療手段を目にしたら、そうなるのも理解できるけど。でも、もっと派手なのが良かったのかな？」

今回の《奇跡》は、言うなれば植物をただ乾燥させただけ。

村への影響は大きくても見た目は地味で、攻撃魔法などに比べて凄さが伝わりづらい。

涼香が『失敗だった?』と小首を傾《かし》げるが、ソティエールはすぐに首を振った。

「いえ、むしろこのぐらいの方が良いと思います。暴力をひけらかしたところで、支配はできても受け入れてはもらえませんから。スズカ様の方針とも異なりますよね?」

「だね。畏敬はまだ良いけど、畏怖は困る。信仰ポイント的にもね。ところで、特殊な採取方法をしたけど、マンドラゴラの薬効は大丈夫?」

魔力爆発は起きなかったが、薬草として使えなければ意味がない。

そう思った涼香が尋ねると、ソティエールは満足そうな笑みで深く頷く。

「いずれも普通より高品質です。魔力爆発を起こさなかった分、魔力が抜けなかったのでしょう。これなら使用量は普通より少なくて済みます。早速、薬を作りましょう」

ソティエールはそう言いながら調薬の準備を始め——ふと涼香の顔色を窺う。

「そういえば、スズカ様は大丈夫ですか? 何度も《奇跡》を行使されましたが」

「ん? 私は特に……いや、微妙に疲れているかも?」

改めて問われてみれば、これまで《奇跡》を使った時と比べて疲労を感じていた。

村人からの注目と、失敗できないプレッシャーによる気疲れかとも思ったが、それだけにしては違和感があり、涼香は『なぜかな?』と小首を傾げる。

「もしかして《奇跡》で状態を変化させる場合は、スズカ様の魔力も使うのでしょう

「魔力……なるほど。変換と比べて必要ポイントが少なかったし、可能性はあるね」

今回の消費は一つあたり五〇ポイント。実現した価値に比べ、かなり少ない。

その代わりに魔力を使ったと考えれば、辻褄《つじつま》があう。

「《奇跡》を行使する度に、一定量の魔力を消費するって可能性もあるけど……。まだ不確定だから、信仰を集めるだけじゃなく、私も魔力を鍛えておいた方が良いのかも？」

――魔力が多ければ、いろんな魔法を使えるかもしれないし。

そんな下心もありつつ涼香がそう言うと、ソティエールも同意して頷《うなず》く。

「スズカ様の安全のためにも、その方が良いかと。魔力を上手く扱えると様々な場面で便利ですから。こういったお薬を作るときにも、結構重要なんですよ？」

「へー、やっぱりただ混ぜるだけじゃないんだ？」

「はい。マンドラゴラのような、特殊な薬草を使う場合は特に」

化学合成された薬剤であれば、成分の含有量が詳細に規定されているが、生薬は品質によって薬効が異なり、それを判別するための観察眼と知識が必須である。

加えて魔力を含む物ともなれば、その量を正確に測る能力まで必要となる。

「今回の高品質なマンドラゴラであれば、通常の三分の一で十分です。技術のない人は必要以上に入れてしまうので、薬草も無駄になる上に副作用も酷《ひど》くなるんです」

「お薬でそれは怖いなぁ。現世でも薬の飲み過ぎは厳禁だったし」

「効果はただ強ければ良いわけじゃないですからね。――よし、完成です。これを飲ませれば枯木病は治ります。ですが、できれば劇的な回復を演出したいところですね」

完成したのは透明な水薬。ソティエールは小瓶に入れたそれを涼香に示す。

「スズカ様、この薬を《奇跡》で高品質に変えることはできますか？」

「えっと……うん、できるね。でも、消費は一〇〇ポイントだから効果は微妙かも？　枯木病の治療薬としては、この状態でほぼ完璧ってことじゃないかな？」

そう言いながらも、少しでも回復が早まるならば、と涼香は《奇跡》を行使。

小瓶は確かに光を放ったものの、その前後で見た目に変化はなかった。

「マンドラゴラの品質が良すぎたのでしょうか？　取りあえず飲ませてみましょう」

「だね。咽《む》せないように上半身を起こすよ？」

涼香がアンリを抱き起こし、ソティエールが薬を少しずつ口に含ませる。それでも意識は戻らなかったがアンリは無事に薬を嚥下《えんげ》、涼香たちは安堵《あんど》に胸を撫《な》で下ろした。

「ふう。なんとか飲んでくれたけど……劇的な変化はないね？　目も覚まさないし」

アンリを再びベッドに寝かせて涼香が呟《つぶや》くと、ソティエールは苦笑を漏らす。

「私が期待したのは、数日で起き上がれれば御の字というレベルですよ。それでも十分に劇的ですから。――スズカ様に頂いたお薬なら、本当の奇跡が演出できたでしょうか」

「あれか～。さすがにあれは作れないね。こんなことなら残しておけば良かったよ」

腐ると勿体《もったい》ないからと飲み干したのだが、すぐに必要となったのは予想外。

少しは残っていないかと、風呂敷《ふろしき》包みからペットボトルを取り出してみるが、ドロリとした液体が多少、容器の側面や底に付着しているだけでとても飲める量ではなかった。

「これじゃ、逆さにしても出てこないね。内側を濯《すす》いで飲ませてみる？」

あまり上品とは言えないけれど、それで少しでも元気になるならやる価値はある。

そう思って提案した涼香に、ソティエールは一瞬沈黙してから頷く。

「……水分補給は必要ですし、ネクタルなら少量でも効果があるかもしれません」

「だよね？　それじゃ、早速」

涼香はペットボトルに水を入れてカシャカシャと撹拌《かくはん》、それを先ほどと同様にアンリに飲ませる。薄くなっている上に、残っていた『甘酒』は極めて少量だったのだが――。

「…………わ～ぉ。目に見えて回復してるね？」

二人が見守る中、アンリの状態は短時間で劇的な変化を遂げた。

元が酷かったので、さすがに健康体には見えないが、カサカサだった肌には若干の瑞々《みずみず》しさが戻り、苦しそうだった呼吸も正常に、顔色も明らかに良くなっている。

「痩せ細った体までは回復しないようですが……凄いですね」

「エネルギー不足かな？　超高カロリーな栄養剤でも作って飲ませてみようか？」

病気のときの栄養補給といえば、ブドウ糖の点滴というイメージがある涼香《すずか》。

さすがにここで点滴は難しいだろうが、《奇跡》を使えば経口摂取でも似たような効果がある物を作れるのではないかと、ソティエールに提案する。

「栄養価の高い物から変換すれば、おそらくポイントも節約できると思うし。体を作るなると糖分とタンパク質？　砂糖や果物、お肉とか……手に入りづらいかな？」

「砂糖は高価ですが、果物ならこの森でも手に入るかもしれません。一番簡単なのはお肉ですが、それを試してみるのは、アンリさんが目を覚ましてからの話ですね」

「だね。お薬は仕方ないけど、食べ物は誤嚥《ごえん》する危険性もあるし」

「はい。このまま、しばらくは経過観察です。――でも、良かったです」

ソティエールはそう言うと、椅子に座って安堵したように体の力を抜いた。

「うん。これなら無事に助かりそうだね。お薬の効果も出ているし」

「それもですが、私もスズカ様のお役に立てました。正直、自分から巫女《みこ》になると言っておきながら、何の成果も出せなかったらどうしようかと」

「う〜ん、そこは別に気にしなくても良いんだけど……」

涼香からすれば、多少の手助けだけでも──いや、むしろ一緒にいてくれるだけでも心強いのだが、命を救われたソティエールからすれば、そうもいかないのだろう。

「──ねぇ、ソティ。一つお願いしてもいいかな？」

「え？　あ、はい。スズカ様の頼みならいくらでも。何でも仰《おつしや》ってください」

ソティエールはハッとしたように居住まいを正し、真剣な顔で涼香を見る。

だが、そんな対応をされた涼香の方は、逆に渋面となった。

「そう、それ。えっとね、私とソティの間で、その対応は堅苦しくないかな？　できればもっと気軽に接してほしい。そんな思いを込めて涼香はソティエールの目を見つめるが、彼女は一瞬怯んだように身を引きつつも、きっぱりと首を振った。

「うっ……、い、いえ、組織として考えれば、きちんとした線引きは必要です」

「それは解《わか》るよ？　宗教団体として、公私の区別が必要なのも理解する。でも、この世界に私の知り合いは誰もいない。ソティにまで一線を引かれてしまうと……」

涼香が村人たちと会って感じたのは、神獣という存在が思っていた以上に重いこと。

獣耳と尻尾があるというだけで、村人たちは涼香に敬意を払ってくれた。

アンリの回復という成果を目《ま》の当たりにすれば、その傾向は一層強まるだろう。

それは信仰を集めるという涼香たちの目的にも適《かな》うのだが、逆に言えば、村人たちに対して、涼香が気軽に接することもできなくなるわけで。

現世では氏子と親しく接してきた涼香からすると、少々寂しかった。

「だから、私も心を許せる人が欲しいの。ねぇ、ソティ。私と友達になって？」

「それは……でも、スズカ様にそう言われてしまうと……」

涼香のお願いに、ソティエールは困ったように目を泳がせる。

そんな彼女に涼香はすすっと近付き、その手を握って上目遣いで顔を覗《のぞ》き込んだ。

「お願い。家族もいないし、他に頼れる人はいないの」

この機会を逃せば、関係を変える切っ掛けがなくなるかもしれない。

そんな思いもあり、涼香が訴えるようにじっと見つめると、しばらく迷っていたソティエールは、やがて観念したかのようにギュッと目を瞑《つぶ》って顔を逸《そ》らした。

「わ、解りました！　畏れ多いですが、余人の目がないときは友達ということで！　ただ、間違えそうなので、口調についてはこのままにさせてください」

「うん、それで構わないよ。ありがとう！　ソティ」

笑顔でお礼を言う涼香に、ソティエールが少し困ったような顔で、しかしどこか嬉《うれ》しそうに涼香の手を握り返し、微笑《ほほえ》みを零《こぼ》す。

「いえ、私の方こそ。正直に言えば、私も友達は疎《おろ》か、肉親すらいないので」

「あ～、そうなんだ？」

言葉の端々から母親が既に亡《な》くなっていることは、涼香も察していた。

友達については初耳だが、教会の状況を考えればそれも不思議でもない。

しかし、少々センシティブな問題でもあり、詳しく訊《き》くことは避けていたのだが……。

「はい。私が教会に入ったのも、母の死が切っ掛けでしたから。物心ついた時に父は既にいませんでしたし、母から他の親族についても聞いていません」

既に吹っ切れているのか、ソティエールは気にした様子もなく答えるが、年齢的にはまだ子供、涼香は顎に手を当てて「んー」と唸《うな》ると、小首を傾げてニコリと笑う。

「それじゃ、私と家族になる？　……私のこと、お姉ちゃんって呼んでも良いよ？」

現世では一人っ子だった涼香。神様に『妹をください』と祈ったことも一再ではない。

『もしかして、一〇年越しにお願いが叶ったのかも』などと思いつつ、チラリと欲望を覗かせるが、言われたソティエールの方は戸惑ったように目を泳がせた。

「お姉ちゃん……。年齢的には、確かにその通りなのですが……」

「客観的にはそう見えないと？　まったく、否定はしないけど！」

自分が実年齢より幼く見えることについては、涼香も既に諦めている。

流されてしまった野望はあっさり諦め、小さくため息をついて言葉を続ける。

「まぁ、言いたかったのは、姉のように慕ってくれても良いよ、ってこと。私も頼らせてもらうから、ソティも遠慮せずに頼ってほしい。それこそ、家族のように」

「ありがとうございます。そうですね、頼れる家族がいるのは嬉しいです。──もっとも村長さんのような父親は、ちょっと困りますが」

「うん。いくら子供のためでも、盗賊行為に手を染めちゃうのはねぇ」

「はい、さすがに盗賊は──」

「盗賊とは、どういうことですか？」

揃《そろ》って苦笑を漏らした二人に割り込むように、突然聞こえた第三者の声。

ハッと振り返ると、そこでは目を開けたアンリがじっと二人を見つめていた。

◇　◇　◇

数日後、村長宅の玄関前では村長を始めとした複数の男──具体的には、涼香たちを襲った村人が揃って正座させられていた。

そんな彼らを冷たい目で見下ろすのは、病気から回復したばかりのアンリ。

だがその姿は、ソティエールと涼香によるドーピングで少し前とは一変していた。

枯れ木だった手脚は健康的でしなやかな肉と肌の張りが、パサついていた髪には綺麗《きれい》な艶が、涼香と仲良くなれそうだった胸には豊かな膨らみが戻っている。

しかも、健康になったアンリが、綺麗なおっとり系お姉さんだったものだから、興が乗った涼香が色々と手入れを行い、病気になる前以上の美しさも手に入れていた。

信仰ポイントも相応に消費したが、周囲の村人たちには「あんなに元気になって」「神の奇跡だ！」「眷属《けんぞく》様のお力がこれほどとは！」と大好評、ご満悦な涼香である。

対して、顔色も悪く脂汗を流しているのは、正座させられている面々。

何故《なぜ》こんな状況に、という光景だが、理由はとても単純。目覚めたアンリが傍《そば》にいた涼香たちに素性と経緯を尋ね、誤魔化す理由もなかった二人が正直に話しただけ。

普通なら信じがたい話だろうが、涼香の外見が効果を発揮したのか、アンリは疑う様子もなく二人に平謝り、すぐに村長たちを追及しようとした。

だが、その時の彼女はまだ普通に動ける状態ではなく、涼香たちは慌てて制止。

数日の雌伏を経て、アンリが無事に回復した結果が、この仕儀である。

「お父さん。いったい何を考えているの？」

「だ、だがアンリ。お前を助けるためには、他に方法が――」

「それでもです。罪を犯して命を繋《つな》ぐより、私は誇りを胸に死ぬわ」

「アンリさん、村長も苦渋の決断で――」

「あなたたちも何故父を止めないのかしら？　従うだけが側近の役割ではないでしょ？」

村長の言葉も、他の男たちの言葉も、アンリはバッサリ、バッサリ切り捨てた。

問い詰めるその口調は冷静だが、背後には般若《はんにゃ》の姿が見える。

ちなみにアンリは最初、『ケジメはつけなければいけません』と、剣を持ち出そうとしていたのだが、『さすがにそれは』と、涼香たちによって止められていた。

「あぁ、いつも通りのアンリさん、いつも通りの光景だな」

「良かった、良かった。これで村に日常が戻ってくる」

「いや、今はスズカ様がいる。これまで以上に栄えるに違いない！」

安堵《あんど》の表情でそんなことを言っているのは、周りで眺めている村人たち。

逆に正座させられている人たちは、情けない顔で涼香たちの方に救いを求めるような視線をチラチラと向けるが、その行為は火に油。アンリが眦《まなじり》を吊《つ》り上げる。

「反省が足りないみたいね。そも、お二人の姿を見て襲おうと考えること自体――」

「もう良かろう、アンリ。我らは通行止めされただけじゃ」

「ですが、父たちの行ったことは、スズカ様たちに対してあまりにも……」

「じゃが、お主の状況を思えば、情状酌量の余地はある。実害もなかったしの」

大の大人が自分の前で正座している状況、私の方が居たたまれない。そんな気持ちもあって、更に言い募ろうするアンリを涼香《すずか》が止めると、ソティエールも同意して頷《うなず》く。

「そうですね。あそこで村長さんたちと会ったことでアンリさんを助けることもできましたし、結果から見れば、そう悪くない出会いだったと思いますよ？」

「……………お二人がそう仰ってくださるのであれば。立っても良いわ」

被害者が許すのであれば、それ以上は言えない。長い沈黙を経たアンリが「ふぅ」と息を吐くと、村長たち安堵したように肩の力を抜き、よろよろと立ち上がった。

「い、痛たた、し、痺《しび》れて！」

「あ、足がっ、くっ、立てない！」

しかし、実際に立ち上がれたのは半数ほど。

村長を含む残りの半数は、這《は》うような体勢で脚の痺れに耐えている。

アンリはそんな村長を冷たい目で見下ろし、その脚を爪先《つまさき》で突《つつ》く。

「でも、償いは必要ね。お父さん、どう報いるつもり？　スズカ様は狐神《きつねがみ》への信仰を求めておられるようだけど、まさかそれだけで済ますつもりはないわよね？」

「と、当然だ。情けなくも寄進できる金はないが、スズカ様がこんな辺境の村でも良いと仰ってくださるなら、できる限り立派な神殿を造らせて頂くつもりだ！」

村長は涼香を見上げて真剣な顔で断言するが、その格好は四《よ》つん這《ば》い。

それに残念さと若干の不安を感じつつ、涼香は腕組みをして頷く。

「もちろん異論はないのじゃ。じゃが、そこまで立派な物である必要はないぞ？　我とソティが住む場所と、神様を祀《まつ》る小さなお社でも造ってくれれば良い」

『本殿を建立《こんりゅう》せよ』という使命《ミッション》もあるが、村人が氏子になってくれるなら急ぐ必要はない。村の負担を考えての言葉だったが、意外なことに周囲の空気はまったく違った。

「そんな！　アンリさんを治してくれた凄《すげ》ぇ神様だぜ⁉」

「小さい神殿なんて、とんでもねぇべ！」

「「「そうだ、そうだ！」」」

――ね、熱量が凄《すご》い⁉　これが宗教――って、そうじゃなく。

「無理をせずとも良い。アンリも回復したばかり、大規模な普請《ふしん》は大変じゃろ？」

村人負担で立派な宗教施設を造らせる。そんな教会とは一線を画したい。

そう思っていただけに、涼香は慌てて口を挟むが、アンリはきっぱりと首を振った。

「スズカ様、私たちは皆、狐神の氏子となるのです。ましてやこの地は眷属たるスズカ様が滞在される場所、狐神の聖地となるのです。私たちが誇れるような、誰が見ても素晴らしいと思える物にする必要があります。――そうよね、皆さん？」

「「「と、当然だ！」」」

アンリが微笑みながら問いかけると、村人たちも声を揃えてすぐに同意する。

微妙に吃《ども》っていたようにも聞こえたが、アンリは優しげなおっとりお姉さんである。逞《たくま》しい男も多い村人たちが圧に屈したなんてことは、決してないはずである。

「けんど、ワシら、神殿なんて建てたことねぇべ？」

「そもそも狐神の神殿って、どんな形なんだ？　知らねぇぞ？」

「見たこともねぇしなぁ。――巫女《みこ》様、神様はどんな神殿をお望みでしょう？」

涼香に直接尋ねるのは畏れ多いということなのか、困ったような視線がソティエールの方に集まり、それを向けられたソティエールは頷いて涼香を見る。

「スズカ様、ご神託を頂くことはできますか？」

「……了解じゃ。お伺いしてみようぞ」

正直なところ涼香としては、信仰ポイントの無駄遣いにも思えたのだが、神が不要と言えば村人も納得するだろう。そんな気持ちで頷き、文箱《ふばこ》を捧《ささ》げ持って祈る。

「掛けまくも畏《かしこ》き緋御珠姫神《あけのみたまのひめのかみ》の大前《おほまへ》に、恐《かしこ》み恐み白《まを》さく」

祝詞《のりと》は完全に演出だったが、宗教儀式はそれっぽさも重要である。

それが功を奏してか、村人たちは固唾を呑《の》み、揃って涼香の挙動に注目する。

――日本の神様なら空気を読んでくれるはず！　届いて、この祈り！

「「「おぉぉ！」」」

だが残念ながら、涼香の祈りは届かなかったらしい。

文箱が光を放ち、現れたのはＡ４用紙に印刷された十数ページの冊子。前回の投《な》げ遣《や》りな書状とは色々な意味で異なるそれを、涼香は能面のような顔で手に取る。

目に入ったのは、直筆で『此方《こなた》はこんなのが良いぞ！』と一ページ目。

この時点で既に嫌な予感を覚えつつ、涼香はペラリとページを捲《めく》り――頭を抱えた。

そこに描かれていたのは、いうなれば『ボクの考えた最強の神社』。

いや、これはもう神宮と言うべきだろう。それも式年遷宮とかやっちゃうレベルの。

――ウチのご祭神、地方の小さな神社で祀られているような神様だよ？

当然、神社の社格もかなり低いわけで。喩《たと》えるなら、平社員が社長と同規模の大豪邸を建てるようなもの。和を尊ぶ日本人的にはアウト。左遷人事待ったなしである。

現世に戻ったら、神罰で実家が消えていたりはしないか。涼香も普通ならあり得ないと笑うところだが、神様が実在すると知った今では、ちょっと笑えなかった。

「スズカ様、いかがでしたか？」

扱いに困る神託を手に固まってしまった涼香を、ソティエールが心配そうに窺《うかが》う。

「えっとぉ……こんな感じみたい」

見なかったことにしたかったが、全員の前で神託を受けた以上、それは不可能。二枚目以降をソティエールに渡すと、それらは彼女の手を経て村人たちの間を回っていく。

「ほう、これが神様の求める神殿――神社というのか？　デカいな」

「ちょっとずつ造っていくしかなかろう。聖地なんじゃ、簡単には完成せんわ」

「それでも難しくねぇべか？　ワシらにこんな建物を造る技術はねぇべ」

「頑張れば、外観だけなら似せられるか？　明らかに複雑そうだが……」

困惑した様子の村人たちだが、それも当然といえば当然。

冊子に描かれていたのは完成予想図と全体の配置図、各建物のイラストだけ。

村の建物とは建築様式からして違うのだから、普通なら建てることなど不可能だろう。

「無理をする必要はないぞ？　信仰の気持ちさえあれば良いのじゃから――」

やはり、村人に過剰な負担は掛けたくはない。

ついでに規模が縮小されれば、なお良し。

そんな気持ちで涼香は口を挟むが、それを邪魔するように再び光る文箱と溢《あふ》れる紙束。

「『夢の新築、まい・ほーむ、じゃぞ！』と。神様、妙に手厚すぎない……？」

幽世《かくりよ》に落ちて途方に暮れる涼香への説明は、僅かに数枚。

対して今回送られてきた紙は数百枚もあり、その差に涼香は愕然《がくぜん》とする。

神は無条件に人を助けてくれるような存在ではないし、涼香もそれは理解している。

「でも私、物心ついた頃から、神様を祀ってきたんだけどなぁ……」

そんな釈然としない思いを呑み込みつつ紙を捲れば、そこにあったのはＣＡＤで製図、印刷したような精密な図面。プロであれば、これを元に建築することも可能だろう。

「とはいえ、この図面を理解できるものか？　アンリ、どうじゃ？」

図面の引き方なんて時代によっても違うもの。ましてや世界が違えばどうなのか。

涼香が差し出した図面を見たアンリは、眉根を寄せて職人らしき人たちを呼び寄せた。

「かなり複雑だけど、可能かしら？」

「う～む、見たこともない描き方だ。家を建てるのにこんな図面は使わんぞ」

「でも親方、こっちには部材ごとの図面もありますよ？」

「なるほど、その通りに丁寧に部材を作れば、組み立てることは可能かもしれねぇな。一気に造ることは無理だろうが、建物一つずつ、何年も掛けて造れば……」

「しかもこれ、釘《くぎ》を使わないみたいです。鉄を節約できますね」

「それは助かるな。この森なら木は豊富に採れるが、鉄は金が掛かるからな。けどよ、ここに書いてあるのは長さだろ？　正確に測ることができるか？」

「うちの持ってる物差しで良いのかねぇ？」

額を集めた職人たちが唸《うな》るが、それも必然。図面上で使われているのは算用数字で、長さの単位はミリメートル。最低でも同等の精度で測れる物差しは必須である。

だから、やはり――と、口を開きかけた涼香を制するように、三度《みたび》文箱が光る。

「…………是が非でも造れと、そういうことですか、神様」

もう諦めの境地で文箱を開けば、折帖《せつじょう》がこれを読めとばかりに光っている。

「『宮大工入門』の功績《アチーブメント》が増えて、報酬が『曲尺《かねじゃく》、コンベックス』って……」

明らかなやっつけ仕事。神社を造らせるために追加したと考えて間違いないだろう。

涼香がため息をついて報酬の文字に触れると、手の上にポンとその二つが現れた。

「――えっ？　スズカ様、それはいったい？」

当たり前だが、涼香の言動はこの場の全員の関心事である。

代表するように問いかけるソティエール、そして涼香を注目している村人たちに対し、彼女はコンベックス――所謂《いわゆる》、巻き尺をシュッと引き出して見せた。

「これは長さを測る物じゃ。数字の読み方は後で教えるが、この目盛りが図面の数値に対応しておる。ＪＩＳ《日本工業規格》マークまで付いておるから、かなり正確な――いや、よく見たら、Ｇ

ISだね、これ⁉　……まさか、GIS《神様工業規格》？　しかも、滅茶苦茶《めちゃくちゃ》長い⁉」

側面に可愛《かわい》い狐《きつね》のイラストが描かれた、コンパクトなコンベックス。

涼香の小さな手でも簡単に握れるサイズであり、普通なら長くても五メートル程度なのだが、しれっと書かれているのは『50ｍ』。明らかに異常な代物だった。

「まさか、曲尺の方も……良かった。こっちは普通だ」

素材は不明でGISマーク付きだが、空間が歪《ゆが》んでいそうなコンベックスに比べればたって普通。涼香はホッと胸を撫《な》で下ろし――説明の途中だったことを思い出す。

顔を上げれば、やはり村人たちは涼香を注視したままで……。

「――こほん。こっちの直角に曲がった物差しは直角に線を引ける他、同じ傾斜で線を引くこともできる。お主らに与えるから、上手《うま》く使うのじゃ」

涼香は誤魔化すように咳払《せきばら》い。真面目な顔を作って二つの物差しを差し出すと、彼らはハッとしたように涼香の前に跪《ひざまず》き、年配の職人が代表して恭《うやうや》しく受け取った。

「はっ！　必ずや神様にご満足頂ける神社を建てると、お約束致します‼」

「……頑張るのは良いが、あまり無理はせぬことじゃ」

「「ははっ！」」

巫女として神託の言葉は否定できないが、少しでもブレーキをかけたい。

そんな涼香《すずか》の希望とは裏腹に、口を揃《そろ》えた職人たちは早速活発な議論を始めた。

「スズカ様のおかげで図面はなんとかなりそうだが、問題は土地だな」

「あぁ。新たに切り拓《ひら》くしかねぇな。木材もかなり大きな物がいるぞ？」

必要となるものは多く、いずれも小さな村が簡単に解決できることではない。

故に神社を造るという方向性では全員が一致しても、進め方については議論百出。

神様をお待たせするのは良くないので、取りあえず小さな社を造ろうと主張する人。

将来を見据えて無駄な施設は造らず、土地の確保を優先すべきと主張する人。

今の村の蓄えでは絶対に無理なので、先にお金を稼ぐべきだと主張する人。

職人以外も議論に参加していることもあって話は纏《まと》まらず、正に船頭多くして船山に上るであったが、一歩引いて話を聞いていた涼香はむしろ安堵《あんど》の表情を浮かべた。

「ふむ。結局は程々のところで収まりそうだね」

「今は一時のお祭り騒ぎ。一日もすれば皆さんも落ち着くでしょう」

「そう願いたいね。氏子と共に栄えていくのが神社のあり方だから」

生死の境にいたアンリが復活したことで熱狂気味だが、元々裕福でもない村である。

彼女の診断に多額の現金を使ってしまっている現状、冷静になれば今は節約が必要と理解できるだろうし、無理をすれば村の生活にも皺寄《しわよ》せが及ぶ。

「――だから『神様のために特別な材料を用意すべきだ』とか主張するのは、やめてほしいなぁ。神様が『良い考えじゃ！』とか言って、神託を押し付けてきそう」

ふと耳に入った言葉に涼香が眉をひそめると、ソティエールは困ったように笑う。

「そうなると材料を用意するのはスズカ様になってしまいますね。眷属《けんぞく》ですから」

「いやいや、ソティ。さすがにそれは無茶振りってものだよ？」

神様を祀《まつ》る巫女にだって生活がある。無制限に《奇跡》を使えるならまだしも、現実には信仰ポイントという制限があり、自分たちの安全のためにもポイントは必要。

ある種、贅沢《ぜいたく》品である豪華な神社に、大量のポイントを使わせることは――。

「ハハハ、さすがに神様でも、まさか、そんな、ねぇ？」

「…………スズカ様、残念ですが」

乾いた笑いを漏らす涼香に、ソティエールが気の毒そうな顔でそっと差し出したのは、風呂敷《ふろしき》包みに突っ込んでおいた文箱。それは遠慮がちにほんのり光っていて……。

「……見ないと、ダメかな？」

「ダメだと思いますよ。巫女としては」

「だよねぇ……。ふぅ」

覚悟を決め、パカリと開いた文箱の中に増えていたのは、使命《ミッション》の短冊《たんざく》が一枚。

そこに書かれていたのは『妖樹《ようじゅ》の森を調伏せよ』という一文だった。

開拓村から北に進むこと、一〇〇メートルあまり。

そこにあったのは、真《ま》っ直《す》ぐに伸びた巨木が整然と立ち並ぶ森だった。

樹高は天辺《てっぺん》が霞《かす》むほど、太さは大人が両手を広げても届かず、神社の造営に木材が必要な涼香たちからすれば、諸手《もろて》を挙げて『素晴らしい！』と賞賛するしかない。

ただしここが『妖樹の森に心当たりは？』と尋ね、案内された場所でなければ、だが。

「ここに生えている木、すべてが魔物なのじゃ？」

「はい。私たちの開拓を阻《はば》んでいる〝トレントの森〟です」

樹木の魔物であるトレントは、一見すると普通の木と見分けが付かない。

だが、知らずに近付けば捕食されてしまう危険な魔物であり、開拓に於《お》ける天敵だ。

そんな森に涼香たちを案内したのは、アンリと防衛部に所属する数人の男たち。

彼らの本来の役割は森での狩猟や村を魔物から守ることだが、実のところ涼香たちに盗賊紛《まが》いの行為をしたのも彼らであり、それもあって積極的に護衛を買って出ていた。

「でもアンリさん、トレントの危険性は他の木に紛れるその擬態と聞いています。見分けることができれば、そこまで強い魔物ではないのでは？」

「はい。間違ってはいませんが、それは一本で生えていればの話ですね。通常、トレントは斧《おの》で伐《き》り倒すのですが、それにはどうしても時間がかかります」

「この森だと、その間に袋叩《ふくろだた》きに遭うんだよ。ちょっと見ててくれ」

アンリの言葉を引き継いだ男が斧を担《かつ》いで一本の木に近付き、それを振り下ろす。

カツーンと甲高い音が森に響いた、次の瞬間。

周囲の木々の枝がぐにゃりと曲がって、男へと振り下ろされる。

だが、それを予測していた彼は素早く飛び退《の》き、枝は無為に土塊《つちくれ》を飛び散らせた。

「と、まぁ、こんな感じでな。しかも、普通の木より何倍も硬いんだ」

「おぉ～。なかなかじゃな！」

不思議な光景に目を丸くした涼香がパチパチと手を叩《たた》くと、彼は照れたように笑う。

「なはは……。俺は村でも強い方だと自負していますが、あれを躱《かわ》しながらトレントを伐るのはさすがに無理でして。足を踏み入れることはできねぇんです」

「確かに危険そうじゃな。ちなみに燃やしたりすることはできぬのか？」

「難しいですね。トレントは普通の木よりも火に強い。トレントを燃やせるほどの火勢となると、周辺の森は大惨事です。下手をすれば火に追われた魔物が不踏の森から溢れ、ウチの村はもちろん、周辺にも大きな被害を齎《もたら》すことになると思います」

「う〜む。そうか。まぁ、木材を得ようとする我らには、どうせ使えぬ方法じゃな。じゃが、建材として見るならば燃えにくいのは良いことじゃ」

木造建築の弱点は火災。天然の耐火木材の存在はむしろありがたい。

涼香は嬉《うれ》しそうに笑みを零《こぼ》すが、しかしアンリは困ったように笑う。

「伐採できればそうでしょうね。この先には水場がありますので、私たちも当初は切り拓くつもりだったのですが、あまりに危険すぎると断念したんです」

「まさか、すべてがトレントってのは、完全に予想外だったよな」

「腕には自信があったが、さすがにここはなぁ」

普通の木に擬態する能力こそが、トレントの特徴で最大の武器。

まさか密集して生えているとは思わず、足を踏み入れた村人には怪我人《けがにん》も出たらしい。

「正に妖樹じゃな。ソティ、使命《ミッション》で示されたのは、やはりここじゃろうか?」

「はい、おそらくは。まるで見ているかのように、タイミングが良かったですから」

広大な土地、木材として使えるトレント、そして水場。

神社を造る場所として条件が整いすぎている——危険性を考慮しなければ。

それは開拓を断念したアンリもよく解《わか》っているため、涼香を心配そうに見る。

「スズカ様、さすがにここは避けた方が……。もちろんスズカ様が望まれるならば、私たちも全力で取り組ませて頂きますが、神社の完成までどれほどの時間がかかるか」

「いえ、スズカ様であればこの程度、障害にもなりません。――ですよね？」

涼香が何か言う前に、ソティエールが自信満々に告げて涼香を振り返る。

「うえ……？　あ、う、うむ。我に任せておくがよい。アンリたちは下がるのじゃ」

――まさかの裏切り。身内に退路を塞がれたよ⁉

とはいえ、なんとかできそうと思っているのも、決して間違いではなく。

若干目を泳がせつつも、涼香が伸ばした大幣《おおぬさ》を手にして前に出ると、先ほどは斧で攻撃されるまで動かなかったトレントが、警告するかのようにざわざわと枝を揺らす。

そこから更に数歩。前に進んだ涼香に向かって、一気に枝が降ってきた。

「よっ、ほっ、とっ！」

涼香の実家はそれなりに歴史のある神社で、いくつかの神事が継承されている。

その一環として涼香が習わされていたのが、弓道と薙刀《なぎなた》だ。

それは実戦的なものではなかったが、涼香も来ると判《わか》っている枝を避けるぐらいの運動神経はあるし、伸びてくる枝に大幣を当てるぐらいの腕は持っている。

また、その瞬間に《奇跡》を発動するのもそう難しいことではなく、大幣が振られる度にトレントが光り、丸木となったトレントがゴロン、ゴロンと地面に転がった。

「「「おぉぉ‼」」」

「まさか、こんな簡単に⁉　眷属様のお力はここまで……」

「これならトレントも怖くない！　開拓ができるぞ！」

「枝もない真っ直ぐな丸木になってやがる。しかもこれ、乾燥してねぇか？」

「マジか？　木割れもねぇのに？　もしかして、すぐに木材として使えるのか？」

「切り株も残ってねぇ⁉　開拓で一番苦労する部分だってのに！」

村人たちから集まる強い畏敬の視線を、涼香は平然とした顔で受け止めるが、僅かな異変を感じたソティエールは、涼香を支えるように背後から抱きしめた。

「お見事です、スズカ様！（お疲れですか？）」

「（うん。ちょっとマズいかも？　これ、一本あたり一〇〇ポイントも消費する）」

ソティエールの囁《ささや》きに、涼香は余裕の笑みを貼り付けたまま答える。

マンドラゴラとのサイズ差を考えれば、一〇〇はむしろ少ないぐらいだろう。

だが、神宮の建設予定地に生えているトレントの数は多く、アンリを治したことでジワジワと増えている信仰ポイントを考慮しても、足りるかどうかは微妙なところだった。

「（それに魔力消費も多くて、下手したら倒れるかも……。どうしよ？）」

実のところ、涼香にとってより問題なのはこちらの方だった。

マンドラゴラは『少し疲れたかも？』という程度だったのだが、今回は明らかに『体から何かが失われた』という感覚と共に、このまま続けると危ないとも感じていた。

「(信仰ポイントは、今回のことでまた増えると思いますが、問題は魔力ですね……。解りました。すべて私にお任せください！　上手《うま》く交渉します!!)」

涼香の不安を感じてか、鼻息も荒いソティエール。その吐息に頭上の耳を擽《くすぐ》られ、涼香が思わずぷるるっと獣耳を震わせると、何故《なぜ》かソティの鼻息が更に荒くなり——。

「……ソティ、大丈夫？」

ソティエールも緊張しているのかと、涼香は彼女の顔を見上げるが、何故かソティエールはスッと目を逸《そ》らして涼香から離れ、堂々たる態度でアンリたちに声を掛けた。

「スズカ様の偉大さは理解できましたね？　ですが、以降の処理は皆さんにして頂く必要があります。ここに転がるトレントの丸木、どの程度のペースで処理できますか？」

「そうですね、これだけの巨木となると、この場から運び出すだけでも……」

転がっている丸木の大きさは直径が二メートルを超え、長さも数十メートル。乾燥重量でも数十トンにはなるだろう。更には部材として加工する必要もあるわけで。

——なるほど、これなら一日行使する《奇跡》の回数は、少なくて済みそうかも？

「ここから村までの道を造って柵で囲むか？　それなら安全に運べるだろ」

「加工場所や置き場所も必要だぞ？　村を大きく広げる必要がある」

「スズカ様のお力があれば、一本のトレントでこんなに巨大な丸木が作れるんだぜ？　ここって上手く使えば、すげぇ便利な木材供給源にならねぇか？」

「だよなっ⁉　これ、新たな現金収入になるんじゃね？　更なる開拓だって――」

哀れ、もはやトレントは便利な素材扱いである。

それを感じたのか、トレントの森が不安そうにざわざわと揺れる。

「スズカ様に頼りすぎるのは問題だわ。私たちは既に恩を受けている身なのよ？」

盛り上がる村人を窘《たしな》めるようにアンリが口を挟み、ちらりと涼香《すずか》を見る。

同時に騒《ざわ》めいていたトレントの森が一瞬、凪《な》いだように静かになるが――。

「別に構わんぞ？　神社を造るにも金は必要じゃろう？」

ざわざわざわっ。まるで抗議するようにトレントの森が騒々しくなった。

しかし、仮に抗議したところでトレントは魔物、開拓を阻まれてきたアンリたちが考慮するはずもなかったが、涼香は「じゃが」と言葉を続ける。

「できれば乱伐は避けたいの。神社がトレントに囲まれておれば色々と便利そうじゃ」

その言葉にトレントの森が静かになり、アンリも同意するように頷《うなず》く。

「なるほど。危険な獣や魔物の侵入は防げますね。天然の防壁になりますし、神社の安全性も高まります。それも踏まえ、村人たちが全力を挙げて取り組めば──」

「お待ちください。スズカ様は過剰な献身を望みません。余力で行うならどの程度に？」

あまり頑張られると涼香が休めないし、村への負担も重くなる。

ソティエールが手を挙げて言葉を遮ると、アンリは少し考えてから答えた。

「無理のない範囲で人手を出すなら、多くても一日に一〇本程度でしょうか。それぐらいであれば、村の運営に支障を来《きた》さずに作業を進められると思います」

「では、それぐらいのペースで行いましょう。スズカ様、よろしいですか？」

「うむ。アンリ、そして他の村人たちよ、よろしく頼むのじゃ」

「「はいっ！」」

この日以降、厄介な存在だったトレントは一転、開拓村の新たな収入源へと変わった。

そして、涼香の《奇跡》を直接目にした者たちは当然として、トレントの巨木が村に運び込まれたことで、他の村人たちも涼香に強い畏敬の念を向けるようになるのだった。

◇　◇　◇

涼香たちが暮らす開拓村から最も近い町、モンブロワ。

ソティエールも所属していたその町の教会の一室に、怒鳴り声が響いていた。

「おい！　先月に比べて利益が落ちているぞ！　どういうことだ‼」

声の主は教会の司祭であるダクール。不摂生が体形に表れている五〇歳前後の男で、弛《たる》んだ顎を揺らしながら、手に持った書類をバンバンと叩く。

「それが、最近は聖女見習いの消耗が激しく、効率が落ちていまして。怪我《けが》や病気で働けない者が多く出ており、中には未帰還となっている者も……」

深く頭を下げて答えたのは三〇歳前後の男。

ダクールはその男の後頭部を見下ろしながら、眉間に皺《しわ》を寄せる。

「……まさか、逃げたわけじゃないだろうな？」

「いえ、教育に問題はありません。行動に不審な点はありませんでしたので、薬も問題なく効いていたと思われます。ただ、少々酷使したので、森で野垂れ死んだのかと」

「だろうな。ワシの考えた手法に間違いはない」

ダクールに信仰心は皆無だったが、彼にとって宗教団体はとても便利な隠《かく》れ蓑《みの》だった。

危険な薬を集めても、治療のためと言えば追及はされない。

怪しげな儀式を行っていても、宗教行為と言えば納得される。

自我の弱い子供のうちに甘い言葉で誘い、薬も併用して洗脳。教会で囲って朝から晩まで扱《こ》き使えば外部との繋《つな》がりも作れず、逃げ出そうとも考えられない。

修行と言えば賃金を払う必要すらないのだから、これほど甘《うま》い商売はないだろう。

ダクールはそれを実現できる立場を手に入れるため、今まで熱心に投資を行ってきた。

危ない橋を渡って集めた金の大半を上役への献金に使い、少しずつ立場を高め、ついに司教の地位――モンブロワの教会のトップにまで上り詰めたのだ。

つまり、ようやく種蒔《たねま》きが終わり、今は刈り取りの時季。

上手く大金を貯《た》めることができれば、更に上の教区長すらも窺《うかが》えるようになるし、これまでの投資を回収するためにも、ここで失速するわけにはいかなかった。

「ちっ。さっさと補充しろ！　聖女見習いなど消耗品だ。常に予備を作っておけ」

教会のネームバリューを使えば、聖女見習いなどいくらでも集まる。

事前に予備を準備しておく頭もない部下に、ダクールは舌打ちをする。

「了解です。ただ、聖女見習いの育成には時間が……。当面は利益も減るかと」

「それをなんとかするのがお前の役目だろうが！　クソッ、何か適当な物は……」

それが簡単ではないと理解しつつも、ダクールは八つ当たりで部下を怒鳴りつけ、報告書を眺めながら、何か金になりそうな物はないかと目を皿にする。

「――む？　これは……土壌浄化薬か」

ダクールが目を留《と》めたのは、常に一定の売り上げがある薬。

怪我や病気を治す薬に比べて一本あたりの金額は安い。

だが、一部の地域の畑――『瘴気《しょうき》』というものに汚染された畑では、この薬を水に混ぜて定期的に散布しなければ作物が育たない。

つまり農業に於《お》ける必需品であり、対象地域の農家は否応《いやおう》なく買うしかない代物。

そのことを思い出したダクールは、ニヤリと口元を歪《ゆが》めた。

The story of a shrine maiden
with animal ears reviving a shrine
in another world

《第三章》
素敵な神社には……

Chapter 3
At a wonderful shrine...

「なに？　手水鉢《ちょうずばち》を作るために特別な石が必要、じゃと？」

「はい。職人の一人から相談がありまして。スズカ様のお力をお借りできないかと」

トレントの森の開拓が順調に進み、涼香とソティエールも村に馴染《なじ》んできたある日。

二人の元を訪れたアンリが切り出したのは、そんな話だった。

「なるほど、のぅ。確かに石は必要じゃな。特別な必要があるかは、疑問じゃが」

当初は神様が望む神宮を造る、と意気込んでいた村人たちも、日を置くことで冷静になったのか、今回の工事では一部のみを造るという現実路線に移行していた。

その一部の中には手水舎《ちょうずや》――ほとんどの神社に存在する、手や口を清める施設も含まれており、そのために大きな石が必要となるのは事実ではあるのだが……。

「しかし、何故わざわざアンリさんが？　手水鉢を作っている職人ではなく」

「うむ。彼らとはトレントの伐採で、毎日顔を合わせておるぞ？」

改まって話を持ってこなくても、その時に言えば済む話。

そんな疑問を口にする涼香たちにアンリは少し口籠もり、二人の表情を窺う。

「その……、スズカ様に直接願うなど、畏れ多いと言われまして……」

「む……そうか。我としては、もう少し普通に接してくれても良いのじゃが」

信仰を集めるため、涼香が畏敬されるように振る舞うというのは当初の予定通り。

しかし、共に暮らす隣人としては、あまり大袈裟《おおげさ》な対応をされてもやりづらい。

かといって、狎《な》れすぎて信仰心が薄れてしまうのも、また困るわけで。

「スズカ様……。そのあたりの加減は、時間が必要だと思いますよ？」

「ですね。それもあって、私が窓口になった方がお二人への負担も少ないと愚考しました。スズカ様のお力は素晴らしいですが、考え違いをした者が出てきても困りますので」

「助かります。無制限に願いを叶《かな》えるわけにはいきませんから」

涼香にできることは限られるし、ポイント的にも不可能である。

また、それを措《お》いても、安易に願いを叶えることが村のために良いはずもない。

けれど、涼香を信仰の対象とするなら、涼香が直接拒絶することは避けたい。

故にソティエールは自分が泥を被《かぶ》るつもりだったのだが、その役目をアンリが担《にな》ってくれるならば負担は軽くなるし、村人の不満も少なくなるのは間違いなかった。

「いえ、村を纏《まと》める立場として当然のことです。もしスズカ様を煩わせる者がいれば、すぐにお知らせください。そのような愚か者には、きっちり解《わか》らせますので」

アンリは目を細めて穏やかに、しかしどこか凄《すご》みのある笑みを浮かべる。

その裏に鋭さと狂信じみたものを感じ、ソティエールは少しだけ顔を引き攣《つ》らせた。

「は、ははは……。でも、内々であれば相談して頂くのは歓迎です。便利に使われるのは困りますが、狐神《きつねがみ》のためになると思えば協力は惜しみません」

「じゃ、じゃの。村が栄えることは、我らの利益でもあるからの」

「私としては、教会よりも安価に治療を提供して頂ければ、それだけでも十分ありがたいのですが……。ありがとうございます、スズカ様、ソティエール様」

「いえいえ。私たちも村に暮らす仲間、狐神の庇護《ひご》下にある氏子ですから。それから、私のことはソティで良いですよ？　私の方がアンリさんより年下ですし」

「解りました。では、ソティさんと呼ばせて頂きますね？」

ソティエールの提案にアンリが表情を緩め、同時に纏う雰囲気も柔らかくなる。

そのことに涼香《すずか》はホッと安堵《あんど》の息を吐き、「それで」と話を続けた。

「特別な石、じゃったか？　それを使って手水鉢を作ることは反対せぬが、我の力で石を作れというのであれば、少々難しいぞ？　我の力はそこまで便利ではない」

さすがに遠慮を覚えたのか、『特別な材料で神社を造れ』という神託はなかった。

だが、その代わりなのか、さり気なく『素敵な手水鉢を作れ』や『格好いい鳥居を作れ』という無茶振り――もとい、使命《ミッション》が追加されていたので、実質的には同じようなもの。

それもあって、涼香も手水鉢に力を入れること自体に異論はなかったが、《奇跡》でその石を作るならポイント消費が大きくなることは明白で、簡単には頷《うなず》けなかった。

「ぶっちゃけ我も、信仰心がなければ大したことはできんからの」

「それは……私に話しても良かったのですか？」

涼香がサラリと付け加えると、アンリが戸惑いがちに二人の顔を窺った。

「アンリもそのぐらいは予想しておるじゃろ？　お主は聡明《そうめい》じゃからな」

ソティエールの薬で死病から救われ、その後の回復では涼香の力も実感したアンリ。

その結果、彼女は涼香に傾倒するようになっていたが、だからといって万能だと盲信するほど愚かでないことは、涼香にも十分に見て取れた。

「それに現実も知っておいた方が、諸々《もろもろ》の対処もやりやすかろう？」

「恐れ入ります。もちろん今回の石も難しければ断って頂いて構いません。私の方で上手《うま》く言っておきます。その上で伺いますが、お二人は翠光石《すいこうせき》をご存じですか？」

「翠光石……？」

「かなり高価な石材――いえ、むしろ宝石に近い石ですよね？　でも、あれの採掘は……。

あぁ、だからスズカ様のお力を？　あるんですか？」

当然のように知らない涼香に対し、ソティエールは納得したように頷く。

「はい。この村から少し離れた場所に。見つけたのは随分前ですが、私たちでは採掘できず……。折角なので、この機会に使えないかという提案がありました」

翠光石。それは巨大な岩石の中心部に生成される、魔力を帯びた綺麗《きれい》な石である。

非常に価値の高い稀少《きしょう》な石であるが、その採取には大きな困難が伴う。

問題となるのは、翠光石の周りを囲む岩石。

これがとんでもなく硬く、並の鶴嘴《つるはし》では歯が立たないのだ。

この世界では魔法を使った鉱石の採掘も行われているのだが、魔法が翠光石の魔力に悪影響を与えるのか、この方法では品質が劣化して価値も大きく下がってしまう。

つまり、高品質な翠光石を採掘しようと思うなら手作業一択、丈夫な鑿《のみ》と金槌《かなづち》で少しずつ削っていくしかなく、途方もない労力が必要となる。

加えて厄介なのは、翠光石が採れる場所は空気中の魔力も多いこと。

それは同時に魔物が多い場所でもあり、カンカンと金槌の音を響かせれば魔物が寄ってくるのは必然。採掘作業はそれらを蹴散らしながら行う必要があった。

「なるほど、確かに特別な石じゃな。しかし良いのか？　村のために使わずとも」

「構いません。今の私たちが手を出すのは自殺行為。今後、村が大きくなったとしても、お金や人を集めて採掘に取り掛かれば、確実に横槍《よこやり》が入るでしょうね」

不踏の森を自由に開拓できるのは、誰の領地とも定まっていないから。

逆に言えば、貴族や大商人であれば、難癖を付けて成果を奪うことも難しくない。

そんな説明をしつつも、アンリは悪戯《いたずら》っぽく「うふふ」と笑う。

「それに手水鉢を作れば翠光石の破片も出ます。それだけでも十分価値があります」

「そうか。なら協力は可能じゃが……。ソティ、我の力は翠光石に影響を与えぬか？」

「神様の力は神力、魔力とは違うと言われています。もし魔力であれば、マンドラゴラが魔力爆発を起こした可能性が高いですし、別物と考えて良いと思います」

ソティエールとて、神力については断片的な知識しか持ち合わせていない。

だがこれまでの経験から、《奇跡》で消費される涼香の魔力も一度神力に変換されてから使われているのではないか、というのがソティエールの見立てだった。

「う～む、ならば大丈夫か？　失敗したら申し訳ないの」

「スズカ様、気にされる必要はないですよ。魔力の影響を受けると翠光石としての価値は下がりますが、手水鉢の材料として使うのであれば、大した問題ではありませんから」

「む、そうなのか？」

「はい。見た目はあまり変わらないので、石材として使うのなら同じですね」

ついでに涼香の気持ちを軽くするためか、アンリは「ダメ元なので」と笑う。

「なら良いのじゃが。その翠光石を含む岩石は、どんな感じで存在しているんじゃ？」

「えっとですね、大きな岩が地面に埋まっていて——」

アンリから具体的な話を聞きつつ、涼香は効率的な《奇跡》の使い方を考える。

ポイントを無駄にせず、採掘もしやすく、そして格好良く演出できればなお良し。

「……うむ。およそ理解した。ならば、ちょっとばかし事前準備をしておこうかの」

「準備ですか？　力仕事はすべて私たちで行いますが……」

「我が力を使うための準備じゃよ。神様の知恵をお借りするのじゃ！」

涼香はそう言いながら、いそいそと文箱《ふばこ》を取り出した。


翌日、涼香たちは村の男と共に、翠光石が埋まっている現場へと向かった。

木々の生い茂る森をしばらく歩き、辿《たど》り着いた場所は一見ただの草むら。しかし地面をよく観察すれば、広い空き地全体が盾状に盛り上がった岩となっているのに気付く。

「——いや、これは岩というより、岩盤ではないかの？」

事前に『地面に埋まった巨岩』とは聞いていたが、目の前のそれは想像以上だった。

「翠光石を含む岩の実物は私も初めて見ますが……よく気付きましたね？」

「あぁ、この岩は特徴的なんで、知っていれば簡単ですよ。——ふんっ‼」

ソティエールの疑問に答えるように、村人の一人が全力で鶴嘴を地面に振り下ろす。

その鶴嘴にはかなりの力が込められていたが、響いたのは「キィン！」という、硬い金属を叩《たた》いたような音。それでも岩は欠けもせず、僅かな粉塵《ふんじん》だけが飛び散った。

「わぁ……。硬いとは聞いていましたが、採掘の困難さが理解できます」

「普通はこれを手作業で削っていくのじゃ？　途方もないのぅ……。ちなみにじゃが、中心部の翠光石は、どれぐらいの大きさになるのじゃ？」

「この空き地全体が岩の大きさと想定すれば、一般的にはこれぐらいかと」

アンリが両手を大きく広げるが、その幅は二メートル足らず。

対して空き地の直径は五〇メートルを超え、埋まっている岩もそれぐらいの大きさで、おおよそ球形だと仮定すれば、中心部まで二〇メートル以上を掘ることになる。

「先ほどの岩の硬さからして、手作業はありえんな。よしっ、試してみるのじゃ！」

「「「おぉぉぉ！」」」

涼香が前に出ると周囲から歓声が上がり、『これで問題は解決』という空気が流れる。

――うん。待って？　私も初めてやることなんだけど？

立場的に自信満々という態度は取っていても、成功するかどうかは神様次第。

それでもやらないという選択肢はなく、涼香は少し心配そうなソティエールを横目で見ると、緊張で速くなる鼓動を抑えるように深呼吸、大幣《おおぬさ》で岩に触れて祈りを捧《ささ》げる。

「すぅ……ふぅ。緋御珠姫神《あけのみたまのひめのかみ》よ、その神威《しんい》を示したまえ」

すぐに草むら全体から光が溢《あふ》れ――大きな変化もないまま、すぅっと収まった。

「「「…………」」」

「……何も、変わってない？」

周囲に沈黙が落ち、村人の一人がポツリと漏らす。

しかし涼香は焦《あせ》りを見せず、首を振ってその男を指さした。

「お主らの信仰を神は裏切らぬ。そこの、鶴嘴でちょっと掘ってみるんじゃ」

「は、はぁ。よっ！　――なっ⁉」

半信半疑で振り下ろされた鶴嘴の先が、ぞむっと地面にめり込んだ。

先ほどとはまったく違う結果に、村人たちは鶴嘴と涼香の顔を交互に見比べる。

「翠光石の周囲の岩はすべて粘土に変えておいた。これならば掘りやすいじゃろう？」

当初、涼香が考えていたのは、周囲の岩部分を砂に変えてしまうこと。

しかし、岩の大半が地面に埋まっていると聞いて、その案は即座に断念した。

少量であれば子供の遊び場になる砂地も、量が増えると途端に危険な場所となる。

簡単に掘れる反面、崩落もしやすく、砂浜に掘った穴で生き埋めになる事故すら起きている。それを防ぐためには丁寧に土留めをするか、砂をすべて運び出すぐらいしか方法はないだろうし、どちらにしても少人数で行えることではない。

なので、次に考えたのが粘土。程良い硬さのものにすれば手作業でも掘りやすく、且《か》つ崩落も防げるため、翠光石のある中心部まで最小限の掘削で済む。

「ただし、水は染《し》み込まぬから、穴を掘る前に屋根を付けた方が良いじゃろうな。あと、掘り出した粘土は特別な焼き物に使える。無駄にせぬよう保存しておいてくれ」

今後のことも考え、涼香がもう一つ手を加えたのがこれ。

変換する粘土の組成を、磁器に使えるような粘土にしておいたのだ。

もっとも、涼香の持つ知識は『磁器には陶石を使う』という程度。

失敗を避けるため、事前に《神託》を願い、その組成も把握してから変換していた。

「そ、そんなことまで……。さすがはスズカ様だ！」

「建屋はすぐに手配します。手水鉢《ちょうずばち》の加工時間を考えれば、こちらが優先だな」

「スズカ様、村のことまで考えてくださって、ありがとうございます。余裕ができたら粘土も活用させて頂きます。職人たちも喜ぶことでしょう」

「なんの、なんの。我にかかれば容易《たやす》いことじゃ。はっはっは！」

村人とアンリの賞賛を受け、ご機嫌に笑いながら村へと戻った涼香だったが……。

「ソ、ソティ、どうしよう⁉　残ってたポイント、ほとんど使っちゃったんだけど！」

涼香《すずか》とソティエールが居候《いそうろう》している村長宅。

人目がなくなると同時に、涼香はソティエールに泣きついていた。

「え……？　粘土の変換に、そんなにポイントが必要だったんですか？」

「う、うん。見えていた部分から想定したより、ずっと大きかったみたいで……」

「大半が地面の下でしたからね。どれぐらい使ったんですか？」

トレントの伐採で日々消費もしているが、村人からの信仰は十分に集まっていて、大きく増えることこそなかったものの、ここしばらくは消費量以上に稼げていた。

結果として、貯蓄にはそれなりに余裕があったはずなのだが……。

「えっと……、三万少々？」

想像以上だったのだろう。一瞬ふらついたソティエールを、涼香は慌てて支える。

「でも仕方ないよね⁉　あの場面で、やっぱやめますって言えないじゃん！」

「……特別な粘土に変換したことによる影響は？」

「ちょっとだけ？　二割ぐらいかな。――というか、ソティ、擽《くすぐ》ったいよ？」

抱き留めたソティエールが自身の獣耳をもふもふと撫《な》で回しているのを感じ、涼香は体を離そうとするが、ソティエールは抗議するように涼香を抱き寄せる。

「十分多いと思いますが……。我慢してください。今の私には癒やしが必要です。本当なら、ベッドでスズカ様を抱きしめて、尻尾を堪能《たんのう》したいぐらいなんですから！」

「え～？　ソティって、ケモナー？」

アニマルセラピーを否定する気はないが、その対象が自分だとちょっと微妙。

涼香は若干のジト目をソティエールに向けるが、彼女は不思議そうに小首を傾《かし》げた。

「ケモナー？　どういう意味かは解《わか》りませんが、私にとってスズカ様の耳と尻尾は魅惑の存在ですね。きっと、狐神《きつねがみ》の巫女《みこ》だったご先祖から受け継がれた性《さが》なのでしょう」

「ご先祖に対する風評被害⁉　さすがに違うと思うけど……程々にしてね？」

「そ、それは！　ベッドで堪能しても良い――」

「――とは言ってない！　少し触るぐらいは良いけど」

大量のポイントを消費して予定を狂わせたのは事実。涼香が諦め気味にベッドに腰を下ろすと、ソティエールも即座に隣に座り、嬉《うれ》しそうに尻尾を撫でながら話を続けた。

「ところでスズカ様、そもそも特別な焼き物とはなんですか？」

「磁器――って、知ってる？　陶器よりも硬くて白い焼き物だけど」

「初耳です。陶器以外の食器は木製か金属製ですね。その磁器はポイントを消費してまで作る必要があるものですか？　村の産業ということなのでしょうが……」

「神饌《しんせん》をお供えするために、器が欲しかったというのもあるけどね」

神事に使う瓶子《へいし》や高杯《たかはい》など。別に陶器でもかまわないのだが、町に行っても希望の形の物は手に入らないだろうし、それならいっそのこと村で作れば融通も利《き》く。

「たぶん、長期的には投資も取り戻せるはずだよ？　磁器は作るのが難しい分、商品価値も高いから。問題は焼成に高温が必要なことだけど、私なら《神託》で窯の作り方とか、色々と調べることができるから。――ソティの魔法にもちょっと期待してる」

「確かに私の魔法は、そういった長時間維持するものに向いていますが……」

「だよね？　上手《うま》くいけば、ここが磁器の一大産地になるかも？」

歴史を見ても、磁器がその産地に齎《もたら》した利益は非常に大きい。

そこに上手く絡《から》めれば、神社の運営も安泰――などと、涼香は考えたのだが。

「ですが短期的には、信仰ポイントが不足気味になります。それはどうお考えですか？」

「うっ。それだよねぇ。開拓が滞るほどじゃないけど……」

丸木の置き場所の問題もあって、最近はトレントの伐採も数日おき。

今後、神社を広げていく上では更なる伐採も必要だが、今のところは問題なし。

信仰ポイントがすぐに必要となる予定はないのだが、不測の事態に備えるため――具体的には涼香の威厳を保つために、ある程度の余裕を持っておきたいのは確かだった。

「ポイントを稼ぐ？　今できるのは、使命《ミッション》の達成ぐらいだけど」

「ですね。スズカ様は既に威光を示されました。これ以上、村人たちから強い信仰を求めるのは避けた方が良いでしょう。あまり狂信的なのは困りますし」

「それはそう。仕方ないと理解はするけど、反応が大袈裟《おおげさ》だからねぇ」

ソティエールを除けば、涼香に気軽に接してくるのは小さな子供ぐらい。

もふもふの尻尾が珍しいからか、涼香が歩いていると尻尾を捕まえようと走ってくるのは困りものだが、子供好きな涼香としてはその行動に案外癒やされていたりもする。

だが大人たちは、挨拶ですらかなり大仰、気楽に話せる人はほぼいなかった。

「年も近いし、せめてアンリがもう少し砕けてくれると良いんだけど……」

「村長さんと共に村を代表する立場です。人前では難しいでしょうね」

「だよねぇ。――ま、それは今後に期待するとして。どの使命《ミッション》を熟《こな》すべきかな？」

神様の気紛《きまぐ》れなのか、それとも法則があるのか、少しずつ増えている使命《ミッション》の短冊《たんざく》。

日本語で書かれているそれを、涼香は一つ一つ読み上げながらテーブルに並べていく。

「神社の造営関連は省くとして、氏子を増やす系も取りあえずは保留でしょうか」

「だね。今のところ達成不能なものも省いて……。これとこれは気になるかな」

涼香が選んだのは『枯木病で苦しむ人を救え』と『酷使される聖女見習いを救え』とい

う短冊。その二つのうち、涼香は前者の方を持ってパタパタと振る。

「これがまだ達成になっていないってことは、アンリのことじゃなさそうだけど、ソティ、この村で今、枯木病に罹《かか》っている人はいないよね？」

「はい。体調に不安があれば、すぐに連絡するように伝えていますし」

アンリの症状を見ると怖い印象を受ける枯木病だが、発病から衰弱死するまでには数ヶ月の猶予があるため、薬さえ入手できれば、そこまで危険な病気ではない。

もっとも庶民にはそれが難しいのだが、幸い高品質なマンドラゴラが大量に入手できたこの村では、初期症状が出た時点で薬を処方、悪化する前にすべて治療されていた。

「まだまだ発病が続くのか、もしくは村の外？　近隣の村とか？」

「可能性はあります。ですが、神社も完成していない現状で、薬を外に提供するのは避けたいですね。確実に教会と敵対することになりますから」

「商売敵になるもんねぇ。私としてはどうでも良い相手だけど。――いや、ウチの大事なソティを傷付けられたわけだし……きっちり仕返しをすべき⁉」

事が起きたのは就職前だが、教会がやっていたことは雇用者として許されざる行為。

ここが日本なら、労基と児童相談所と税務署にチクっているところ。

つい涼香の鼻息も荒くなるが、ソティは微笑《ほほえ》んで目を細め、しかし首を振った。

「スズカ様のお気持ちは嬉しいですが、下手なことをすれば教会が強硬手段に及ぶ危険性もあります。あそこには荒事が得意な部署もありますので」

「わぉ。宗教って、そういうとこあるよねぇ」

理由や経緯は様々だが、歴史上の多くの宗教団体が武力を持っていたのは事実。

そして、その武力が必ずしも正しく使われなかったのも、また事実である。

「残念ながら、今の私たちには対抗手段がないから――あぁ、なるほどね。こうやって武力を持つことになるわけか。私、一つの真理に到達してしまったかも？」

対話で片が付けば良いが、対話させるためには力が必要という現実。

平和を訴えても侮《あなど》られないだけの力と態度で相対さなければ、ただ蹂躙《じゅうりん》されるだけ。

教会という力を持つ大きな組織に、良識や信義などという不確定なものを期待するのは、ソティエールの扱いを見るまでもなく、危険すぎるだろう。

「ふーむ。当面は地盤固めかな？　数は力。攻めるにはリスクが高いと思わせないと」

いざとなれば、《奇跡》を上手く使うことで多少は戦えるだろう。

だが、涼香としては、神様から授かった力を人との争いに使うことは、できれば避けたかった――もちろん身内に危険が迫れば、使用を躊躇《ためら》うつもりもなかったが。

「その方が良いでしょうね。『酷使される聖女見習いを救え』という使命《ミッション》の方は……」

「これも達成されてないから、ソティのことじゃないよね？」

「おそらくは、町の教会にいる私の元同僚たちのことだと思います。それっぽい名前に反して、実質はただ酷使されるだけの下働きでしたが」

「将来に夢だけ見させて、実際にはボロボロになるまで使い潰す――ブラック企業の『幹部候補』みたいだね。そんな女の子たちを私たちに救えと？　……無理じゃない？」

「はい。リスクが大きすぎます。そもそも聖女見習いたちが素直に従うとも思えません。私はスズカ様のお力で救われましたが、あの時は薬の影響下にあったようですし」

「詳しくは訊《き》いてなかったけど、それって麻薬とか、そういう危ない？」

「そうですね。多少暗示に掛かりやすくなる程度の薬ですが、使い方次第では」

聖女見習いは教会に来た人の治療も担当するし、外で薬草採取などの仕事もする。異常が判《わか》りやすい危険な薬は使えないが、逆に言えば薬に依《よ》らない洗脳を解くカウンセリングが必要になる。それは、説得してカルトから抜けさせるようなものであり――。

「………うん、やっぱり無理だよね。あの『甘酒』でもなければ」

家業の関係で、現世でもそういった相談を受けることはあったが、信教の自由との兼ね合いもあって、これが非常に難しい――というか、成功する方が稀《まれ》だった。

強引に引き離すという手もあるが、そんなことができるのは資料《ラノベ》のチート主人公ぐらい。

涼香にそんな戦力はないし、傍《はた》から見ればただの誘拐犯、実行は不可能である。

「スズカ様、今は措《お》いておきましょう。神社が完成して薬を外に売るようになれば、近隣の村の人とも顔を合わせることになります。その際に、行き倒れた聖女見習いを見つけたら保護してくれるよう、お願いするぐらいで良いかと」

「良いの？　その、ソティの友達とか……」

涼香が気にしているのはそれ。しかし問われたソティエールは小首を傾げる。

「元同僚が心配なのは否定しませんが、別に友達はいませんよ？」

「あれ？　そうなの？　ソティって、実はぼっちだった？」

「いえ、そうではなく。全員がまともな状態じゃないんです。毎日が労働、食事、睡眠。ただそれだけです。元同僚の顔や名前は覚えていますが、個人的なことは……」

「あ～、それじゃ、友達も何もないか」

それが良いのか、悪いのか。

涼香は少し微妙な気分になるが、ソティエールは気にした様子もなく続ける。

「はい。ですので、そこは気にしないでください。それより今は、達成できそうな使命《ミッション》を考えましょう。安全を確保するためにも、信仰ポイントは貯《た》めておきませんと」

「ま、そうだね。教会に対抗するためにも。今ある使命《ミッション》だと『村の衛生状態を改善せよ』

や『畑の収量を改善せよ』あたりが達成できそうだけど……人手が問題かなぁ」

「あれ？　人手があればできるんですか？　そんなに簡単じゃないと思いますけど」

いずれも村の発展には重要なこと。簡単なことならこの村でも既にやっているはず。

ソティエールはやや懐疑的な視線を向けるが、涼香《すずか》は平然と頷《うなず》く。

「改善の程度によるけどね。私には《神託》があるから」

空き時間に涼香が《神託》について検証してみたところ、その内容は『神が直接教えてくれる知識』と『現世の一般的知識』に分けられることが判明している。

前者の例を挙げるなら、『これから枯木病は蔓延《まんえん》しますか？』みたいな問い。

これに対する返答は『お主たちの頑張り次第じゃ。頑張れ』という手書きのお手紙。

ある意味で正しく神託だが、役に立つかどうかは神様の気分次第。何と言っても最初の神託が『開き直ればなんとかなる！　可愛《かわい》いからの！』だったのだから。

神様を身近には感じられるが、これに一〇〇ポイントは少々重いだろう。

これに比べて、後者は判りやすい。ネットで検索すれば出てくるような内容であれば、確実に答えが返ってくるのだ——検索結果を印刷したと思われる紙の束が。

謂《い》わば検索エンジンGodgle、もしくは便利な百科事典Godpedia。

尋ねる度にポイントを消費するので多用はできないが、地味に有益な能力である。

そして今回役に立ったのは、当然二つ目で。

「衛生管理や農業技術に関しては現世の方が進んでいたからね。関連情報が束で送られてきたよ。こちらで実際に使えるかどうかは、ソティに精査してもらう必要があるけど」

「もちろん協力させて頂きますが、問題は受け入れられるかどうかですね」

世界が変われば――いや、時代や地域が変わるだけでも、常識は変わる。

例えば『風呂《ふろ》に入るのは良くない』とか、『お産のときに手を洗う必要はない』とか。

今となっては非常識な知識も、時代によってはそれが常識。

そういったものは簡単には変えられないし、それらの『常識』には宗教の影響も大きかったりするので、下手に変えようとすると身の危険すらある。

しかし、考え方を変えれば、それを利用することもできるわけで。

「やるならば、『神様から授かった特別な知識』として広めるのが良いでしょうね。今のスズカ様がやれと言えば、少なくとも氏子の人たちは従うと思います」

「う～ん、押しつけは好みじゃないけど、理詰めよりそっちの方が良いのかな？」

仕組みを理解するには、どうしてもある程度の知的水準が必要となるが、この村で多少なりとも教育を受けているのは村長やアンリなど、一部の人に限られる。

効率や早期の改善という面では、明らかにソティエールの言うことが正しいだろう。

「気になるのなら、スズカ様はアンリさんに『知識を与えた』という形にして、後は任せてしまっても良いと思いますが……どちらにしても今は避けた方が良いでしょうね」

「うん。神社の完成までは余裕もないし、現時点では問題も起きてないもんね。《神託》で貰《もら》った資料も多いから、纏《まと》め直すのにはちょうど良い時間かも？」

まるで関連資料を闇雲に印刷したかのように、送られてきた紙の枚数は数百枚にも及び、勉強に慣れている涼香ですら、一通り目を通すだけで何日も必要だろう。

加えてソティエールは日本語が読めず、涼香は異世界の文字が書けないという縛りがある。共通の文字情報が読めない事実は、二人で議論する上で大きな壁となっていた。

「今後を考えるなら、私もこっちの世界の文字を覚えるべきだよね」

実のところ涼香は、それなりに語学が得意である。

その外見から、英語が喋《しゃべ》れて当然と話しかけてくる人が多かったので。

『ふざけんな。こちとら生まれも育ちも日本。日本語しか喋れんわ！』と主張したい涼香だったが、学校のクラスメイトならまだしも、観光客にそんなことを言っても困惑されるだけ。仕方ないので涼香が折れて、一年ほど掛けて英語を覚えた。

ぶっちゃけ神社も客商売、お金を落としてくれるなら英語だって覚えましょう、と。

もっとも、それによる利益は微妙。英語版のウェブサイトを作ると多少参拝者も増えたが、買ってくれるのはお守り程度。ご祈祷《きとう》などに比べると利幅が小さいのだ。

罰当たりと言うなかれ。神職だって稼がないと食べていけないのだから。

「では、スズカ様、私でよろしければ、お教えしましょうか？」

「お願いできる？　あまり急ぐ必要はないだろうし、少しずつで良いから」

「はい！　代わりにスズカ様と神様の使われる言葉も、教えて頂けると嬉《うれ》しいです」

少し恥ずかしそうに頼むソティエールに、涼香は微笑んで頷く。

「了解。かなり難しいと思うけど……一緒に頑張ろうね？」

「ふふっ、大丈夫です。これでも私、勉強は得意なんですよ？」

ソティエールは自慢げに胸を張り、その日から日本語の勉強を始めたのだが——。


「日本語って、難しすぎません⁉」

あれから数日、ソティエールはバンッとテーブルを叩《たた》き、そのまま突っ伏した。

「解《わか》る。解るよ～」

涼香は『うんうん』と深く頷きつつ、慰めるようにソティエールの頭を撫《な》でる。

その頭からは、プスプスと煙が——上がってはないが、ちょっと熱いのは間違いなく、
ややオーバーヒート気味である。凄《すご》く頭を使ってるので。

「なんなんですか、この言語！　文字だけで数万、しかも同じ文字でも複数の字体があったりしますし……こんな言語を大半の国民が読み書きできるって、凄すぎません⁉」

「ははは、実際のところ、ほとんどの人は数千字ぐらいしか覚えてないけどね？　ただ、神様は達筆で行書や草書を使うから、そっちも覚えないと読めないんだよねぇ」

印刷された《神託》なら、ひらがなや常用漢字など二千字弱も覚えれば良い。

だが、神様が手書きしている部分については、当然のように常用漢字の縛りなどなく、字体も様々。日本人であっても読める人は少ないだろう。

涼香が普通に読めるのは、神社に遺《のこ》された古文書などを読んでいたおかげである。

「数千でも十分凄いです。スズカ様がこちらの文字をすぐに覚えたのも納得ですね」

「私の場合、聞き取りはできるからね」

ソティエールが指摘した通り、涼香は既に異世界の文字を読めるようになっていた。

使われている文字が表音文字で五〇ほどしかなく、発声方法も容易、神様から与えられた会話能力のおかげで、涼香からすれば英語を覚えるより余程簡単だったのだ。

「うぅ～、スズカ様相手に先生気分が味わえたのも、僅かな間でした……」

勉強疲れが原因か、ソティエールが少し子供っぽく頬を膨らませて唸《うな》る。

そんなソティエールの可愛い姿に涼香が笑みを浮かべると、彼女は何か言いたげに上目遣いで涼香を見たが、やがて気を取り直したように、むくりと体を起こした。

「スズカ様、一緒に薬草採取へ行きましょうか」

「え、唐突だね？　勉強が嫌になった？」

——試験前に部屋の掃除を始めちゃう学生かな？

現実逃避はどうなのかとジト目を向けるも、ソティエールはきっぱりと首を振る。

「いえ、薬草の残りが気になって。——気分転換したくなったのも否定しませんけど」

枯木病の治療薬には、マンドラゴラ以外にもいくつかの薬草を使用する。

比較的入手しやすい薬草なのでソティエールも多めに持っていたが、使えばなくなるのが必定。治療薬の備蓄を増やしていることもあり、既にほとんど残っていなかった。

「確かに、そろそろ薬草の採取も必要か。《奇跡》には頼りたくないし」

「はい。ポイントを節約するためにも、私たちで採取できるならそうすべきかと。幸い不踏の森は薬草の宝庫、村の近くでも見つけられると思います」

「なるほど。でも、私が一緒に行ってもあまり意味はないような……？」

異世界の物は当然として、現世ですら薬草にはほぼ縁がなかった涼香である。

鎮守の杜《もり》には薬草も生えていたし、家には和漢薬に関する書物も残っていたが、さすがに現代でそれを実践する機会などなく、薬は町の薬局で買っていた。

普通に考えれば足手纏《あしでまと》いだが、ソティエールはむしろ嬉しそうに涼香の手を取る。

「ご安心ください。私がきちんと教えて差し上げますから！」

「そう？　ありがとう——って、まさかソティ、先生気分をもっと味わうために？」

「そ、そんなことは……ないですよ？」

否定はしつつも、何故《なぜ》か涼香とは視線を合わせないソティエール。

そんな彼女の様子に涼香は小さく笑みを浮かべ、立ち上がった。

「……まぁ、良いけどね。私も外を歩くのは気分転換になるから」

村人の多くが恭《うやうや》しく接してくることもあり、最近の涼香は出歩くことを避けていた。

常に一緒にいるソティエールもそれは同じであり、そんな事情に薬草不足の解消という理由も加われば、涼香に反対する理由はなかった。

「でも一応は、誰かに伝えておいた方が良いよね」

「ですね。門に向かって歩いていれば、誰かしらに会えるでしょう」

開拓村ということもあってか、この村の人間はみんな働き者だ。

それは上に立つ村長やアンリも例外ではなく、半ば自宅警備員——いや、居候《いそうろう》警備員と化している涼香たちとは違い、日のあるうちは多くの村人が外で働いている。

そんなわけで、二人が薬草採取の準備をして外に出ると、程なく鍬《くわ》を担《かつ》いで歩く若い男性に遭遇。彼は涼香の姿を認めると、すぐに足を止めて深く頭を下げた。

「これは、スズカ様。散策ですか？」

「うむ。少し薬草採取に出かけてくるのじゃ！」

敬ってくれるのはありがたいが、やはりまだ慣れない。加えて仕事の邪魔をしたくなかったこともあり、涼香はすれ違い様に軽く挨拶、先を急いだのだが――。

「かしこまりました。お気を付け――は？」

言葉の途中で顔を上げた男が、涼香の顔をまじまじと見る。そんな彼に涼香が微笑《ほほえ》みを返すと、彼は一瞬、ぼーっと呆《ほう》けたような顔になったが、すぐにハッと我に返った。

「あ、いや！　お待ちを！　暫《しば》し、暫しその場でお待ちを‼」

男が懇願するように言いながら、泡を食って村の奥へと走り出す。

そんな彼のその後ろ姿を見送り、涼香たちはどうしたものかと顔を見合わせた。

「伝言にはなったと思うけど……。誰か来るまで、待つ？」

「待ちましょう。さすがに無視して出かけるのは良くないと思います」

「だよね。今後の関係を考えても」

目的は気分転換も兼ねた薬草採取。急ぐ必要もないので、涼香たちが門の所で待っていると、やがて焦《あせ》ったように駆けてきたのは、片手に剣を携えたアンリだった。

「おぉ、アンリ、わざわざ来たのじゃ？　我らは少し出かけて——」

「私も同行します。良いですよね？」

「あ、はい」

涼香《すずか》の言葉を遮り告げられたそれは、確認形式の決定事項。

——うん、これは逆らっちゃダメなヤツ。

息を整えつつ、にっこりと微笑むアンリの迫力に、涼香たちが当然のように頷《うなず》くと、彼女は少し雰囲気を緩めて「はぁ」とため息をつき、先導するように村の門を開いた。

「行動を制限するつもりはありませんし、薬草をお二人に頼っている私たちにも非はあります。ですが、せめて事前に相談して頂けませんか？　私にも予定がありますし」

「うむ。アンリが忙しいことは知っておる。無理する必要はないのじゃ。我らも森にはそれなりに慣れておるし、村の傍《そば》から離れるつもりもないぞ？」

教会で薬草採取をしていたソティエールは当然、森にも慣れている。

出会った時は行き倒れていたが、元気になった今ではそんな心配もない。

涼香の方も、大事な儀式で使う禊場《みそぎば》が鎮守の杜にあったため、定期的な掃除で森を歩き回っていた。少なくとも普通の女子高生ではないし、少しぐらいは大丈夫。

涼香はそう思ったのだが、アンリは呆《あき》れたように天を仰いだ。

「あのですね、スズカ様。不踏の森には危険な魔物も多く生息しているんです。町近くの普通の森を歩けるからと油断すると、大怪我《おおけが》をしてしまいますよ？」

「解っておる。万が一に備え、金剛杖《こんごうづえ》も持ってきたのじゃ」

――ふふふ、私だって、知らない森を無防備で歩くほど考えなしじゃないのだ！

少し自慢げに涼香が見せたそれは、山伏などが持つ八角形の白木の杖。

涼香が村の大工にお願いして作ってもらったもので、素材はトレントの端材だ。

本格的な武器ではないが、素材由来の非常に高い強度と木の軽さ、粘りや撓《しな》りも兼ね備えた逸品であり、涼香でも扱いやすく、獣程度なら十分に追い払えるだろう。

しかし、それを見たアンリは、困り顔で脇の草むらを示した。

「それでも危険なのがこの森なんです。スズカ様、あちらをご覧ください」

「うん？　あ、可愛《かわい》い兎《うさぎ》じゃな。ちょいと大きいが」

ガサリと茂みが音を立て、顔を覗《のぞ》かせたのは中型犬サイズの兎。

耳は短めで、体は丸々としてもふもふ。

「瞳も円《つぶ》ら――じゃない。飢えた獣のように鋭いのじゃ⁉」

更に威嚇するように開いた口の中には、鋭く凶悪そうな牙まで並んでいて……。

「やっ――‼」

鎮守の杜では熊も見かけるし、猪《いのしし》に襲われた経験だってある涼香。

もふもふでも危険な獣に容赦はしない。そんなことをしたら自分が死ぬから。

兎が体をグッと縮めて攻撃態勢に入った次の瞬間、その頭に涼香の杖が叩き込まれた。

響いたのはごしゅっと鈍い音。その一撃で兎の体から力が抜け、崩れ落ちる。

「こ、こわぁ……。一見可愛い兎じゃったのに、あれは絶対、我を喰《く》う気じゃったぞ⁉」

「大兎《おおうさぎ》です。この辺りでは最弱の魔物ですが、油断すると危険ですね」

「気付いていたなら、先に言ってほしいのじゃが……？」

何事もなかったかのように、普通に解説するアンリに涼香はジト目を向ける。

「いえ、森の危険性を少しでも認識して頂こうかと。しかし、おかしいですね？　不踏の森の大兎は、そんな簡単に斃《たお》せるものでは——」

「そんなに危ない獣じゃったのか⁉」

「い、いえ、もちろん、怪我をされる前にお助けするつもりでしたよ？」

涼香が驚き目を剝《む》くと、アンリは慌てて手を振り、右手に持っている剣を示す。

その剣はいつの間にか抜き放たれていて、アンリの実力を暗示するが——。

「それでも、事前に教えてほしかったのじゃ……」

口で言ってくれれば解るのに、と涼香が抗議するように口を尖《とが》らせると、アンリは気ま

ずそうに顔を背け、話を逸《そ》らすように斃れた大兎を拾い上げて首を切り落とした。

「ちなみに、すぐに血抜きをした大兎は絶品です。今日の夕食は兎肉《うさぎにく》のシチューですね」

「むっ……。最初は二人だけで来ようとしていた手前、何も言えぬか」

血抜きを手早く行い、準備していた革袋に詰めるアンリの手際《てぎわ》の良さに、涼香は『これは自分には無理だ』と唸り、ソティエールも困ったように笑う。

「大兎なら、私の魔物避けのお香でも防げますが……アンリさん、他の魔物も？」

「はい。村を囲む柵のすぐ傍でも危険な魔物は出ます。ですから、お二人だけで森に入るのは控えてください。一声掛けて頂ければ私が付き合いますから」

「解《わか》りました。魔物避けのお香も、使わずに済むならその方が良いですし」

「うむ。あれは臭いのじゃ。我もきちんと護衛をつけると約束しよう」

魔物避けのお香は独特の臭気を発する。それをどう感じるかは人それぞれだが、涼香には耐えられない臭いだったようで、彼女は鼻の頭に皺《しわ》を寄せた。

「そうしてください。スズカ様が強かったとしても、心配してしまいます」

「いや、我も別に強いわけではないぞ？　熊とか出ると危険なのじゃ」

鎮守の杜で襲ってきた猪は牡丹《ぼたん》鍋になったが、さすがに熊はダメである。

当然ながら、未知の魔物など言うまでもない。

──でも、今なら《奇跡》もあるし、熊でもワンチャン……？

そんなことが一瞬頭を過《よぎ》るが、涼香はすぐに『私はマタギじゃない』と否定する。

いうなれば、今の涼香は狐神教《こしんきょう》の偶像《アイドル》。チヤホヤされることがお仕事である。

「しかし、何故アンリが護衛なのじゃ？　他の者ではなく」

トレントや翠光石《すいこうせき》の時には、防衛部の男たちが護衛を務めていた。

無理に忙しいアンリでなくても、と疑問を呈する涼香にアンリは小首を傾《かし》げた。

「おそらくですが、お二人は息抜きも兼ねて森に来たのでは？　他の者より私の方が気楽かと、老婆心ながらそう思ったのですが？」

「うっ。その通りじゃ。少し疲れたのでな」

涼香の偉そうな態度は所詮張りぼて。常に演技しているようなものである。

見透かすような目を向けられた涼香が同意すると、アンリは表情を緩めて続ける。

「それに、これでも私、剣の腕前は村でも上位なんですよ？　少人数で護衛するなら最適だと自負しています。ないとは思いますが、下手な男を付けるわけにもいきませんし」

「あー、うむ。それは確かにありがたいの」

開拓村に参加する人の多くは、町であぶれている食い詰め者である。

ソティエールからそう聞いていた涼香は少し警戒していたのだが、最初の頃こそ若干そんな視線を感じたものの、今となってはそれもなくなっていた。とはいえ――。

「人のいない森の中。か弱くて可愛い我ら。理性の箍《たが》も緩むかもしれぬな！」

「はい。スズカ様ほど可愛ければ、とち狂う男が出てきても不思議はありません」

「村の者のことは信頼してますが、スズカ様はもちろん、ソティさんも綺麗《きれい》ですしね」

冗談で言った涼香だったが、ツッコミは不在だった。

涼香も自分の容姿が劣っているとは思っていないが、真面目に同意されるとさすがに恥ずかしく、少し熱くなった顔を手のひらでパタパタと扇《あお》ぎながら話を変えた。

「ち、ちなみにじゃが、なんで開拓村を造ろうとしたのじゃ？」

未開地の開拓には、お金と人手、そして時には命すら使うことになる。

そうやって頑張っても大抵は失敗するので、余程の訳ありでなければ手を出さない。

だが涼香から見たアンリたちはまともであり、あえて賭けに出る理由が思い付かない。

疑問に思って尋ねてみれば、アンリは若干迷いつつも事情を話し始めた。

「……凄《すご》く簡単に言うと、私の家は没落して領地を没収された元貴族なんです」

「貴族……。つまり、一か八か開拓を成功させて貴族の地位の復活を？」

現代で生きてきた涼香には、イマイチ貴族というものがピンとこない。

だが、その地位にいた人からすれば、命を懸ける価値があるのかもしれないと、そう考えたのだが、対するアンリの反応はやや曖昧なものだった。

「そうですね、私としては貴族の地位に大した未練もないのですが、領民が私に領主たれと望んでくれるのであれば、それに全力で応え続けたいと思っています」

「あぁ、だからですか。村の人たちは元領民ですか？」

「はい。志願してくれた領民から、職業のバランスを考えて連れてきています。開拓の初期資金を融資してくれたのも、領主時代に付き合いのあった商家なんですよ？」

「ほう。慕われておるのじゃな？」

「ありがたいことに。開拓が成功して生活が安定すれば、更に合流する予定もあります。ですから、私たちからしてもスズカ様の存在は天佑《てんゆう》だったのです」

「手助けになるのなら我も嬉《うれ》しいのじゃ。没落の原因は……訊《き》いても大丈夫かの？」

元領民である村人の様子や、アンリの性格を考えても苛政が原因とは思えないが、涼香にはソティエールの命を守る責任があるし、何か問題があるのなら知っておきたい。

そんな涼香の考えを察してか、アンリは『解ってます』とばかりに穏やかに微笑む。

「私の立場から言えば『卑劣な方法で陥《おとしい》れられた』となります。ですが経緯はどうあれ、当家が争いに負けた無能であることは事実。冤罪《えんざい》だと喚《わめ》いたところで覆《くつがえ》す力がなければ無意味です。結果として領地と貴族籍を失いましたが、それで区切りとなっています。国の兵士が討伐に来るようなことはありませんので、そこは安心してください」

そう言ったアンリは一瞬言葉を切り、目を細めて笑みを浮かべる。

「もちろん陥れてくれた方々には、いつか必ず報いを受けさせるつもりですが」

「「…………」」

とても怖い。アンリは怒らせないようにしよう。二人はそう決意した。

これが元貴族。ただのおっとりお姉さんではないとは気付いていたが、凄みが違う。

「で、では、何故《なぜ》よりによって、開拓場所を不踏の森に？」

門外漢であるソティエールですら、この森の開拓に挑んだ過去の人たちが悉《ことごと》く失敗したことを知っている。それは一部で『禁忌の森』と称されるほどで、ここを開拓可能な資金と人材を別の場所に投入すれば、確実にその開拓は成功するとまで言われている。

「つまり爵位が欲しいのであれば、もう少しマシな土地はあるということか？」

「そうですね。確かに爵位の回復だけが目的なら、そういう場所もあります。ただ、危険な土地である分、ここを開拓できれば利益も非常に大きくなります」

アンリはそう言った後、しばらく迷うように視線を彷徨《さまよ》わせると、涼香《すずか》とソティエールの顔をじっと見て、やがて意を決したように「ですが」と言葉に力を込めた。

「一番の理由は、この森がご先祖様縁《ゆかり》の土地だからなのです。少々信じがたいことだと思いますが、実は私のご先祖様が神獣の巫女《みこ》だったと伝わっているのです。その時代、この森はご先祖様が仕えた神獣の聖地だったそうです」

どこかで聞いたような話に、涼香とソティエールは瞠目《どうもく》して顔を見合わせる。

それをどう解釈したのか、アンリは少し困ったように笑う。

「突然こんなことを聞かされても困惑しますよね。神獣の眷属《けんぞく》たるスズカ様の前で言うことでもありませんが、神獣の巫女なんて神代《かみよ》の話。貴族の箔付《はくづ》けと思われても仕方ありません。私もそう聞かされて育っただけで、自覚があるわけではありませんから」

「いや、別に疑っているわけではない。むしろ想定内じゃな」

「ですね。実際私のご先祖様も神獣の巫女ですから。さすがは神様のお導きです」

涼香たちからすれば、『やっぱり』という感想である。

だが、アンリにとっては涼香たちの反応が想定外。今度は彼女の方が目を丸くするが、

涼香に占いのことを説明されると、納得したように「まぁ」と声を漏らした。

「では、ご先祖様は本当に巫女だったのかもしれませんね。私の家には物証も残っているので、少なくとも不踏の森に縁があることだけは、間違いないと思っていましたが」

「うん？　物証じゃと？　手記とかそういうものなのじゃ？」

「そういった物もありましたが、私たちが重視したのは不踏の森の地図です。村の候補地

もそれを基に決めたんです。もっとも当初の予定では、トレントの森がある場所に村を造るはずだったのですが……。あの奥に水源に使えそうな滝があるので」

「じゃが現地に行ってみたら、トレントがいたというわけじゃな」

涼香の言葉に、アンリは「その通りです」と重々しく頷《うなず》く。

アンリのご先祖が書かなかったのか、それとも地図が作られて以降にトレントの森ができたのか。いずれにしても、アンリたちの戦力では森を切り拓《ひら》くことができなかった。

「それでも開拓は中止できません。幸い、今の村の位置に井戸を掘ることができたので、ひとまずの入植には成功しましたが、汲《く》み上げる労力は決して小さくない。今後、農地を広げていくためにも、できれば用水路を造りたいと考えています」

「つまり、スズカ様がトレントの森の開拓を望んだのは、渡りに船だったのですね」

「そういうことです。——決して、誘導したりはしていませんよ？」

「いや、別に疑ってはおらぬのじゃが……。大丈夫じゃよな？」

涼香は確認するようにソティエールを見るが、彼女は苦笑して首を振った。

「スズカ様。切っ掛けは神様からの使命《ミッション》です。別に騙《だま》されてはいません」

「……おぉ、そうじゃった。アンリは紛らわしいのじゃ！」

若干不満そうに揺れる涼香の尻尾に目を細め、アンリは悪戯《いたずら》っぽく舌を出す。

「ふふ、冗談です。スズカ様のお力で村に光が見えたので、ちょっと浮かれちゃいました。あ、もちろんソティさんの存在も大きいですよ？　治療師は私たちも確保できませんでしたから。お二人がいてくれるだけでとても心強いのです」

実際、アンリの病気を措《お》いても、涼香たちが来る前の村は行き詰まりを見せていた。

産業といえば、僅かばかりの農作物と森で狩る獣の毛皮や肉ぐらい。

それらも自家消費分を除けば大した量はなく、売却益は非常に少ない。

不踏の森で曲がりなりにも村を築いたことは褒められるべきだろうが、その実態はかなり厳しく、村長の娘であるアンリの病気ですら、治療費の捻出ができないほどだった。

「ですが、スズカ様たちが来られて、そんな状況が一気に変わりました」

アンリの病は治り、畑の厄介物はなくなり、トレントの森の開拓は進み。

病気や怪我《けが》に怯《おび》える必要がなくなったことで、村の雰囲気も明るくなっていた。

「最近の村の話題は『涼香様たちの大恩にどう報いるか』ばかりです。感謝しています」

「むぅ。正面から褒められると、少々照れるのじゃ」

「ですね。私もできることをしているだけなので……。ただしアンリさん、冗談でスズカ様を揶揄《からか》うのはご遠慮ください。——それは私の特権なので」

「そうそう——いや、初耳じゃが？」

「うふふ。すみません。頑張るスズカ様があまりに可愛《かわい》くて」

「ふむ……なるほど。それは仕方ないですね」

「いや、仕方なくはないのじゃが⁉」

「解《わか》りました。特別にアンリさんにも、スズカ様を愛《め》でる許可を与えましょう」

「まぁ！　ありがとうございます。耳と尻尾、撫《な》でても良いですよね？」

「良くないが⁉　我は敬われるべき立場なのじゃが⁉」

自分を置いて頭上で進む話に、涼香は両手を上げて抗議する。

しかしソティエールはニコリと笑い、宥《なだ》めるように涼香の肩にポンと手を置いた。

「スズカ様、諦めましょう？　どうやらアンリさんには、スズカ様の本性がバレているようです。ここは素直にその体を差し出すべきです」

「人聞きが悪い！　——って、え⁉」

涼香が慌ててアンリを振り返ると、彼女はニコリと笑って頷く。

「実は枯木病で寝込んでいた時、お二人の会話を少しだけ」

ハッキリとした意識はなかったアンリだが、二人の会話は耳に届いていた。

実際の口調の違いから、ただの夢だったのかとも思ったが、意識して涼香を観察すれば、その態度や話し方に違和感があるとすぐに気付けた。

「元とはいえ、私も貴族の娘。立場、場面に応じた態度や口調が必要なのは理解しています。ですから、あえて指摘することはしなかったのですが……」

「ぐぬぬ。私、滑稽すぎない……？」

「可愛かったですよ？　背伸びしている子供みたいで、とても」

「嬉しくないよ⁉　――はぁ。もうやめようかなぁ、この話し方」

それなりに神経を使う割に、どれほど効果があるのか。涼香が肩を落としてそう言うと、アンリは目を丸くして、『とんでもない！』とばかりに手をパタパタと振った。

「いえいえ、口調は是非そのままで。威厳があるかは――ともかくとして、立場が人を作るとも言います。今後を考えれば、慣れておいた方が良いと思いますよ？」

「そんなことを言われて、なお続けろと⁉　羞恥心に殺されそうなんだけど！」

「ですがスズカ様。今後、外の人が来ることを考えると、私も一理あると思います」

開拓村の人たちに対しては、アンリを治療したというバフ《補助》があった。

だが、村外の参拝者への第一印象《ファースト・インプレッション》は、涼香の外見と言動のみに依存する。

「神獣に敬意を持つ人なら獣耳と尻尾で十分でしょうが、そうでない人の場合は……。恐れながらスズカ様の言動は、まだまだ板に付いてないですから」

「ちょっと前にやり始めたばかりだからね！　ソティから無茶振りされて‼」

涼香だって、できるならこれまで通りの言動をしたかった。でも、右も左も判《わか》らない異世界で、現地の人にやった方が良いと言われれば、従うしかないわけで。

「スズカ様、ソティエール《ソティさん》は間違っていませんよ？　もちろん横暴なのはダメですが、それなりの言動をしなければ、貴族だって舐《な》められてしまいます」

「うぅ、そっかぁ。折角気が抜けると思ったんだけど……」

「ふふっ、それなら、私たちしかいないときには、今の口調にすると良いのでは？　私もスズカ様とは、親しくお付き合いさせて頂きたいと思っていますし？」

「そう？　なら嬉しいかな。気軽に遊べる相手はやっぱり欲しいし。ソティと私の二人だけじゃ、女子会にしても、お泊まり会にしても、盛り上がらないからね」

「お泊まり会……。わ、私は別に二人だけでも……。きょ、今日は一緒に寝ますか？」

頬を染めたソティエールがとち狂ったことを口にして、涼香は「寝ない」とため息をつく。これまで友人がいなかったせいか、距離感が微妙にバグっている。

同年代よりも小さく可愛いこともあって、学校でも妹的扱いをされることが多かった涼香だが、さすがに年下にそう扱われるのは、微妙な気分にならざるを得ない。

「……まぁ、口調や威厳については、できるだけ努力するよ」

どちらにしろ、対外的な言動については後戻りできないと理解できているわけで。

今更、恥ずかしいからと改めるのは、どう考えても滑稽すぎる。

「とはいえ、アンリは普段から普通に話してくれても良いよ？　私の方が年下だから」

「それは……その、良いのですか？」

戸惑うように、そして問うようにアンリが視線を向けたのはソティエール。

それに対してソティエールは、少し沈黙してやや渋い顔で頷く。

「……アンリさんであれば構いません。スズカ様がお望みですから」

「ん？　ソティは不満なの？」

「いえ、その……私より、アンリさんとスズカ様の仲が、えっと……」

要領を得ないソティエールの言葉と、不思議そうに小首を傾《かし》げる涼香。

そんな二人の様子にアンリは苦笑、涼香の耳に何か囁《ささや》くと、涼香は目を瞬《しばたた》かせた。

「――ふむ。ソティ、心配しなくても、私が一番大事なのはソティだよ？」

「スズカ様!?　わ、私はそんなこと、別に気にしてませんけど……？　で、でも、アンリさんの話し方は、村の人と話す感じで良いと思います」

目を逸《そ》らすソティエールの頬は赤く、涼香とアンリは顔を見合わせて笑みを零《こぼ》す。

「ふふっ、じゃあ、そうさせてもらうわね？」

「うん、それぐらいの方が気楽かな。私の外見に威厳があれば、言動や雰囲気で誤魔化す必要もないんだけど、こればっかりはねぇ。生まれ持ってのものだし」

「私は良いと思いますよ？　威厳はともかく、老若男女《ろうにゃくなんにょ》、反感は持たれづらいお姿ですし。無駄に偉そうな教会の司教とか、会話する前に見た目だけで嫌われますから」

例えば、体格が良く威厳のある男性も、子供からは距離を置かれるだろう。

若くて綺麗《きれい》な女性だったとしても、一部の女性は反感を抱くだろう。

「その点、スズカ様の容姿を忌避するのは、神獣に蟠《わだかま》りがある人ぐらいよね」

そう言うのは、一部の女性に反感を持たれるタイプのアンリである。

そしてソティエールも、少し成長すればこのタイプに分類されることになる。

対して涼香《すずか》は……おそらくは、もう大丈夫である。彼女自身の希望とは裏腹に。

「うぬぅ～。間口は広がるのかぁ。そう考えると、私の外見も悪くないのかな？」

「はい。スズカ様は是非そのままで！」

「……『そのまま』の言葉に他意を感じるんだけど？」

涼香がソティエールにジト目を向けるが、彼女はしれっと話を続ける。

「それは気のせいですね。――話が纏《まと》まったところで、今日の本題。薬草採取です」

「纏まったかなぁ……。まぁ、薬草採取が本題なのは事実だけど」

「その通りです。今日はスズカ様に、薬草採取の基本をお教えしようと思います」

森の中での薬草採取。それは言うほど簡単なものではない。

薬草の種類を覚えておくのは当然として、草木が生い茂り視界が悪い森の中で目的の薬草を見つけ出すには、他の植物も含む植生の知識もなければ難しい。

また、見た目の似ている草も多いので、それらをきちんと判別しなければいけないし、薬草によっては採取方法にコツがあったり、保存方法に注意が必要だったりもする。

ラノベでは冒険者が最初にやる仕事という印象だが、現実はそんなに甘くないのだ。

「そんなわけで、素人《しろうと》が聞き齧《かじ》った程度では成果が上がらない。それが薬草採取なのです。ですからスズカ様は、先生の言うことをきちんと聞くように！　まずは……」

得意げに胸を張ったソティエールは、辺りをきょろきょろ。

近くの草むらに駆け寄ると、そこから一本の草を摘み取ってドヤ顔で涼香に示した。

「これが体力回復に使われる薬草です。私のように慣れていれば、こうして比較的簡単に見つけることができますが、似た草と一緒に生えているので間違えやすい薬草でもあります。ここには他にも生えていますが、さすがのスズカ様でも、そう簡単には――」

「これと、これと、これかな。どう？」

草むらを指さすソティエールの言葉が終わるのを待たず、涼香が数本の草を摘む。

その行動にソティエールは暫《しば》し絶句、彼女の手の中にある草を凝視した。

「…………正解です。え、なんでそんな簡単に判るんですか？」

「見れば判るよ。葉の切れ込み形と茎からの生え方が違うから」

「……本当だわ。スズカ様、よく気付いたわね。知っていたわけじゃない、のよね？」

涼香が持つ薬草と、地面に生えているよく似た草。アンリが眉間に皺《しわ》を寄せ、指摘された部分を見比べて目を丸くするが、涼香は軽い調子で「あはは」と笑う。

「知らないけど、似た草が生えていると言われたら、注意して観察するよ～」

「注意していても――いえ、特徴を知った上で観察しても、間違えやすい薬草なんですけど……。微妙な差異ですし、初心者はかなり苦労するんですよ？」

実際、町の教会に所属する聖女見習いの最初の関門は、この薬草の判別である。

頑張って集めた薬草の半分以上が、実は何の効果もない草ということも珍しくない。

そんな聖女見習いたちが涼香の所業を見れば、涙目になること請け合いだろう。

「初めてなのに凄《すご》いですね。早くも先生引退になりそうです……」

若干、しょんぼりしたソティエールを見て、涼香は慌ててパタパタと手を振る。

「いやいや、ソティの見本と同じ物を選んだだけだし、薬草の知識があるわけでもなければ、使い方が判るわけでもない。まだまだソティは先生だよ？」

「そうですか？　――うん、そうですよね。では、その薬草はスズカ様の袋に入れておいてください。帰るまでなら、潰れないようにしておけば大丈夫ですから」

「了解。それでは、頑張って集めていこう！」

涼香は薬草を嬉《うれ》しそうに袋に入れ、ソティエールはそんな涼香の姿に笑みを浮かべた。


あれから小一時間、涼香たちの持つ袋は、たくさんの薬草で膨らんでいた。

ソティエールがこれまで行っていた森と比べ、この辺りは薬草が豊富にあり、採取はとても順調。気分転換も行えて、二人とも楽しそうである。

だが、対照的に釈然としない表情なのは、周囲を警戒しているアンリ。

けれどそれは、仲間外れなのが不満、というわけではないようで——。

「あの、薬草って、そんな簡単に見つかるものだった？　私も森に来たときには探すけど、僅かしか採れないわよ？　特にスズカ様は今日が初めてよね？」

「うん。でも、ちゃんと勉強して探せば、アンリも見つけられると——」

「むしろ血眼《ちまなこ》で探していましたけど？　勉強も頑張りましたが？」

涼香の言葉を遮り、その肩に手を置いたアンリの目は据わっている。

薬草はそのまま使っても多少は効果を見込めるし、町で売れば現金収入にもなる。

必然、治療師が存在しなかった村では地味に重要な物資だったが、知識不足と経験不足から集められる量はかなり少なく、薬草は稀少《きしょう》な物という認識だった。

だが涼香たちはそんな薬草を、野に咲く花を摘み取るように集めているわけで……。

「アンリさんが見つけられないのは、薬草をあまり知らないというのもあるかと思います。勉強はされたようですが、それらの情報は基本、秘匿されてますからね」

ソティエールが苦笑気味にそう言うと、アンリも「そうなの！」と頷《うなず》く。

「ほほぅ？　薬草大事典みたいなものは、ないの？」

「私は見つけられなかったわ。一応、貴族時代に持っていた本の記述を参考にしていたけど、薬草の知識はお金になるから、積極的に広める人はいないのでしょうね」

「はい。大袈裟《おおげさ》に言うなら一子相伝ですね。私は母が薬師だったので、色々教わりましたが……。教会で聖女見習いに教えるのも、囲い込むことが前提ですから」

「う～ん、治療だけではなく、知識も独占しているというわけかぁ」

「一般的に知られているのは、マンドラゴラのような有名どころぐらいでしょうね。だから私たちも、見つけるのに苦労しているんだけど……。スズカ様は何故《なぜ》？」

知識不足というなら、涼香とアンリは似たようなものだろう。

それなのに、涼香は簡単に薬草で袋をいっぱいにしている。コツを教えてもらえれば村の新たな産業にできるかもしれないと、尋ねたアンリだったが――。

「う～ん、何となくの匂い？『あの辺にありそう』というのを感じるの」

「匂い？　大抵の薬草は、青臭い草の香りしかしないわよね？」

「いや、香りというより、もっと感覚的なものかな。説明は難しいけど」

「…………」

涼香の曖昧模糊《あいまいもこ》とした説明に、いつも優しげなアンリの顔が微妙に引き攣《つ》る。

熟練の経験があるなら勘ということもあるだろうが、涼香の薬草採取は今日がデビュー日。さすがに納得できるはずもなく、そんな表情になるのも仕方ないだろう。

「むむっ、信じられない？　そこまで言うなら、実践してあげよう！」

そこまでどころか、アンリは確実に無言だったが、そんなことは関係ないとばかりに涼香は目を眇《すが》めて辺りを見回し、少し離れた場所に立つ木の根元に目を留《と》める。

「ぴぴっときたよ！　初めて見るけど、たぶんこれも薬草だね！」

涼香が摘み取ったのは、三センチほどの小さな植物。

それはアンリも初めて見る物――より正確に言うなら、目にも留めてこなかった草であり、彼女の知識にある薬草のいずれとも似ても似つかない。

さすがにこれは違うだろう。アンリはそう思うと同時に優しい笑みを浮かべる。

まるで背伸びをしている子供を見るように。涼香もそこまで万能ではなかったかと。

「スズカ様、そんな簡単に薬草は――」

だがアンリのその言葉を遮るように、ソティエールがパチパチと手を叩《たた》いた。

「さすがです！　お教えしていない薬草まで見つけてしまうなんて‼」

「はいぃ？　いくらなんでもおかしくない⁉　物覚えが良いとか、植物の判別が得意とかならまだ納得できる。でも、知りもしない薬草を見つけるなんて不可能でしょ⁉」

「いいえ。スズカ様に不可能はありません」

「いや、不可能はあるけど？　むしろ、不可能ばかりだけど？」

涼香の能力は、基本的に信仰ポイント頼り。他の氏子に対してはもう諦めたが、アンリに対して見栄《みえ》を張るのは避けたい――無茶振りされても困るから。

そう思う涼香だが、ソティエールは気にした様子もなく説明を続ける。

「マンドラゴラなども同じですが、薬効の強い薬草には魔力が含まれます。おそらくは、その僅かな違いを感じ取っているのかと。さすがはスズカ様ですね！」

「だから――って、あぁ、なるほど。そういう原理だったのか」

頷きつつもどこか曖昧な涼香の言葉に、アンリが半眼を向ける。

「……スズカ様、ご自身のことでは？」

「いやー、私は魔力に馴染《なじ》みがないし、神様のおかげかと思ってたんだよね」

占いという前例もあるし、異世界で獣耳尻尾というオプションも手に入れた涼香、新たに得た不思議な感覚も『そんなものかな？』と受け入れていたのが実情だった。

「もちろん、その可能性もあります。スズカ様は眷属《けんぞく》ですから」

「魔力か、加護か。ま、原理はどうあれ、薬草が見つけられるならそれで良いかな」

涼香はあっさりそう言うが、対照的に浮かない顔なのがアンリである。

「でもそれじゃ、私たちが真似《まね》るのは難しそうね。私の病気で教会に大金を払ったから、少しでも薬草を集めて、村の資金の足しになればと思ったんだけど」

「あぁ……。薬草を分けられれば良いのですが、私たちも余裕はないので……」

「贅沢《ぜいたく》をするつもりはないけど、私たちも霞《かすみ》を食べて生きるわけにはいかないしねぇ」

微妙な表情で集めた薬草を見る涼香たちに、アンリが慌てて手を振った。

「いえいえ！　そんなつもりはないわよ？　仕事に対価は必要だもの」

アンリのその言葉に、ソティエールは無言で重々しく頷く。

教会にほぼ無償で酷使されていただけに、やはり思うところがあるのだろう。

そして、資金面で苦労していたのは涼香も同じ。腕を組んで「う～ん」と唸《うな》る。

「金策かぁ。私も他人事《ひとごと》じゃないけど……。アンリは普段、何の仕事をしてるの？」

「私？　私は各部の統括ね。村長なのに父が現場に出たがるから。ただ最近は、防衛部の人と狩りに行くことが多いわね。森で得られる獲物が一番お金に換えやすいの」

「へぇ、きちんと役割ごとに分かれているんだね」

「ええ。貴族時代の名残《なごり》で農業、外務、防衛、製造の四つに分けているわ。もっとも若干名前負けだけど。外務の仕事は町への買い出し、防衛はほぼ猟師ね」

貴族として領地を治めていた時には外交も必要だったし、軍も抱えていたので外務や防衛もその名前の通りの仕事があったのだが、今はただの開拓村。それでも以前と同じような組織にしているのは、管理のしやすさと今後を見据えてのことだった。

「翠光石《すいこうせき》の破片を売ればお金は手に入るわ。でも、量が多くなれば目を付けられる。その点、薬草ならウチの村がたくさん売っても、あまり違和感もないでしょ？」

「不踏の森にある村ですしね。それなら、私が薬草について講義しましょうか？　私たちの代わりにお薬を売りに行ってもらって、その手間賃を払うのもありですし」

ソティエールは納得したように頷いて提案、アンリは驚き目を丸くした。

「凄く助かるけど……良いの？　さっきは一子相伝と言っていたのに」

「採ってきた物は必ず一度私に見せて、勝手に売ったり、使ったりしないとお約束頂けるなら。秘密にされているのは、事故を防ぐ意味もありますから」

薬草だって薬の一種。生学問で間違った使い方をすれば、毒にもなり得る。

素人が調薬した物を他人に使ったり、売ったりして事故が起きたらどうなるか。

それをした本人が処罰されるだけなら良いが、下手をすれば似たような、しかしきちんと効く薬を作っている他の薬師にも非難が向きかねない。

「なるほど、あり得る話だね。――いや、過去にあったのかな？」

「かもしれません。そういう事情ですので……」

「必ず徹底させるわ。だから、講義をお願いしても良い？」

「はい。時間を見つけてやりましょう。村の傍《そば》でも薬草は生えていますから、戦いが得意じゃない人でも採取できるかもしれませんね。――案外、魔物も出てきませんし」

その言葉通り、村から出て一時間ほど経《た》っても出会った魔物は最初の大兎《おおうさぎ》だけ。

護衛の出番はまだないのだが、ソティエールの言葉に渋い顔になったのは涼香だった。

「ソティ、それはフラグというものだよ……。絶対、魔物が出てくるよ？」

「え、よく解《わか》りませんが、考えすぎでは？」

「普通ならね。けど私たちには、そういうのが好きそうな存在が付いてるから」

まるで傍で見ているかのように、タイミング良く届く神託。

付いているというより、むしろ憑いているの方が近いかもしれない。

そんな実績からの言葉だったが、ソティエールは訝《いぶか》しげに眉根を寄せる。

「神様はそのような意地悪はしないと思いますけど……。スズカ様が望めば魔物がいる方向を教えてくれるとか、注意を促すとかはしてくれるかもしれませんが」

「いや、意地悪というわけじゃなく――」

困ったように笑った涼香が途中で言葉を切り、険しい表情となって狐耳《きつねみみ》をピクピクと動かすと、ソティエールの手を引いて背後に庇《かば》い、金剛杖《こんごうづえ》を握り直した。

「何か近付いてくる」

「え？　私は別に……。――っ！」

涼香から遅れること数秒、何かに気付いたアンリが、ハッとしたように前に出て剣を構えると、程なく木々の間から巨大な茶色の獣がのそりと姿を現した。

「でっか！　なに、あれ⁉」

「牙猪《きばいのしし》です。大兎とは違います。気を付けてください」

「うんっ、それは一目瞭然だねっ！」

大兎は一見すると愛玩動物にも見えたが、牙猪は明らかに凶悪。

体長は二メートル超、体高も一・五メートルはあり、その名前の由来となった鋭い牙は、下顎から斜め前に三〇センチほども伸びている。そんな凶悪な牙が猪の突進力と共に突き刺されば確実に致命傷、掠《かす》っただけでも大怪我《おおけが》だろう。

「村の傍では滅多に見かけないのだけど……。さすがはスズカ様、持ってるわ」

「嬉《うれ》しくないなぁ。むしろ、フラグを立てたソティのお手柄では？」

「仮にそうだったとしても、手柄と言って良いんでしょうか……？」

「危険な魔物だけど、斃《たお》せればお金になるわ。お手柄で良いんじゃないかしら？」

大兎と比べ、肉と皮が多く取れる牙猪だが、その数は少ない。

アンリたちも普段は痕跡を探して森を走り回り、罠《わな》を仕掛けて狩っている。

それを思えば、向こうから来てくれるのは儲《もう》けものというものだろう。

「もちろん、安全に斃せるなら、だけどね。ちなみにスズカ様は斃せそう？」

「む？　如何《いか》にも硬そうなアレを？」

剛毛と筋肉の鎧《よろい》を纏《まと》った猪。金剛杖で戦うのは避けたい相手である。トレントのように《奇跡》を使えば斃せるかもしれないが、涼香もその効果は把握しきれていない。

例えば、体内の血液を水に変換する、なんてことは可能なのか。

そんなアイデアが涼香の頭を過《よぎ》るが、いろんな意味で危険すぎると首を振った。

「……いや、無理でしょ？　私はか弱い乙女だよ？」

「か弱い乙女……。スズカ様、乙女であるためには戦えないといけない、そういう状況もあるのよ？　――でもこれで、私が付いてきた甲斐《かい》もあるということね」

何か嫌なことでも思い出したのか、アンリは昏《くら》い笑みを浮かべて剣を構え、涼香はそんな彼女に若干引きつつも、少し心配そうに牙猪とアンリを見比べる。

「そ、そうなの……？　アンリは大丈夫？」

「任せて。乙女でも戦えるところをお見せするわ。スズカ様たちは避《よ》けていて」

体格差を考えれば、彼女が牙猪を正面から止めることは不可能である。

アンリはゆっくり近付いてくる牙猪を見据えて斜め前へと踏み出し、それに釣られるように牙猪も進路を変更、涼香とソティエールは逆方向へとそろり移動する。

それを確認したアンリが剣を動かして挑発すると、牙猪は頭を下げて突進を開始した。

一〇〇キロは優に超えるような巨体が、地響きを立ててアンリへと向かう。

同じ魔物でも、その迫力はトレントとはまったく違うもので、涼香は息を吞《の》む。

だが、牙猪の正面に立つアンリは冷静だった。

牙猪の牙が触れる直前、彼女は横にスッと移動、すれ違い様に剣を振り下ろした。

「――ふっ！」

ズンッと、その細腕からは考えられないような、アンリの力強い斬撃。

それは毛皮に阻《はば》まれることもなく牙猪の首筋を通過、斬られた牙猪はその勢いのまま正面の木に激突すると、首から血を噴き出しながら地面に倒れた。

「「……え？」」

護衛を買って出る以上、ある程度は戦えると涼香たちも思っていた。

アンリの経歴を聞いた後は、貴族の嗜《たしな》み程度の腕前なのかとも思っていた。

しかし、今見せられたアンリの戦いは想像以上。完全に意表を突かれた涼香たちは揃《そろ》ってポカンと口を開け、牙猪に歩み寄るアンリの背中をまじまじと見つめた。

「……ねぇ、ソティ。牙猪が見かけ倒しってことはないかな？」

「まさかです。狩りの獲物というより、討伐する対象という方が実態に近い魔物です」

「だよねっ！　アンリがあんまりにもあっさり斃すものだから……」

決して勘違いではないと涼香は胸を撫《な》で下ろし、アンリは戦いの時に見せた鋭さとは一転、「うふふ」と穏やかな笑みを浮かべて、死体となった牙猪の後ろ脚を掴《つか》む。

「これでも私、力はちょっと強いの。よっこいしょっと」

軽い掛け声とは裏腹に牙猪の巨体が半ば持ち上がり、首から更に血が溢《あふ》れ出た。

宙吊《ちゅうづ》りになっているわけではないが、普通なら女の細腕で成し得ることではなく。

「……『ちょっと』ってなんだっけ？」

そんな哲学的疑問を口にする涼香と共に、ソティエールも真顔で頷《うなず》く。

「村の人たちがアンリさんを恐れる理由が、一つ解った気がします」

「あらあら、誤解よ、ソティさん。私は別に恐れられてなんていないわ」

アンリはそう言って優しげに、穏やかなお姉さんの笑みを浮かべる。

だが涼香たちは、二人からお金を巻き上げようとした人たち——村長である父親も含む鍛えられた男たちを地面に正座させ、笑顔で威圧していた光景を忘れてはいない。

もちろん、それをあえて指摘したりはしないが。

自分たちには、優しいお姉さんのままでいてほしいので。

「しかし、これはなかなかの大物ね。スズカ様、今日の薬草採取は終わりにして、村へ戻っても良いかしら？　状態の良いうちにこれを処理してしまいたいの」

「もちろん構わないよ。大事な現金収入になり得る獲物だしね。ソティも良い？」

「はい。スズカ様のおかげで、当面必要な薬草は確保できましたから」

◇　◇　◇

巨大な牙猪はとても重く、女三人で運ぶのは少々苦労する。

だが、取れるお肉は美味《おい》しく、皮も色々な使い道があってお金にもなる。

そう思えば、その重さも嬉しい重さ。今晩は焼き肉パーティーかもしれない。

そんな楽しげな雰囲気を纏って歩く三人だったが、しかし村近くで彼女たちを出迎えたのは、その空気を吹き飛ばすように、息せき切って走ってくる男だった。

「ア、アンリさん、大変です！　あっ、ソティエール様、どうか助けてください！」

「落ち着きなさい！　いったい何事？　まずはそれを説明しなさい」

どこか浮かれたような顔から一転、表情を引き締めたアンリが一喝すると、彼女とさほど年の変わらない男はビクッと震え、それでも狼狽《うろた》えたまま村の奥を指さす。

「あ、あの、ま、まずはこちらへ来てください！」

焦《あせ》る男に先導されて涼香たちが向かったのは、村長の家の前。彼女たちが到着するのと間を置かず、二人の男が担架で運ばれてきたのだが、彼らの様相は明らかに異常だった。

先日までの鍛えられていた肉体は見る影もなく、痩《こ》けた頰と骨の浮いた手脚。

見覚えのあるその症状に、ソティエールは顔色を変えた。

「まさか、枯木病？　ですが、この状態は……」

末期だったアンリほどではないが、明らかに痩せている。

しかし、枯木病は急激に進行するような病気ではない。

明らかな異常事態。そんな状況だからこそ、ソティエールの行動は早かった。

「原因究明は措《お》いて、まずは治療しましょう。準備しておいて良かったです」

病状が急変するかもしれないと、急いで治療薬を取りに行き、それを男たちに投与するが、その結果を見たソティエールは不可解そうに眉根を寄せた。

「通常量では足りない？　やはり普通ではないようですね」

ソティエールは患者の状態を見つつ、更に薬を追加。

通常の倍ほどを投与したところで男たちはようやく意識を取り戻し、目を開けた。

「「おぉぉ‼」」

村人から歓声が上がり、ぼんやりとして状況を掴めていない男たちがビクリと震える。

険しい顔をしていたアンリも安堵《あんど》に表情を緩め、ソティエールに声を掛けた。

「ありがとう。ソティさんには、また助けられてしまったわ」

「これが私の役目ですから。後はしっかり食べて、ゆっくり休ませてください」

「解ったわ。このお礼は必ず」

「今は神社の建設を頑張って頂けるだけで良いですよ。ですよね？　スズカ様」

「うむ。ソティが良いならの。正式な治療費もまだ決まってないのじゃ」

教会と同じ額の治療費を請求しても、この村の人は到底払えない。

それが解っているため、今のところ涼香たちは治療の対価を請求していない。

これが常態となっては困るのだが、神社が完成するまではこのままの予定である。

「助かるわ。でも、今後はそのあたりも考える必要があるわね。もちろん、きちんと対応するから、安心してね？　――それで、お父さん、何があったの？」

アンリが目を向けるのは、男たちを自宅に運ぶよう手配してから、涼香《すずか》たちの方へと近付いてきていた村長。話を向けられた彼は「あぁ」と頷き話し始める。

「俺も直接は見ていないのだが――」

事件が起こったのはトレントの森を抜けた先、最初に水場と目していた滝だった。

滝周辺の木々はトレントではないため、涼香は手を出していなかったのだが、ここから村へと水を引くほか、神社の禊場《みそぎば》としても使う予定で整備は進んでいた。

その工事に従事していたのが、彼らを含む複数の村人たちだったのだが――。

「目撃した者の話では、滝壺《たきつぼ》の辺りに突然、怪しげな黒い靄《もや》が現れたらしい。近くで作業していたあの二人も慌てて離れたんだが、すぐに倒れてしまったそうだ」

私たちを呼びに来たのが周囲にいたうちの一人。他の人たちは担架を使って二人を運んだのだが、慌てて逃げてきたので、何が起きたかは誰もよく解《わか》っていなかった。

「黒い靄……。放置はできないし、確認に行くしかないわね」

「そうじゃな。我も一緒に行こう。ソティも良いか？」

「私はもちろんですが、スズカ様も、ですか？　あまり危険なことは……」

ソティエールは少し迷いを見せるが、超常現象なら涼香の出番、病気関連ならソティエールの出番であり、他に方法もないと理解してか、すぐに諦め混じりに頷く。

「解りました。行きましょう。十分に注意してくださいね？」

「二人とも、ありがとう。私が必ず守ると言えないのが情けないけど、最善を尽くすわ」

「なんの。神社の工事で起きたことじゃ。あまり気にする必要はない」

軽く応えた涼香に、アンリは改めて頭を下げて動き出す。

そして急遽《きゅうきょ》編制された調査隊は、涼香たち三人に防衛部から四人を加えた計七人。

万が一にもアンリと村長が共に動けなくなると困るので、村長は不参加である。

村の奥に新たに造られた道を通り、既に建物の工事が始まっている神社の境内《けいだい》を抜け、その奥にある細道を歩いて行くと、綺麗《きれい》な水が流れ落ちている滝が見え始める。

やや幅広で水量はあまり多くないが、高さはあるので遠くからでもその姿が確認でき、近付くにつれて、水が岩に当たって砕ける音も聞こえてきた。

「折角の良い感じの滝じゃから、使えんようなるのは冴《さ》えんのじゃ」

「そこはスズカ様の頑張り次第、かもしれませんね。――あれ、みたいですね」

ソティエールが指さす先、滝壺の少し上の辺りに黒い靄のような物が蟠《わだかま》っていた。

それを見た涼香は一瞬、自分がこの世界に来ることになった穴を思い出す。

だが、先がまったく見えなかったあれに比べると、その黒い靄は薄いことに気付き、胸を撫で下ろす涼香とは対照的に、ソティエールとアンリの反応は大きかった。

「「あれは！」」

「ん？　二人とも、心当たりがあるのじゃ？」

二人の声に全員が警戒するように足を止めると、顔を顰《しか》めたアンリが口を開く。

「ええ。もう少し薄いものだったけど、枯木病になる前に似たものを見たわ。近付くとすぐに消えてしまったのだけど……。私が体調を崩したのは、その数日後だったわね」

「ほうほう。もしかして、枯木病の原因なのじゃ？　ソティの方は？」

「見るのは初めてですが、おそらくは教会が〝瘴気溜《しょうきだ》まり〟と呼んでいるものかと。『信心が足りないから発生する』と吹聴《ふいちょう》していますが、根拠は示されていません。ついでに言えば、私の母は似たものを指して〝闇の残滓《ざんし》〟と呼んでいました」

「〝瘴気溜まり〟と〝闇の残滓〟のぅ。なんとも意味ありげな呼び方じゃが……。この距離なら問題はないか？　誰ぞ、僅かでも不調はないのじゃ？」

滝壺までの距離は二〇メートルほど。先を歩いていたのは涼香たち三人だったが、後ろから付いてきていた男たちの一人が遠慮がちに手を上げた。

「スズカ様、申し訳ありません。少し気分が……」

「いや、遠慮する必要はない。黙っていられた方が逆に困るのじゃ」

「そうですね。突然倒れられると対応できませんし。他の方は大丈夫ですか？」

ソティエールの再度の問いかけに、残りの男たちも寒気《さむけ》を訴えるが、涼香とソティエール、そしてアンリについては、やはり特に体調の変化は感じていなかった。

「むむっ、これは男女差なのじゃ？」

「いえ、普通に耐性の差かと。眷属《けんぞく》であるスズカ様、巫女《みこ》である私はもちろん、アンリさんもご先祖様は……。ああいったものには強いのでしょう」

「でも私、枯木病で倒れているのだけど……？」

「強くても上限はありますからね。ここから先は、私たちだけで行きましょう」

「し、しかし、俺たちは護衛です。スズカ様たちに何かあったら……」

「いや、むしろお主たちに何かありそうなのじゃが？」

涼香の突き付けた厳しい現実に男たちは「うっ」と言葉に詰まり、アンリはそんな彼らをフォローするように、優しげでありながら有無を言わせぬ口調で告げる。

「もしも全員が倒れてしまったら、人を呼びに行くことも、私たちを運んでもらうこともできないわ。あなたたちはここで待機していなさい」

「……解りました。気を付けてください」

他に方法があるわけでもない。渋々頷いた男たちをその場に残し、三人で先に進んだ涼香たちは川岸まで到達。滝壺の上に浮かぶ直径一メートルほどの黒い靄を睨《にら》んだ。

「ここまで近付けば、我も若干の寒気を感じるの。ソティたちはどうじゃ？」

「私も同じです。背筋がゾクゾクと……」

「あの時と似た感じね。この場に長時間いると体調を崩すかもしれないわ」

ソティエールの言う耐性の違いなのだろうか。眉をひそめる程度の涼香に対して、ソティエールは不愉快そうに顔を顰め、アンリに至っては少し顔色が悪い。

「如何《いか》にも禍々《まがまが》しい。このままでは神社も完成せぬし、何より危険じゃ。どちらにしても放置はできんの。我の素敵な神社生活のためにも！」

神様ではないが、涼香だって自分の家で暮らせることは楽しみにしている。

村長宅での扱いは良くても、それでも他人の家であることに違いはない。

やはり微妙に落ち着かず、気を抜いてだらけるのは難しかった。

「スズカ様、放置できないのは同意ですが、対処できるのですか？」

「穢《けが》れを祓《はら》うのは巫女の本分。なんとかなるのではないか？　《祈祷《きとう》》という、如何にもやれと言わんばかりの権能を授かっているわけじゃし」

若干不安そうなソティエールに、涼香はなんとも気軽に答える。

異世界に来てからは《奇跡》などという、理外の力を行使していた涼香だが、実家では地鎮祭や厄祓い、祈祷を行ったお守りの授与などが大事な収入源だった。

確証があるわけではないが、神様が教えてくれた《祈祷》の効果にも『お祓いに効果を持たせられる』と書いてあったのだから、試さない理由はないだろう。

「むしろ、ここまであからさまな『穢れ』に効果がないなら詐欺じゃ。神様相手に抗議行動すら辞さぬぞ？　神社を造るためにも必要なのじゃから」

「そういうことであれば……。でも、気を付けてくださいね？」

「うむ。二人は少し下がっておれ」

涼香はそう言うと、黒い靄に向かって手にした大幣《おおぬさ》をしゃしゃっと振る。

そして大きく深呼吸、目を閉じて祝詞《のりと》を唱え始めた。

「高天原《たかまのはら》に神留《かむづま》り坐《ま》す皇《すめらがむつかむろぎ》親神漏岐《かむろみ》、神漏美の命《みこと》以《も》ちて、八百万《やほよろづ》の神等《かみたち》を――」

変化はすぐに表れた。風が吹いても動かなかった黒い靄が、微《かす》かに揺れる。

同時にソティエールとアンリは、周囲の空気が軽くなったように感じ、自身が感じていた不快感が明らかに軽減されたことに気付く。

「語問《こととい》ひし磐根《いはね》、樹根立《きねたち》、草の片葉《かきは》をも語止《ことや》めて、天《あめ》の磐座《いはくら》放ち、天の八重雲《やへぐも》を――」

次第に靄の揺れは大きくなり、端の方から少しずつ空気に解《と》け始めた。

ソティエールたちは固唾《の》を呑み、涼香は難しい顔で再度大幣を振って祝詞を続ける。

「過《あやま》ち犯しけむ種種《くさぐさ》の罪事《つみごと》は、天《あま》つ罪、国《くに》つ罪、許許太久《ここだく》の罪出《い》でむ――」

当初と比べ、黒い靄はかなり薄くなり、その大きさも半分程度になっていた。

後ろで見ている二人の緊張感も少し緩み、『どうやら上手《うま》くいきそう』とそんなことを考えたのが悪かったのか――ザバンッ‼　突如、黒い靄の下、滝壺の水が弾《はじ》けた。

「「スズカ様――‼」」

「天《あま》つ祝詞の太《ふと》祝詞事《ごと》を宣《の》れ。此《か》く宣らば、天つ神は天《あめ》の磐戸《いはと》を押し披《ひら》きて――」

そこから姿を現したのは、黒く濁った水で形成された触手のようなもの。

ソティエールたちが発した声に目を開けた涼香は、その怪異に瞠目《どうもく》して獣耳をピンと立てるが、薄くなりつつある黒い靄を見て、それでも祝詞を途切れさせることはなかった。

それどころか、心配して近付こうとする二人を片手で制する。

「科戸《しなど》の風の天《あめ》の八重雲《やへぐも》を吹き放つ事の如《ごと》く」

黒い触手の太さは人間の胴体ほど。鎌首をもたげるように水面から三メートルほどの位置まで伸びると、涼香を狙うようにゆらりと揺れ――一気に突っ込んだ。

「朝《あした》の御霧《みぎり》、夕《ゆふべ》の御霧を朝風、夕風の吹き払ふ事の如《ごと》く――」

ドンッ。涼香の目前、手を伸ばせば届くような距離で触手は不可視の壁にぶつかる。

それでも涼香の祝詞に揺らぎはないが、ピンと伸びた尻尾は、その内心を表すかのように毛が逆立ち、倍ほどにまで大きく膨らんでいて——。

涼香は早鐘を打つ心臓を抑えるように、祝詞に力を込める。

「焼鎌《やきがま》の敏鎌《とがま》以《も》ちて打ち掃《はら》ふ事の如く、遺る罪は在らじと祓《はら》へ給《たま》ひ清め給ふ事を——」

ドンッ、ドンッと何度も体当たりを行うが、その度に撥《は》ね返される触手。

また濁ったその色は、黒い靄に合わせるように段々と薄くなり、やがて……。

「此《か》く佐《さ》須《す》良《ら》ひ失ひてば、罪と云《い》ふ罪は在らじと祓へ給ひ清め給ふ事を、天《あま》つ神国つ神、八百万《やほよろづ》の神等共《かみたちとも》に聞こし食《め》せと白《まを》す！」

祝詞が終わると同時、涼香の持つ大幣が光を放つ。

黒い靄はその光に押し流されて一気に消滅、触手も水に戻ってバシャッと落下した。

「………いけた、かな？　大丈夫、だよね？」

「はい。消えています。黒い靄も、怪しげな触手みたいなのも」

不安げな涼香の言葉を追認するようにソティエールが頷《うなず》くと、涼香は「ふへぇ～」と気の抜けた息を漏らし、力の入っていた尻尾をふにゃりと垂らした。

「お疲れさま、スズカ様。一時はどうなることかと思ったけど、さすがね」

アンリもまた表情を緩めて涼香を褒めるが、涼香の方は難しい顔で首を振った。

「正直危なかったよ。信仰ポイントをかなり消費しちゃったから」

《祈祷》は期待通りの性能を発揮したが、これも神様から与えられた権能。

お祓い中はもちろん、触手を受け止めたときには特に大量のポイントを消費していた。

しかも今の涼香《すずか》は、翠光石《すいこうせき》の件でポイントの残りが少なくなっている状態である。

信仰ポイントがどんどん減っていく感覚に、涼香は冷や汗が止まらず、表情こそ取り繕っていたが、逆立った尻尾と乱れた口調が彼女の心情を如実《にょじつ》に表していた。

「しっかし、なんなの、あれは!?　触手は聞いてないよ、触手は！　危うく『薄い本が厚くなる』ってやつを体現するところだったよ！　まったく、もう‼」

もし、あれに捕まっていたら、自分はどうなったのか。

枯木病になるだけならまだマシだが、最悪は触手に蹂躙《じゅうりん》されて――。

などと、触手があんまりな見た目だっただけに、良くない想像が頭を過り、涼香の口から思わず愚痴がこぼれ落ちるが、それを聞き咎《とが》めたのはソティエールである。

「えっと、スズカ様、その『薄い本が厚くなる』とは？」

「――あ。いや、なんでもない。忘れて？」

まさか説明できるはずもない。サブカルの資料に紛れていたアレやコレなんて。

涼香は誤魔化すようにニコリと笑い、ソティエールは目を瞬《しばたた》かせて小首を傾《かし》げる。

「そうなのですか？　何故《なぜ》か、私の琴線に触れるものが――」

「それは気のせい。それより、ソティたちは何か知らない？」

――あれは伝える必要のない文化。ソティにはピュアでいてほしい。

そんなことを思いつつ、涼香はやや強引に話を変える。

「いえ、知りません。とても嫌悪《けんお》感を覚える存在でしたが……。アンリさんは？」

「私も同じね。父にも聞いてみようとは思うけど……たぶん知らないと思うわ」

二人は顔を見合わせて首を振り、涼香たちは揃《そろ》って液状になった触手が落下した箇所に目を向けるが、そこにあるのは水が染《し》み込んだ跡だけ。何ら形は残っていない。

「う～ん、ただの水に見えるけど……。厄介なことが起きなければ良い――のじゃが」

遠くからでも黒い靄《もや》が消滅したことが見えたのだろう。

最初は恐る恐る、やがて早足で近付いてくる男たちに目を向け、涼香は憂鬱そうに呟《つぶや》くが、ソティエールはポンと手を打って、ニコリと笑う。

「なるほど！　スズカ様、それが『フラグ』というものなのですね！」

「うぐっ！　そ、そんなことは……ないと思いたいのじゃ……」

だがしかし、既にソティエールで実績があることだけに、その言葉に力はなく。

そんな涼香の様子に、アンリとソティエールは顔見合わせて小さく笑った。

——やはり、というべきだろうか。

村に帰ったアンリは自分の父親や村人たちに話を聞いて回ったのだが、〝闇の残滓《ざんし》〟や〝瘴気溜《しょうきだ》まり〟はまだしも、あの触手については誰も心当たりがなかった。

だが幸いなことに、滝壺《たきつぼ》に新たな黒い靄が発生することもなく、涼香のフラグは無事に未回収。倒れた二人は数日ほどで回復し、その後の工事は順調に進んだ。

そして、疑問が解消されることはないまま、神社は完成の時を迎えることになる。

The story of a shrine maiden
with animal ears reviving a shrine
in another world

〈第四章〉
完成、まい・ほーむ！

Chapter 4
Completed, my home!

開拓村の奥に造られた道を進むと、見えてくるのは巨大な鳥居である。

それはトレントの大きな丸太を生かし、さほど手を加えずに作られた物だったが、素朴で重厚感があり、現在の神社の規模には不釣り合いなほど立派なものだった。

様々な鳥居を知っている涼香からすると、少々手抜きにも見える形状だが、『格好いい鳥居を作れ』という使命《ミッション》は達成されたので、神様のお眼鏡には適《かな》ったのだろう。

そして、そんな鳥居を見上げるのは涼香、ソティエール、アンリの三人。

彼女たちはそれぞれの感慨を胸に、感嘆の息を漏らす。

「ついに神社が完成したねぇ……」

「本当にトレントの森の開拓に成功したのね……。実は私たち、半ば諦めてたの」

「スズカ様に不可能はありません。もっとも、こんなに早くご自身の神社をお持ちになるとは、スズカ様の巫女《みこ》となった時には考えもしませんでしたが……」

「私じゃなく、神様の巫女ね？　まぁ、予想外だったのは私も同じだけど」

小さなお社を建てるまでに、年単位の時間がかかることすら覚悟していた涼香。

だが実際には僅か数ヶ月で神社が建ったのだから、予想外と言うしかない。

ここまでスムーズに進んだのは巡り合わせと恩返し、信仰心に各種思惑が絡《から》み合った結果だが、関係者全員に利があるのだから何の問題もない――教会の関係者以外は。

「職人たちも張り切ってたわね。苦労もあったようだけど、新しい技術が知れて楽しかったと言っていたわ。この鳥居だって……これって、門なのよね？　スズカ様」

アンリの問いかけに、満足げに腕組みをした涼香が「うむっ！」と胸を張る。

「神域と俗世との境界。それを示す門だね」

「随分と開放的な門ですね。町の教会の門は頑丈な扉がある上に、門番が常駐してお布施《ふせ》を支払わなければ建物内は疎《おろ》か、敷地《しきち》に入ることもできませんが」

「それは窮屈だね。鳥居が阻《はば》むのは穢《けが》れ。人を拒むことはないよ」

嫌そうに眉をひそめた涼香に対し、ソティエールは目を輝かせる。

「素敵な考え方です。私、スズカ様の巫女になって良かったです！」

「だから私じゃなくて、緋御珠姫《あけのみたまのひめ》――狐神《きつねがみ》だよ？　まぁ、そう感じてくれるなら、同じ巫女として私も嬉《うれ》しいけど。参拝に関しても、面倒臭い作法は少ないしね」

「少ないということは、一応はあるのよね？」

アンリが確認するように問うと、涼香は顎に指を当てて小さく頷く。

「強要するものじゃないけど、あるね。折角だから、説明しながら本殿に向かおうか」

涼香はそう言いつつ鳥居の前で立ち止まると、そこで深く腰を曲げて一礼。

ピシリと筋の通った綺麗《きれい》な礼に、アンリたちは「ほう」と感嘆の息を漏らした。

「まずは鳥居の前で一礼。神様の御座《おわ》す場所にお邪魔するわけだから」

「なるほど、当然の礼儀ね。でも、スズカ様ほど美しい礼は……」

アンリが頷きつつ言葉を濁すと、涼香は何かを思い出すかのように遠い目になる。

「巫女になると礼儀作法は厳しく教えられるんだよねぇ……。ま、重要なのは気持ち。お座なりにせず丁寧に礼をすればそれで良いよ。ソティにはいずれ覚えてもらいたいけど」

「スズカ様が教えてくれるんですよね？　が、頑張ります！」

「うん。けど、気負う必要はないからね？」

涼香は小さく微笑《ほほえ》むと、鳥居を潜り参道に足を踏み入れる。

砂利や石畳は敷かれておらず、土が剝《む》き出しのままの参道だが、道幅は大きな鳥居と同じぐらいあり、真《ま》っ直《す》ぐに奥へと続いている。だが、その参道の両脇には柵が設けられており、通れるのは中央の三分の一ほど。左右には広い空き地が取ってあった。

「一応、参道の中央は神様が歩く場所、人は両端を歩くことになっているけど……気にしなくても良いよ。むしろ、ここでは真ん中を歩くべきだろうし」

その理由はもちろん、周りに生えているトレントである。一見すると静謐《せいひつ》な森だが、一歩踏み込めば超危険地帯、少しでもリスクは減らしておくべきだろう。

「でも、作法は構わないの？」

「私たちの神様は基本的に大らかだから。小難しいことを言って参拝に来てくれなくなれば本末転倒。取りあえず作法は教えるけど、アンリも村人に強要する必要はないよ」

「解《わか》ったわ。ただ参道については、入り口に注意書きの看板を立てておきましょう」

「そうですね。余所《よそ》から参拝に来た人が帰ってこないと言われると、評判も落ちますし」

設置してある柵を乗り越えた結果、本人が死のうとも自業自得《じごうじとく》ではある。

だが、身近な場所で人が死ぬのは、単純に気分が良くない。

涼香にも反対する理由はなく、軽く頷《うなず》いて足を進める。

左右に整然と並ぶのは天を衝《つ》くほどに高い木々。風に揺れた枝が立てる微《かす》かな葉擦れが逆に静寂を感じさせ、大きく深呼吸をすれば、涼やかな空気と森の香りが鼻腔《びこう》を抜ける。

周囲の木々がトレントという、それなりに危険な魔物であることは理解していても、そんなことが気にならないほど涼香はここの雰囲気を気に入っていた。

「この参道を歩いていると、心が洗われるわね」

「同感です。大きな柱や彫刻が並ぶ神殿とは対照的ですが、厳粛な気持ちとなります」

「私の宗教は自然との共生を重視するの。そう言ってくれると嬉しいかな」

「とても素敵な考え方だと思います。豪華な神殿を造ることが良いとは限りませんし、治療だって材料となる薬草がなければ何もできません。気分も落ち着きますし」

「観光なら豪華な神殿も良いけど、私も落ち着くのはこっちだね」

そんな参道を数百メートルほど歩くと、見えてくるのは二つ目の鳥居。

それを潜るとすぐに、右手に建てられた手水舎《ちょうずや》に目が惹《ひ》き付けられる。

いや、より正確に言うなら、そこに設置された巨大な翠光石《すいこうせき》の手水鉢《ばち》に、であろう。

透明感のある翠色《みどりいろ》で正に宝石のようであり、滝から引かれた清水が常に流れ続けていることもあって、水で濡《ぬ》れた手水鉢は日の光を浴びてキラキラと輝いている。

一種の神々《こうごう》しささえ感じさせ、下手をすれば近付くのも畏れ多いほどだったが、既に何度も見ている涼香《すずか》は気にした様子もなく、そこに置かれた柄杓《ひしゃく》を手に取った。

「境内《けいだい》に入ったら、まずは手水舎で手と口を清めるの。柄杓で水を掬《すく》って左手、右手。左手に水を注いでそれで口を漱《すす》ぎ、最後に柄杓を水で濯《すす》いで終了、だよ」

涼香の見本に二人も倣《なら》うが、その所作に緊張が見える理由は言うまでもなく――。

「この手水鉢だと、ただ手を洗うだけでも緊張しますね」

「うふふ、柄杓も結構な高級品なのよ？　トレントを使っているんだから」

「ですよね。でも、トレントは周りにこれだけ生えてますし。対して翠光石は……」

「手水鉢に使うには、さすがに勿体《もったい》ない気がするよねぇ。『素敵な手水鉢を作れ』という使命《ミッション》を達成できたのはありがたいんだけど……」

「前も言ったけど、構わないのよ？　翠光石は扱いにくい物だし、神社に来た人に初っ端《しょぱな》からインパクトを残せるから。不心得者が出ないかだけは心配だけどね」

村の石工によって丁寧な彫刻まで施された手水鉢は、一種の芸術品である。

使命《ミッション》が達成できるのも当然という出来だが、屋外に設置するのが怖いレベルになっているのは間違いない。大きさ的にこっそり盗むのは不可能だろうが、欠片《かけら》でもお金になるのが翠光石。アンリは懸念《けねん》を示すが、涼香は「ん？」と小首を傾《かし》げた。

「まだ伝えてなかった？　心配しなくても、私が《祈祷《きとう》》を行ったから大丈夫だよ？」

「そうだったの？　防犯対策に？」

「うん。私が願ったのは三つ。一つは簡単には壊れないようにすること。これだけの代物を作ってくれたんだし、故意じゃなくても破損するようなことは避けたいから」

「そう言ってくれると、村の職人も喜ぶと思うわ」

「本当に素敵な物だからね。二つ目は清めの力。元々手水舎の目的は清め。それが強化されるように願ったの。もしかすると、病などの穢れも祓《はら》えるかも？」

常に水が流れているので淀《よど》みはしないだろうが、『村の衛生状態を改善せよ』という使命《ミッション》のことと、綺麗な手水鉢が汚れるのは嫌だなと思って願ってみた涼香である。

それのおかげか、今のところ手水鉢は設置した時の透明感を保っていた。

「三つ目は、悪意ある者に対する意趣返しだけど……詳細は秘密かな。いずれも効果のほどは明確じゃないけど、ポイントはかなり消費したから期待はできるはず？」

「ええ、そうですね。折角回復した信仰ポイントが、またなくなりましたね」

涼香が黒い靄《もや》を祓った光景は見ていた人の口から村に広まり、結果として信仰ポイントの回収に大きく寄与、ソティエールが安心できるぐらいまで貯《た》まっていたのだが……。

「し、仕方なかったんだよ。さすがに翠光石は放置できないから」

そんな理由で行われた《祈祷》は能力の実験も兼ねたものだったが、ポイントの消費量は完全に想定外。涼香の安全が第一のソティエールとしては、不満の残る行為だった。

「ご自身の身を守れるだけのポイントは、残して頂きたいのですが……」

ソティエールは言葉を濁しつつも、少し咎《とが》めるような目を涼香に向ける。

それが心配から来るものと理解しているため、涼香も反論はできず、気まずそうに目をスッと逸《そ》らして、手水舎の正面右側にある建物を指さした。

「つ、次！　あっちにあるのが、社務所を兼ねた授与所だよ」

参道の左手、手水舎よりも少し奥寄りにある、平屋の細長い建物。

一般的な神社では事務仕事をしたり、お守りなどを授けたりする場所だが、神社に常駐するのは涼香たち二人、当面は参拝者も限られるので、今のところ使う予定はない。

それでも授与所が造られた理由は単純で、本殿に取り掛かる前の練習としてである。

アンリたちが旧領から連れてきた職人は皆優秀だが、丁寧な設計図はあっても、さすがに初めて造る様式の建物。慣れるために単純な建物から手を付けたのだった。

「試行錯誤だったと聞いたけど……見た感じは、問題なさそう？」

「何度かやり直しはあったみたいだね。でも、最終的には綺麗に仕上げてくれたよ。これでしっかり技術を磨いた成果が、あちらの本殿だね」

境内の一番奥に建てられた本殿は、高床になった流造《ながれづくり》の柿葺《こけらぶ》き。

決して簡単に造れる物ではないのだが、元々腕が良かったからか、それとも神様から見えない手助けでもあったのか、職人たちは苦労しながらも設計図通りに完成させていた。

「立派な柱に支えられた存在感と、優美な曲線を描く屋根が素敵ですよね。でも、こうしてみると本殿ってあまり大きくないんですね、スズカ様」

「本来は神様の私室で人を入れる場所ではないからね。本殿の前に造る予定の拝殿は、神社の規模に応じて大きくなるけど、本殿が大きい神社はあまり知らないかな」

本殿の大きさは幅、奥行き共に一〇メートルに満たない。張り出した屋根と外廊下も含めてそれなので、建物内部は少し広めの部屋というぐらいの大きさだろう。

その本殿の左右に繋《つな》がって建てられているのは、横長の建物。

向かって左側にあるのが涼香とソティエールの自室、薬草の保管や調合に使うための部屋で、右側にあるのがトイレや風呂《ふろ》、台所などの水場と倉庫だ。

「左右の建物は私たちの生活空間。普通なら、あそこに造ったりはしないんだけど……。まぁ、神様が望まれたわけだし、仕方ないよね。それじゃ、本殿での参拝ね」

涼香はソティエールたちを促して本殿の前に立ち、姿勢を整えて深々と礼を二回すると、パンッパンッと二度手を打ち、再度ゆっくりと頭を下げる。

動作としては単純。だが、ただそれだけで空気が引き締まったようにも感じられ、それを見たソティエールとアンリは、再び「ほぅ」と息を吐いた。

「やっぱり、スズカ様の所作は綺麗ね」

「そうですよね、私もそう思います。逆に、気を抜いているときは……」

人前では眷属《けんぞく》としての威厳を出そうと頑張っている反動か、人目のない自室ではだらけていることも多い涼香。それを知っているソティエールとしては、あまりの落差に思わず頬が緩むのだが、涼香は平然と肩を竦《すく》める。

「必要なのはメリハリだよ？　それよりも、先ほどのがお祈りの作法ね。二礼二拍手一礼。祈りの言葉は特に必要ないから、丁寧な動作を心掛けるだけで良いよ」

「本当に簡単なのね。でも、小難しい宗教より間口は広くなりそう」

「そうでしょ？　この緩《ゆる》さが良いところだからね！」

アンリの言葉に、涼香は満足そうに頷く。

緩いというのが正しいかはともかく、懐《ふところ》が広いのは事実である。

「あれ？　スズカ様、本殿の前に置いてあるのは？　この前はなかったですよね？」

「あぁ、それは私が大工さんにお願いしていた物だよ」

ソティエールが指さしたのは、上が開いている四角い木箱。

その開口部には木の桟が渡され、中が覗《のぞ》けないようになっている。

日本人であればとても馴染《なじ》み深いそれを、涼香は嬉《うれ》しそうにポンポンと叩《たた》く。

「これは賽銭《さいせん》箱。これあってこその神社。何故《なぜ》か神様の図面では抜けていたから、私が代わりに頼んでおいたの。私たちも先立つものがなければ生きていけないからね！」

信仰も欲しいが、お金も欲しい。涼香は現実路線の巫女《みこ》である。

「賽銭箱ですか。教会だと寄進は手渡しでしたが、これならいくら払ったか判《わか》りませんし、中抜きされる心配もないですね。良い仕組みだと思います」

「まぁ神社でも、特別な儀式ではきちんと代金を貰《もら》うし、寄進額と名前を掲示して感謝を示すこともあるんだけど……普段の祈りでは、気持ちを入れてくれれば良いからね」

「問題は入れる人が少なそうなところよねぇ。村の人たち、お金持ってないもの」

「……そこは、今後に期待だね！」

実際、涼香も賽銭箱で大金が貯まるとは考えていない。

これがないと神社っぽくないと思って、作ってもらっただけである。

「なら良いんだけど。それじゃ、これで神社は完成で良いのかしら？」

「うん。他にも作りたい物は色々あるけど、取りあえずは完成。ただし、最後に一番大事な鎮座祭が残っているかな。神社は神様をお迎えして初めて神社になるから」

「言われてみればその通りですね。具体的な儀式はどのように？」

「簡単だよ。氏子を集めて神饌《しんせん》を捧《ささ》げ、御神体を安置して祝詞《のりと》を奏上するだけ」

「神饌……何を用意すれば良いの？　特別な物だと用意に時間が必要だけど」

「ん？　普段食べている物で構わないよ？　儀式が終われば直会《なおらい》――神饌を皆で頂く行事があるから、無駄にはならないし。皆が食べたい物を用意すると良いよ」

人手は出せても金は出せない開拓村。外から買ってくるのは負担が大きい。

やや不安そうだったアンリは、涼香の返答を聞いてホッとしたように表情を緩めた。

「それなら難しくはないわね。早速準備に取り掛かりましょう。久し振りにお酒を奮発して、大物が獲《と》れるように防衛部には頑張ってもらうわ」

「うん。私は酒を飲めないけど、よろしく頼むね。その間に私とソティは――」

完成した神社の境内には一箇所、他人を拒むように木戸が設けられている。それがあるのは本殿の裏側、森の奥へと続く小道の前。その木戸を抜けて道を進んで行けば、辿《たど》り着くのは先日、涼香が闇の残滓《ざんし》を祓った滝である。

だがその場所はあの時とは一転、清浄な空気漂う禊場《みそぎば》として整えられていた。

そこを見つめ、ゴクリと唾を飲むのは、禊《みそ》ぎ初体験のソティエールである。

「むむ……。この滝に打たれるんですか。冷たそうですね」

「儀式の前に禊ぎは必須だからね。まぁ、滝行というわけでもないから、心身を清められれば、無理に打たれる必要もないんだけど……折角手を入れてくれたわけだし」

少し不安そうなソティエールの肩をポンと叩き、涼香は苦笑する。

元々は自然の滝。水の落下点に行くのはもちろん、水を汲《く》むことすら苦労する状態だったのだが、涼香が禊場として使うと説明した結果、職人たちはとても張り切った。

『スズカ様に怪我《けが》をさせてはいけない』を合い言葉に安全に水を汲める場所、水浴びができるプールみたいな場所、そして滝の下に行ける経路まで整備されたものだから――。

「使わないわけにもいかないよね？　さすがに冬場は避けたいけど、今なら問題ないし。私が先にやるから見ていて。ソティも後で頑張るんだよ？」

好んでやりたいことではないけれど、これも巫女としての役割。涼香《すずか》が手早く巫女装束を脱いで肌襦袢《はだじゅばん》だけになると、ソティエールはその姿をじっと見つめた。

「あ、全部は脱がないんですね？　――でも、それはそれで良いかも」

「さすがに外ではね。――ん？　なんて？」

「なんでもありません」

小首を傾げた涼香が訊《き》き返すが、ソティエールは平然と首を振る。

「そう？　……まぁ、良いか。よしっ」

涼香は小さく気合いを入れて裸足《はだし》になり、爪先からそっと川に足を踏み入れた。

「――っ。ふゅ～、なかなか冷たいね」

「スズカ様、大丈夫ですか？」

「うん。耐えられないほどじゃない。それじゃ……行くね！」

慎重に滝に向かった涼香が、再度気合いを入れてその下に入る。

滝の水量はさほど多くはないが、直接浴びればその衝撃は小さくない。

それに耐えるように祝詞を唱える涼香の全身が、見る見るうちにずぶ濡《ぬ》れになる。

薄い肌襦袢が白い肌に張り付き、自然と控えめな胸の膨らみが浮かび上がって――。

「むっ！」

涼香がカッと目を見開き、ソティエールがサッと目を逸らす。

「……気のせい？　何やら、邪《よこしま》な視線を感じたんだけど」

「スズカ様、ご安心ください。こんな森の——トレントが生息しているような森の奥まで来る人はいませんし、私もしっかりと見張っていますから！」

ソティエールが微笑《ほほえ》みを浮かべて告げ、涼香は不可解そうに周囲を見回す。

「だよね？　……ふむ、誰もいない。やっぱり気のせいかな？」

再び涼香が目を閉じ、ソティエールも再びしっかりとその姿を見る。

涼香は居心地が悪そうに眉間に皺《しわ》を寄せて滝に打たれていたが、数分ほどで滝の下から出ると、軽く髪や尻尾の水気を切って、ソティエールのいる川岸へと戻ってきた。

「ふぅ。久し振りなせいか、あまり集中できなかったよ」

「お疲れさまです、スズカ様。お拭きしますので、こちらへ」

「いや、それぐらいは自分で——あ、こら」

「いえいえ！　スズカ様のお世話は私の仕事ですから、ご遠慮なさらずっ！」

有無を言わせず肌襦袢を剝ぎ取り、大きなタオルで涼香を拭き始めるソティエール。

その鼻息は微妙に荒く、手付きが妖しく見えるが——きっと気のせいである。

実際、手際《てぎわ》良く短時間で涼香を拭き上げると、新しい肌襦袢を差し出した。

「ささっ、そのままでは風邪を引きます。新しい物を着てください」

「ありがとう。……むぅ。尻尾がしょんぼりだよ」

眉尻を下げる涼香の視線の先にあるのは、水を含んで随分と貧相に見える尻尾。

髪や獣耳も湿ったままだが、尻尾は特にふわふわだっただけに落差がとても大きい。

「尻尾は簡単には乾かないよねぇ。ドライヤーが欲しいなぁ」

「ご安心を。ドライヤーは知りませんが、乾かす魔法は用意しました。このように！」

ドヤ顔のソティエールが手を翳《かざ》すと、そこから温かな風が噴き出す。

その手で涼香の髪を持ち上げるようにして乾かし始め、涼香が目を細める。

「おぉ～、これは良いね。ソティはこういう魔法も使えるんだ？」

「はい。教会で習いましたから。母から教わった魔法より苦手なだけです」

「本当に優秀だね。これほどの人材を使い捨てにするなんて、教会は馬鹿だよねぇ。大事に育てれば大きな利益を生むだろうに。勿体《もったい》ない」

「既に過去のことです。たとえ教会の司教が謝ってきても、戻る気は更々ありません」

「うん、私もソティを手放す気はまったくないよ」

緩んだ顔で涼香の尻尾を撫《な》でながら——いや、乾かしながらソティエールは断言。

涼香も笑顔で頷《うなず》くが、二人の気持ちにすれ違いが発生していないか微妙に心配である。

「しかし、この魔法は便利だね。私も覚えたいなぁ」

「そんな、勿体ない！　スズカ様が覚えなくとも、私がいつでも乾かしますから！」

予想外に強く否定され、涼香は『はて？』と首を捻《ひね》る。

「そう？　確かにやることは色々あるけど、勉強の時間ぐらいは……いや、魔法なんて、そんな短時間じゃ覚えられないのかな？　教会の魔法だと系統も違うし」

初志貫徹。まずは呪符的な魔法の方を覚えたい。そんなことを言う涼香に、ソティエールは一瞬キョトンとするが、すぐにハッとしたように何度も頷く。

「——え？　あ、あぁ、そうです。まずはそちらから覚えるべきだと思いますっ！」

「そうだよね。二兎《にと》を追う者はって言うし。それじゃ、当面はお願いね？」

「当面どころか、ずっとでも私は構いませんよ？　それこそ一生でも。ふふふ……」

「さすがに、それはちょっと……。当面ね、当面」

ずっと友達でいたい。そんな気持ちは理解するけれど、それが重荷になるのは本意じゃない。涼香は少し困ったように笑うが、すぐに「でも」と真剣な顔で続ける。

「ソティには巫女になってもらったし、こうして助けてもらっている。だから、私としても、できる限り責任は持つつもりだよ。私の力が及ぶ範囲にはなるけどね」

「ありがとうございます。期待しています、色々と。——はい、完了です」

複数の意味で満足そうな笑みを浮かべたソティエールは、そう言って魔法を止める。

しょんぼりだった尻尾はふわふわに、髪と獣耳もさらさらに。

巫女装束を着直した涼香を見ながら、ソティエールは『うんうん』と頷くが――。

「終わったような空気を出してるけど、次はソティの番だよ？」

「うっ……。そうでした。頑張ります」

涼香に指摘され、ソティエールは若干恥ずかしそうに巫女装束を脱ぎ始める。

「ところで先ほどのスズカ様は、滝に打たれながら何か唱えていましたが？」

「あれは神様に『祓《はら》い清めてください』と願う祓詞《はらへことば》。でも、今は気にしなくて良いよ。雑念を捨てられるなら、何を唱えても良いし。それこそ無言でもね」

「なるほど、何でも。……解《わか》りました。よしっ！」

ソティエールは気合いを入れて滝に入ると、ギュッと手を握って何やら呟《つぶや》き始める。

「――(スズカ様可愛《かわい》い、スズカ様モフモフしたい、スズカ様抱きしめたい)」

それは滝の音に紛れるほど小さな呟きだったが、今の涼香はとても特別な耳を持つ。

僅かながらもその声を捉え、眉根を寄せて高性能な獣耳をピクピクと震わせると、やがて、賢者のような表情になって戻ってきたソティエールに、訝《いぶか》しげに尋ねた。

「ねぇ、ソティ。気のせいか、凄《すご》い雑念が聞こえたような気がしたんだけど？」

「とんでもありません。今の私は、とても純粋な気持ちで満たされています」

「どう純粋なのか、私の心は疑問で満たされているよ……。怖いから、深く訊くのはやめておくけど。それじゃ、今度は私が拭いてあげるね」

先ほど自分が使っていたタオルをソティエールにバサリと掛け、涼香が滴《したた》る水を拭き始めると、賢者だったソティエールの表情が微妙に緩む。

「あ、スズカ様の匂いが……」

「むむ、ごめんね。やっぱりタオルは、もう一枚準備すべきだったね」

涼香の持つ吸水性抜群のタオルは、普通の布を《奇跡》で変換した物である。

イメージしたのは国産高級タオル。禊ぎ用に体を包《くる》めるビッグサイズにしたため、ポイントの消費量も多く、ポイント残量を勘案して作るのは一枚だけにしたのだ。

「ちょっと節約しすぎかなぁ？　せめて二人分は――」

「いえいえいえ！　そんな贅沢《ぜいたく》は慎むべきですっ！　一緒に使いましょう」

「そう？　ソティが良いなら別に良いけど。余裕がないのは事実だし。――うん、こんなものかな？　髪を乾かすのは自分でお願いね、私は魔法が使えないから」

「はい。ありがとうございます。（むぅ、スズカ様に髪を乾かしてもらうのも捨てがたいですね。やっぱり、この魔法はお教えするべきでしょうか……？）」

ソティエールは何やら呟きながら自身の髪を手早く――涼香にかけた時間の半分以下で乾かすと巫女《みこ》装束をささっと着直し、涼香の物も含めて濡れた物を一纏《ひとまと》めに抱える。

「忘れ物は……ないですね。スズカ様、戻りましょうか」

「だね。――さて、ソティ。集大成と言うにはやや早いけど、神社の完成は一つの節目。この村に狐神《きつねがみ》を根付かせるためにも、鎮座祭は気合いを入れていくよ！」

「はいっ。共に頑張りましょう！」


――と、そんな涼香たちの意気込みとは裏腹に、鎮座祭はあっさり終わった。

いや、あっさり終わるように、涼香が心配りをしたと言うべきだろうか。

一応は氏子になった村人たちだが、こういった儀式には馴染《なじ》みがない。神様に《神託》で相談すると『簡単で良いぞ』と返ってきたこともあり、舞の奉納などはすべて省略、本殿の奥に御神体《マスコット》を安置して神饌《しんせん》を供え、祝詞《のりと》を奏上するだけにした結果――。

「ちょっ、お前、入れすぎじゃねぇか⁉　俺が飲む酒がなくなる！」

「なんの。儂《わし》はスズカ様の代わりに飲んでおるのだ！」

「なら俺は、ソティエール様の代わりに飲むぞ！」

儀式はすぐに直会《なおらい》へと移行して、本殿前は宴会場へと変わっていた。

一部の大人たちがやや羽目を外し気味だが、その理由は神饌として供されたお酒。神様に捧《ささ》げるという名目の元、普段はあまり飲めないお酒が多く出されたため、酒好きの大人たちが祭壇から下ろされたお酒を、先を争って自分のコップに注いでいるのだ。

生活の苦しい開拓村。宴会なんて滅多にできず、ある程度は仕方ない。

だが限度はあるもので、彼らの間にアンリの冷たい言葉の刃《やいば》が差し込まれた。

「あらあら、楽しそうで良いことね？　でも、スズカ様たちを言い訳に使うのは、少々行き過ぎよ？　あまり目に余るようだと…………外に放り出すわよ？」

「「「……うっす」」」

一気に酔いが醒《さ》めた顔となった彼らを一瞥《いちべつ》し、アンリは涼香《すずか》の方へと移動する。

「スズカ様、果物は美味《おい》しい？　私の作った料理もあるんだけど」

お酒の飲めない涼香たちには、その代わりに果物が優先的に配分されている。

それをソティエールと分けて食べていた涼香は、もぐもぐ、ごくんっと口の中を空にすると、楽しそうな笑みを浮かべて深く頷いた。

「うむっ。久し振りの果物はもちろん、料理も美味しいぞ。ありがとうなのじゃ。——アンリは不思議と料理も上手よな。貴族の令嬢だったのじゃろ？」

ちなみに、村長宅に居候《いそうろう》している間、食事を担当していたのもアンリである。

涼香も料理はできるのだが、それは現世での話であり、こちらの食材や調味料には馴染みがなく、そもそもアンリが涼香に雑事をさせるはずもない。

では、ソティエールはどうかといえば、やる気は十分にあり、知識や技術も持っているのだが、涼香に料理を提供したのは一回だけ。それ以降は涼香から固辞されていた。

「貴族といっても、ウチはそんなに裕福じゃなかったの。私、味には結構うるさいから、美味しい物を食べるために、それなりに努力もしたのよ」

「その結果が今の料理の腕というわけじゃな。我にとってはありがたいことじゃ」

涼香が『納得！』と頷くと、対抗するようにソティエールが涼香の袖を引く。

「スズカ様、スズカ様、私も努力しましたよ？　健康的な料理には自信があります」

「……いや、ソティは努力の方向性を間違っている気がするのじゃ。いくら健康に良かったとしても、薬草は食材ではないのじゃよ？　ギリギリを攻めすぎなのじゃ」

そう、涼香が一度食べただけで、ソティエールの料理を固辞した理由がこれ。

ハーブを使う料理もあるし、適量なら美味しく食べられるのだろうが、ソティエールのそれはかなり過剰。味のバランスは完全に崩壊していたが、凄く頑張れば食べられる範《はん》疇《ちゅう》であったため、出された料理を残すこともできず、逆に質《たち》が悪い代物となっていた。

しかし、ソティエールの料理がそうなったのにも、理由はある。

母親を早くに亡《な》くしたことで、教会に入るまでは一人暮らし。

薬草を集めて売ってはいたが、子供だからと足下を見られて貧乏生活。

そんな彼女が節約と健康の両立を目指した結果、簡単に手に入る薬草を食べることに辿《たど》り着くのはある意味必然であり、涼香に出会うまで生きてこられた要因でもあった。

――もっとも、味と健康の両立は難しかったようだが。

「む〜。まぁ、神社に二人で住むようになれば、アンリさんはいませんし――」

「食事を作るときは、我も一緒にやるからの？　一人での料理は禁止じゃ」

「スズカ様と一緒に料理……。それも悪くありませんね」

不満そうな顔から一転、ソティエールの頬が緩み、涼香が少し困ったように笑っていると、そこに歩み寄ってきたのは、酒瓶を片手に顔を赤くした村長だった。

「スズカ様、お楽しみ頂けていますか？」

「うむ、楽しませてもらっておる。すまんの、我らのためにわざわざ果物を用意してくれたのじゃろう？　あまり手に入らんと聞いたぞ？」

「なぁに、酒を飲まれぬスズカ様たちに、この村で用意できる特別な食べ物がそれぐらいしかないというだけのこと。むしろ、俺たちばかり楽しんで申し訳ないぐらいで」

村長はそこで一度言葉を切り、楽しげに騒ぐ村人たちを見回す。

「直会、でしたか？　良い儀式ですな。本当に狐神様は素晴らしい！　教会ならば、祭壇に捧げた高い酒が戻ってくることなど、絶対にありませんぞ」

「神人共食という考え方じゃ。共に同じ物を食べ、親密になることで神様の加護を頂くのじゃ。──まぁ、捧げ物を無駄にしないためでもあるじゃろうが」

「無駄にしないにしても、教会なら司祭たちで独占です。やはり素晴らしい」

村長は何度も深く頷《うなず》くと、村人たち向かって「皆、聞いてくれ！」と声を張り上げた。

その声に彼らは口を閉じて村長に注目、静かになったのを見計らって村長は続ける。

「俺は今この時を以《もっ》て村長を引退、娘のアンリにその座を譲る！」

「お、お父さん──っ⁉　突然何を言い出すの⁉」

初耳だったのだろう。最初に声を上げたのは、指名を受けたアンリだった。

「村の開拓を成功させて、必ず貴族に返り咲くって──」

「もちろん、それを諦めたつもりはない。だがこれからこの村は、スズカ様を戴《いただ》く神社と共に発展していく。許しを頂けたとはいえ、俺がトップというのはマズいだろう？」

村長が暗に示すのは、徒党を組んで涼香たちを襲ったこと。

あれを盗賊行為と呼ぶべきかは微妙だが、他者から見れば攻撃しやすい汚点であることは間違いなく、貴族であった村長としては、この機会に問題の払拭《ふっしょく》を図りたかった。

「それは……。でもそれを言うなら、その原因を作った私も……」

「いや、あの判断をしたのは俺だ。結果としてお前を助けられたのだから後悔はしていないが、ケジメはつけるべきだ。俺は退《しりぞ》いて、今後はお前を支えていこうと思う」

アンリも貴族としての教育は受けている。村長の言葉に一理あることは理解できるが、あまりにも性急な話であり、自分にすら事前に相談がなかったことが引っ掛かる。

もしや他の意図があるのではないかと暫《しば》し考え——村長にジト目を向けた。

「……ねぇ、面倒だから押し付けようとか、考えてないかしら？　この場で発表してしまえば私も辞退はしづらいし。——お父さん、狩りとか好きよね？」

「そ、そんなわけないだろう⁉　村長より防衛部の方が気楽なんて、思ってないぞ！」

強く否定する村長だが、その目は泳いでいる。どう見ても怪しい。

「本当に？　貴族だった頃も、嬉々《きき》として魔物の討伐に参加してたわよね？」

「あ、あれは領地の安全のために、仕方なく、だな？　それに政治的な面でいえば、アンリは俺を超えた。だからこそ、お前の手腕を信じて後を託したい！」

なんとも微妙な言い訳だが、この村にとって防衛部が重要な存在であるのは事実。

村人からしても、領主のお嬢様だったアンリなら、村長になるのを拒む理由はない。

そして、村長としての仕事も手伝ってもらえるなら、実務にも支障はないわけで。

アンリは父親、村人と見て、最後、確認するように涼香に目を向けるが——。

「ん？　我は村の政治に関わるつもりはないぞ？」

涼香が軽く肩を竦《すく》めてそう言うと、諦めたようにため息をついた。

「……………解《わか》ったわ。村長の役目、引き受けさせてもらいます」

「「「おぉぉぉ‼」」」

村人たちから歓声と拍手が湧き上がり——。

神社の完成に併せて、開拓村も新しい体制へと移行することになったのだった。

◇　◇　◇

「平和だねぇ……」

鎮座祭からしばらく。涼香は本殿に敷いた畳の上でゴロリと横になっていた。

その隣に座って涼香を膝枕しているのはソティエール。

さり気なく涼香の獣耳を撫《な》でながら苦笑する。

「スズカ様、気が抜けてますね」

「懸案が一気に解決したからねぇ。信仰ポイントの多さは、心の余裕なんだよ～」

その言葉通り、一時はポイント不足に悩んでいた涼香だったが、神社の建立《こんりゅう》が成ったことで複数の使命《ミッション》が一気に達成され、報酬として大量のポイントを獲得していた。

また、条件は不明ながら『初めての修祓《しゅうふつ》』という功績《アチーブメント》も達成している。

時期的に闇の残滓《ざんし》を祓《はら》った祈祷《きとう》が該当しそうだが、涼香としては究明しても意味がない条件より、功績《アチーブメント》の報酬として本殿に敷く畳を貰《もら》えたことを単純に喜んでいた。

おそらく『畳でゴロゴロしたい！』と愚痴っていたことが原因だろうが、和風建築で育った涼香にとって畳は馴染み深い物であり、彼女の精神的安定に一役買っていた。

「ふふっ、家もできましたし、少しのんびりするのも良いかもしれませんね」

「でしょ～？　いい仕事には適度な休息が必要なんだよぉ。過重労働、ダメ、ゼッタイ」

実際のところ、異世界に来て以降の涼香は過重というほど働いてはいない。

だが、精神的重圧という点では間違いなく強いストレスがかかっており、ソティエールは特に矛盾と指摘することはなく、微笑《ほほえ》みを浮かべて沈黙を守る。

涼香がふぅと息を吐き、尻尾をゆらゆらと揺らす。

村から離れていることもあり、聞こえるのは風に揺れる枝の音ぐらい。

暫しの間、二人は会話をすることもなくその静寂に浸っていたが、やがてその穏やかな空気を邪魔するかのように、本殿の扉をノックする音が響いた。

「スズカ様、ちょっと良いかしら？」

聞こえてきたのはアンリの声。それに涼香が「お～」と気怠《けだる》げに応えると、扉からアンリが顔を覗《のぞ》かせるが、彼女は涼香の様子を見るなり「あら？」と目を丸くした。

「今後のことについて相談したかったんだけど……。出直しましょうか？」

「いや、構わないよ。――よいしょっと。どうぞ、座って。椅子はないけどね」

涼香は体を起こしてソティエールの膝を解放すると、アンリに着座を勧めるが、その言葉通り本殿のこの部屋には椅子は疎《おろ》か、座布団《ざぶとん》すら存在せず、それどころか祭壇類を除けば、あるのは文机《ふづくえ》が一つのみ。小さな部屋がとても広々としていた。

「失礼します。……スズカ様、何か必要な物があれば言ってね？」

涼香の前に座ったアンリが気遣わしげに言うが、涼香は笑って首を振る。

「大丈夫だよ～。ソティ、お茶とさっき作ったアレを持ってきてくれる？」

「解りました。少々お待ちください」

立ち上がって部屋を出たソティエールは、数分ほどでお盆を手に戻ってきた。

そして、涼香に寄り添うように腰を下ろすと、文机にお茶と小皿を三つずつ並べる。

「ソティさん、ありがとう。スズカ様、これは？　お茶菓子……よね？」

アンリが指さすのは、お茶ではなく小皿の方。そこに載っているのは小さな箱形のお菓子。焼き目の付いた白い皮を表面に纏《まと》い、そこから薄く内側の黄色が透けて見えた。

「うん。それは〝芋きんつば〟ってお菓子。甘い物が欲しくて手慰みで作ってみたんだ」

「甘い物！　え、これって、甘くて美味《おい》しい物なの⁉　食べても良いの⁉」

「う、うん。美味しいかどうかは好みだけど……。どうぞ、食べてみて？」

普段の落ち着きはどこへやら。涼香《すずか》が少し戸惑いつつも勧めると、アンリはすぐさま、しかし最低限の上品さは保ったまま、添えられていた黒文字を手に取る。

そして、丁寧に芋きんつばを切り分け、その一つをパクリ。

「……はうぅぅ～」

アンリの口からちょっと珍しい声が漏れ、涼香たちが少し目を丸くする。

だが、アンリはそんなことを気にもせず、もう一口、二口。小皿の芋きんつばを瞬《また》く間《ま》に平らげ、そこでようやくお茶に手を伸ばして、感嘆の息を漏らした。

「はぁぁぁ、ありがとう。凄《すご》く美味しかったわ」

「ですよね？　私も頂きましたが、こんな美味しいお菓子は生まれて初めてでした」

アンリに同意してソティエールも深く頷くが、涼香は苦笑し――すぐに小首を傾《かし》げた。

「そんな大袈裟《おおげさ》な……。ん？　そうでもない？」

「ないわね。庶民が甘いお菓子を食べる機会なんて、まずないもの。貴族だった私だって、いつ振りか……。でも、どうやってお砂糖を——あ、《奇跡》で？」

「当たらずとも遠からず、だね。ソティ、台所のお芋を持ってきてくれる？」

「えっと…………はい。ちょっと待っていてください」

ソティエールは少し視線を泳がせたが、すぐに立ち上がって部屋を出て行く。

「お芋……？　お芋はこんな色じゃないし、そもそも甘くは——」

その背中にアンリは不可解そうな視線を向けるが、涼香は「すぐに判《わか》るから」と宥《なだ》め、しばらくしてソティエールが運んできた籠を文机の上にトンと置いた。

「これが原料のお芋。甘藷《かんしょ》という芋だけど、焼いてあるから食べてみても良いよ？」

「赤いお芋？　こんなお芋なんて……あ、中は黄色くて良い匂い。——ん⁉」

涼香に促されるまま芋を手に取ったアンリは、それを一口食べて動きを止めた。

「甘いでしょ？　砂糖なんて使ってないのに」

「もぐもぐ！（コクコク）」

「そのお芋は、奉納してもらったお芋を《奇跡》で変換したの」

「さすがスズカ様——ぱくぱく。こんなお芋があるなんて——はむはむ。凄く甘い——ごきゅん。これを村の特産品に——むしゃむしゃ。することができれば——ぺろり」

考えるように呟《つぶや》きながら芋を一つ食べ終えたアンリは、とても自然に次の芋に手を伸ばすが、涼香とソティエールの視線が向けられていることに気付き、そっと手を引いた。

「あはは、別に良いよ？　それはお菓子を作った余りだから」

「良いの!?　こんなに美味しいお芋、誰もが欲しがるぐらいに貴重よ？」

「そだねー、いつの間にか数が減ってるぐらいには、人気みたいだから」

クスクスと涼香が笑い、ソティエールはスッと視線を逸《そ》らす。

「うっ、す、すみません。私が一つ頂いてしまいました」

「なるほど、それは仕方ないわね。魅惑のお芋だもの——もぐもぐ。スズカ様、このお芋を村で栽培することはできないかしら？　特産品にできれば助かるのだけど」

アンリは早速芋に手を伸ばし、涼香は苦笑して唸《うな》る。

「う～ん、そうだねぇ……」

「ダメ？　狐神《きつねがみ》から賜った特別な芋とすれば、信仰を広めることもできて一石二鳥だと思うけど。この綺麗《きれい》な黄金色、〝狐芋《きつねいも》〟という名前で売り出せば……」

彼女の父親が言っていた通り、アンリは村長として優秀なのだろう。メリットと売り方まで既に考えたようだが、涼香の表情が優れないのを見て、矛先が鈍る。

「もちろん、無理ならそう言ってくれて良いのよ？　例えば、栽培が難しいとか——」

「いや、むしろ簡単かな？　私なら《神託》で詳しい栽培方法を教えてもらえるし。ただ、逆にそれが問題かなって。他の村でも作られちゃったら特産品にならないよね？」

加えて甘藷――所謂《いわゆる》、サツマイモの甘さは、収穫後の保管方法や調理方法で差が出るため、狐芋として売り出した後で下手に模倣されると、ブランドイメージが悪くなる。

実際に現世でも、盗まれた高級品種が適当に栽培された結果、質の悪い商品が市場に流通、品種のブランド価値が下がってしまうという事例はあった。

「むむ、狐神のイメージを毀損するのは大問題ね。種の管理はしっかりするつもりだけど、それでも難しいかしら？　もちろん、栽培する人も制限するわ」

「そこも問題でね。この芋って、種から増えるわけじゃないの」

「種じゃない……？　もしかして、芋から増やせるとか？」

「芋から、ではないね。それでもできなくはないけど、基本的には芋を植えて、そこから生えてきた蔓《つる》を切って植え直すの。一手間かかる分、少し判りづらいけど、バレてしまうと盗みやすくはあるんだよねぇ、畑にずっと生えているから」

種であれば、種が実る時季だけ警戒すれば良い。しかし蔓の場合、芋が育っている間はもちろん、収穫した後に刈り取った蔓にすら注意しなければいけない。

「本気で〝狐芋〟のブランド化を目指すなら、生の芋は出荷せず、他の人が近付けない場所に畑を作り、関係者も厳選して……。すっごく大変だけど、それでもやる？」

こと狐神の信仰に関わることとなると、涼香も妥協はしたくない。

少し脅すように言うが、アンリは不敵な笑みを浮かべて胸を張った。

「むしろ望むところね。美味しい物を前にした私に妥協はないわ！　この森ほど畑を隠しやすい場所はないし、村人は信頼できる人だけだから、漏洩《ろうえい》の心配もない。問題となるのは、生の芋以外で日持ちする商品ができるかね。スズカ様、どうかしら？」

窺《うかが》うように視線を向けるアンリに、涼香は腕組みをして体と尻尾を揺らす。

「日持ちして、甘さを生かせる加工品となると、私が今すぐに思い付くのは干し芋ぐらいかなぁ？　《神託》で訊《き》いてみれば、他にも出てくるかもしれないけど……」

甘藷からは焼酎も造られるし、澱粉《でんぷん》や芋けんぴに加工すれば長持ちするが、前者は芋の甘さが生かせないし、後者は大量の油や砂糖が必要となる。

案外、要望に適《かな》う物がないと涼香は難しい顔だが、アンリは問題ないと頷《うなず》く。

「一応、日持ちする商品はあるのね。なら、スズカ様が作ったこのお菓子とか、焼いただけなのに凄く美味しいこれとか、この村に来たら食べられると宣伝すれば、きっと神社の参拝者も増えるわ。……うん、だいぶ見えてきた！　早速動き出さないと‼」

明るい未来を想像してか、アンリが笑顔で腰を上げる。

「あ！　ちょっと待った、アンリ！」

だが、そんな彼女を涼香が慌てて呼び止め、アンリは中腰のまま涼香を見る。

「え、何ですか、スズカ様。こういったことは、できるだけ早い方が――」

「そうじゃなく。今後のことについて相談に来たんじゃなかった？」

「……あっ⁉　そうでした」

涼香に指摘され、アンリはハッと目を丸くすると、恥ずかしそうに再度腰を落とし、仕切り直すように真面目な顔でコホンと咳払《せきばら》い。

「さてスズカ様。無事に神社は完成致しましたが、今後はどのようにお考えですか？」

「いや、今更、すべてを忘れたようにかしこまられても……」

涼香だけではなく、ソティエールからも呆《あき》れた視線が注がれるが、そこは元貴族のアンリ。その程度の視線など何程のこともなくニコリと微笑み、涼香はため息をつく。

「……まぁ、良いんだけど。取りあえず、ソティのおかげで多少の収入はあるんだよね」

「ですね。スズカ様の《奇跡》に頼る部分も大きいですし、人が来てくれるのはアンリさんが噂《うわさ》を広げてくれているからですが。助かっています」

「いいえ、ソティさんが作る薬がよく効くから、噂になっているのよ？　私は近くの村の知り合いに『ウチの村に治療師が移住してくれた』と少し自慢しただけだから」

「むしろそれが良いんだろうね。下手に薬を売り込むよりも。薬の販売に条件を付けたおかげで、狐神の信者も少しずつ増えているみたいだし」

その条件とは、神社に来て狐神の信者になること。厳しい戒律もなく、薬が必要な本人以外が来ることも認めているので、今のところ問題とはなっていない。

また薬の袋には、涼香がデザインした判子——狐と狐火《きつねび》から着想した神社の神紋《しんもん》が捺《お》されているため、狐神の存在はジワジワと周辺地域に広がりつつあった。

「もっとも参拝者は来ても、賽銭《さいせん》箱はほぼ飾りなんだけどねぇ」

「教会に比べれば安く売っていますが、やはり負担は大きいですからね」

涼香が不満そうに尻尾をパタパタ、ソティエールが苦笑して本殿の扉に目を向ける。

その向こう側にあるのは設置以降、一度も中身が回収されていない賽銭箱。

たまに涼香が揺らしているが、聞こえるのはコロンという軽い音である。

参拝者の祈りは真剣だが、薬を買った上でお賽銭まで入れる余裕はないのだろう。

「まぁ、治った人はお礼参りに来てくれるし、望みすぎは贅沢《ぜいたく》というものだね」

「そうですよ。食べ物は色々と奉納して頂けているわけですし」

「うん。おかげで生活は安定したね。村からあまり食料を貰《もら》わなくて済むし」

都合良く涼香たちの欲しいものが奉納されるわけではないので、物々交換したり、買ったりもしているのだが、既に自立できていると言っても過言ではないだろう。

だが、結果として涼香の切迫感は薄れ、気が抜けたことは間違いない。

そんな涼香をソティエールも存分に甘やかし、自身ものんびりしていたのだが、さすがにそろそろマズいと思ったのか、居住まいを正して涼香に問いかける。

「でもスズカ様。こういう時こそ油断すべきではありません。教会と比べて私たちは弱小。相手が油断している間に力を蓄えるべきではないでしょうか？」

「そうだね、一理ある。お薬は独自色が薄いし。神社ならではの何かが……」

薬は教会でも真似《まね》ができるし、聖女見習いを扱《こ》き使えばダンピングも可能。

それに気付いた涼香は、顎に手を当てて「う～ん」と唸った。

「スズカ様の実家の神社では、どのような物を売っていたのですか？」

「『売る』じゃなくて『授与』なんだけど……お守りやお神籤《みくじ》、破魔矢にお札《ふだ》、あと御朱印帳とか？　――そういえば、『お守りを授けろ』という使命《ミッション》もあったね～」

「教会でもアミュレットは売っていましたね。防毒や防呪《ぼうじゅ》など、気休め程度の効果しかありませんが、そんなのでもないよりは良いのか、それなりに売れていました」

「なら、それより効果の高いお守りを作れば勝てるかな？　私には《祈祷《きとう》》もあるし」

その効果は神様のお墨付き。少なくとも『気休め』よりはマシだろう。それに「お守りがない神社は点睛《てんせい》を欠く」と涼香が付け加えれば、アンリも少し考えて頷いた。

「なるほど。つまりスズカ様たちは、これからはお薬以外の物販もしていくと。なら、お手伝いの人員が必要かしら？」

「もちろんです。スズカ様はいと尊き方、おいそれと衆目に曝《さら》すわけにはいかないでしょ？」

「ハハハ……。言葉は大袈裟《おおげさ》だけど、手が足りなくなるのは事実かなぁ。アンリ、誰か売り子として雇うことはできる？　もちろん、賃金はきちんと払うから」

やや乾いた笑いを漏らしつつ涼香《すずか》が問えば、アンリはすぐに立ち上がった。

「任せて。それじゃ、急いで人を手配するわ」

「あ、そんなに急がなくても、お守りの用意は――」

涼香が手を伸ばすが、アンリはそれに気付くことはなく、「どこに畑を作るのが良いかしら？」と呟きながら本殿から退場、涼香の手がたらんと垂れる。

「明らかに、売り子よりも芋畑に意識が向いていましたね。大丈夫でしょうか？」

「……まぁ、大丈夫じゃないかな？　仕事はできる人だし、それこそ売り子は別に急がないからね。とはいえ、お守りは作っておかないといけないのだけど」

「お守り……。スズカ様のご実家は、どのような物を売っていたんですか？」

「えっと、神社の名前と御利益《ごりやく》を小袋に刺繍《ししゅう》して、祝詞《のりと》を書いた木札を入れていたね」

工場で大量生産された物ではあるが、重要なのは完成後の祈祷《きとう》。加えて涼香の実家では自分たちで木札に墨書していたため、一般的な物よりも手間はかかっていた。

「さすがに同じ物は作れないから……普通の物は木札に墨書と判子だけで良いか。木の板を使うソティの魔法とも相性が良さそうだし。協力してくれる?」

「ええ、もちろんです! 私でお役に立てるならいくらでも」

小首を傾《かし》げてお願いする涼香に、ソティエールはむしろ嬉《うれ》しそうに応える。

「ありがとう。ソティの魔法——そういえば、あの魔法には何か名前はあるの?」

詠唱だけの魔法に対し、木の板とインクが必要な魔法。

一応は区別するべきかと、涼香は尋ねるが、ソティエールは首を振る。

「いいえ、魔法は魔法なので、特には。自由に呼んで頂いて構いませんよ?」

「なら……、〝符術《ふじゅつ》〟と呼ばせてもらってもいいかな?」

「符術。了解です。では、今後は私もそう呼びますね」

自分の趣味を混ぜることを躊躇《ちゅうちょ》しない涼香と、涼香を全肯定のソティエール。

異世界でのソティエールの魔法の呼び方が、符術に決定した瞬間である。

「木の板は大工さんに頼めば作ってくれるだろうし、判子はお薬の袋に使っている物が流用できる。墨や筆もある。……ふむ。思い立ったが吉日、早速作ってみようか!」

ポンと膝を打って立ち上がった涼香に、ソティエールもいそいそと続く。

「解《わか》りました。これも大事な儀式。ということは、滝で禊《みそ》ぎですよね？」

「え？　そうだけど……なんか嬉しそうじゃない？　この前は躊躇《ためら》っていたのに」

現世とは季節がズレているのか、異世界に来て数ヶ月経《た》った今は初夏の気候。

本格的な夏には早く、凍えるほどではないが、川の水もまだ冷たい。慣れている自分はまだしも、ソティエールは嫌がると思っていただけに、その反応は意外だった。

「嫌う理由などありません。前回の禊ぎは素敵な体験でしたから！　――色々と」

「ふむ？　確かに精神的充足はあるけど、ソティはまだ二回目だよね？」

昔は寒さしか感じなかった禊ぎ。

それに自分が価値を見いだせたのは、いつだったか。

涼香は少し釈然としない気持ちで記憶を辿《たど》りつつ、禊場《みそぎば》へと向かったのだった。

◇　◇　◇

不踏の森からさほど離れていない場所に、その村は存在した。

ストハム村。農村として開拓が行われたのは、今から何世代も前のこと。

当初がどうだったかは不明だが、いつの頃からか村は一つの問題に悩まされていた。

それは畑の汚染。

種を植えても芽が出ない、実をつけない、食べられない味になる。

現象は様々だが、農業に適さない土地になることだけは共通している。

このような事例は時に発生することが知られており、対応策としては二つしかない。

一つは土地を捨てて移動すること。解りやすく抜本的な解決にはなるが、大半の人たちには不可能なことであり、大抵は二つ目の方法を採ることになる。

その方法とは、教会から土壌浄化薬を購入して、土地に散布すること。

それだけでこれまで通りに畑が使えるのだが、定期的に薬が必要で費用負担は重い。

だが土地を捨てられない以上は買うしかなく、ストハム村もそれは同様だった。

「解っちゃいるが……クソッタレ！　もう限界だぞ⁉」

ストハム村に教会は存在せず、土壌浄化薬の購入には町まで出向く必要がある。

それを任されたのは村一番の腕自慢エドだったが、村へと戻る彼の足取りは重かった。

以前は月に一度も撒《ま》けば十分に作物は育ったので、なんとか遣《や》り繰《く》りできていた。

だが最近は二週間に一度、下手をすれば毎週撒かなければ、明らかに作物が萎《しお》れる。

『薬の効果が落ちている』と抗議しても『畑の汚染が進んでいるのだろう』と取り合ってもらえず、それどころか人手不足を理由に値上げまで通告された。

結果、今回購入できたのは必要量の半分ほど。

その必要量ですら、一ヶ月効果があった物を基準としているのだから……。

「これなら、薬を買う金で食い物を買った方が、まだマシだったかもしれねぇなぁ」

現在の土壌浄化薬の価格では、収穫した作物をすべて売っても元が取れない。

本格的に対応策を考えなければ、近いうちに村が終わる。

状況は既にそのレベルに達しているが、簡単に打開策が浮かぶなら苦労はない。

村の纏《まと》め役でもあるエドは頭が痛かったが、そんな彼を村で出迎えたのは——。

「エド！　大変だ‼」

「どうした？　またどこかの畑に異常が出たのか？」

「そうじゃない！　こっちに来てくれ！」

今度はどんな問題が起きたのか。

もう知りたくないと、エドの足が更に重くなる。

だが、そんな彼が引き摺《ず》られるように連れてこられたのは、村の傍《そば》を流れる川。

より正確に言うなら、そこに面して作られている畑だった。

「見ろ！　この畑を！」

「……オイ。ここって、既に放棄した畑だよな？」

作物を守るためには土壌浄化薬が必要だが、すべての畑に十分な量を確保することはできない。そう判断して早々に切り捨てた畑の一部。それがここだった。

当然、植えていた作物は萎れ、枯れていく様子を見ているしかなかった。

それがいったいどうしたことか。目の前の畑では今、青々とした葉が茂っている。

「まさか、浄化薬を撒いたのか⁉ 下手したら他の畑も共倒れに――」

「何もしてねぇ！ けど、川に近い畑から次第に作物が元気になってるんだ！」

「馬鹿な！ むしろ川に近い畑の方が状況が悪かっただろ⁉ どういうことだ……？」

川の水が汚染の原因じゃないか、という予測はあった。

だが、井戸水だけで育てたところで、ある程度の土壌浄化薬は必要だったし、そもそも川の水を使わずに広い畑を潤すことなど、どだい不可能なことである。

折衷案として、汚染の酷《ひど》い場所を放棄するという決断を下したのだが……。

「仮に川の水が原因だったとして、汚染がなくなった？ いや、それだけなら、元気になる理由がねえな。――まさか、川の水が汚染を浄化しているのか？」

そうであれば、これまでの予測が覆《くつがえ》るが、急にそうなった理由が解らない。

この状況で問題は解決したと喜べるほど、彼は楽観的ではなかった。

「このままの状況が続くのか。それとも一時的なのか。――確かめてみる必要があるな」

原因があるとすれば川の上流、不踏の森の奥をエドは睨《にら》んだ。


不踏の森。その名前は決して大袈裟なものではない。

入れば誰もが死ぬというほどではないが、他の森と同じ感覚で行動すれば危ない。

それをよく知るエドは直接森に入るようなことはせず、木の生えていない河原を歩いて上流へと向かっていた。時には川の中に足を踏み入れ、時には岩をよじ登り。

腕自慢のエドとはいえ、所詮は農村の中でのこと。魔物の恐怖に苛《さいな》まれつつ、何らかの異変を求めて先へ進んでいると、やがて涼やかな滝の音が聞こえてきた。

「ちっ、滝か。さすがに滝は登れねぇ。森の中に入るしかねぇか……」

できれば入りたくはないが、滝を登るような技術も持っていない。

頼むから、小さな滝であってくれ。

そんな彼の願いも虚《むな》しく、見えてきたのは見上げるほどに高い滝。

水量はさほど多くないが、決して簡単に登れるような物ではない。

エドはそのことに絶望する——ことはなく、別のものに意識を取られていた。

それは滝の近くに立つ、二人の少女。

より正確に言うなら、全身ずぶ濡《ぬ》れになっている黒髪の少女の方。年の頃は成人するかどうかで、発育が良いとは言えないが、男として何も感じないほど子供でもない。

薄手の服も羽織っていたが、水に濡れた布越しに肌が透けて見え──。

「……あ」

エドが小さく声を漏らすと同時、二人がパッと彼の方を振り向く。

直後、エドの視界で金色が揺れ──体を走り抜けた衝撃と共に、彼は意識を失った。

◇　◇　◇

涼香の足下には、お腹《なか》を抱えるような状態で一人の男が倒れていた。

「……つい、やってしまったのじゃ」

「殺《や》っちゃいましたか」

「うむ──って、さすがに死んではないと思うけどね？」

そう言いつつも、若干不安になった涼香は男の呼吸を確認、ホッと表情を緩める。

姿が変わって体も少し高性能になっている様子。気を付けておかないと色々危ない。

「トレントの森を抜けて来るとは、気合いの入った覗《のぞ》き魔ですね。──いえ、スズカ様の艶姿《あですがた》のためなら命を懸ける価値は十分に……？」

考えるように額に手を当てるソティエールをパシッと叩《たた》き、涼香《すずか》は頬を膨らませる。

「もうっ、あるわけないでしょ！　それにこの男、村の人間じゃないよ」

「そのようですね。ここで処分しますか？　それともトレントの森で釈放しますか？」

「ソティ、それは釈放じゃなく、証拠隠滅というんだよ？　さすがにマズいでしょ」

戦いが得意な人間でも、下手にトレントの森に入れば命はない。

意識のない男であれば言うまでもなく、あっという間に肥料とされてしまうだろう。

「盗賊ならそれも反対しないけど、どうも違うようだし」

「ですよね。覗き魔だとしても、スズカ様がここで禊ぎをしているなんて話、さすがに広まっているとは思えませんし……。目的が解りません」

「いや、広まっていても、覗き魔はないでしょ。不踏の森の奥だよ？」

「スズカ様、男の性欲を甘く見てはいけません。スズカ様は可愛《かわい》いんですから！」

呆《あき》れ気味な涼香の言葉をソティエールは強く否定するが、この男が覗き魔ではなさそうという見立てには同意するしかなく、不満そうに倒れた男を睨む。

「スズカ様の禊ぎが終わった後で幸いでした。もう少し早ければ……フフフフ」

「ソティ、笑いが黒いよ……？　取りあえず、連れて帰るしかないだろうねぇ」

「賛成したくはないですが、仕方ないでしょうね」

覗き魔でなくとも面倒事には変わりない。二人は揃《そろ》ってため息をついた。

男が目を覚ましたのは、涼香たちが神社に戻って半日近く経ってのことだった。

「うっ……。こ、ここは……い、痛っ」

「不踏の森の開拓村にある神社よ、覗き魔さん」

神社本殿の外廊下。お腹を押さえて呻《うめ》く男は、そこに寝かされていた。

その傍に立って男に答えたのは、剣を片手に持ったアンリであり、涼香とソティエールの二人は男から少し距離を置いて、本殿の中から状況を見守っていた。

「の、覗き魔⁉ お、俺はそんな——っ、いや、あれは不可抗力で……すまない」

慌てて体を起こし、反論しようとしたエドだったが、心当たりに気付いたのだろう。

途中で言葉に詰まり、パシンと片手で顔を覆うと、首を振って謝罪した。

「悪意はなかったと？ でも、あそこは普通の人が来るような場所じゃないわ。あなたは誰で、何の目的があったのか説明して。ただし、おかしな真似《まね》をしたら斬るわ」

表情と口調は平然と、しかし油断のないアンリの視線。

それに曝《さら》されたエドは恐怖に体を震わせ、慌てて口を開く。

「お、俺は近くの村に住むエドだ。実は俺の村で異変があって——」

アンリの持つ剣をチラチラと横目で気にしながら、早口での大まかな事情説明。

それでもエドがあそこに来た理由は理解でき、涼香たちは顔を見合わせた。

「ふむ、畑の汚染か。それが改善したのは、我が闇の残滓《ざんし》を祓《はら》った影響かもしれんの」

「闇の残滓？　なんだ、それは？」

「そういった『良くないもの』があそこの滝壺《たきつぼ》には存在していたのじゃ。その影響が下流にあるお主たちの畑に出ていたのかもしれぬ。詳しいことはよく解《わか》らぬが」

川沿いの植物が枯れていないことを考えると、単純にそれだけが原因とも思えないのだが、他に思い当たることもなく、涼香は可能性としてそう告げた。

「しかし、浄化薬のぅ……。ソティ、手水鉢《ちょうずばち》から水を汲《く》んできてくれるか？」

「手水鉢の？　……そういうことですか。かしこまりました」

涼香と視線を交わしたソティエールが頷《うなず》いて中座、すぐに水を瓶に詰めて戻ってきた。

それを涼香が受け取り、捧《ささ》げるように持って、意味ありげな祝詞《のりと》をごにょごにょ。

瓶が眩《まばゆ》い光を放ち、エドが「な、何が――!?」と、大きく目を見開いた。

「よし、こんなものじゃな。エド、お主にこれをやろう。浄化薬の試供品じゃ」

「じょ、浄化薬!?　あ、あんた、いったい――いや、そもそもここは……」

「ここは狐神《きつねがみ》を祀《まつ》る神社、そしてこちらのスズカ様は眷属《けんぞく》よ。見れば判《わか》るわよね？」

体の後ろにある尻尾はともかく、獣耳にはすぐに気付きそうなもの。

だが、エドにはそんな余裕もなかったのか、アンリに改めて視線で指摘され、ようやく涼香の頭の上にある獣耳に目を向けて、「あっ⁉」と大きな声を上げた。

「そ、そういえば、不踏の森の開拓村で神獣を祀っているという噂《うわさ》が……」

不踏の森の開拓話は、一定周期で浮かんでは消える風説。

成功したという話はなく、それに神獣まで絡《から》んでくると完全に眉唾である。

エドも小耳に挟んでいたが、ただの無責任な噂話《うわさばなし》だろうと、本気にしていなかった。

「だが、まさか本当に……？　いつも通りの与太話と思っていたが」

「私たちの村はちゃんと存在しているわ。この、不踏の森の奥に。神獣の眷属たるスズカ様のおかげで病気や怪我《けが》の不安もないし、開拓も順調よ」

「病気や怪我まで？　まさか、ここに来れば他の村の者でも……？」

「うむ。もちろん信者限定じゃが、狐神は面倒なことを求めはせんぞ？　本来ならその浄化薬も信者以外に与えるものではないが、試供品じゃからな」

などと言う涼香であるが、半分は罪悪感から提供しただけである。

『半裸のソティを見たのだから仕方ない』と最初は思っていたのだが、半日も目を覚まさないというのは、さすがに予想外。強く殴りすぎたかと後悔した次第である。

ちなみに、残り半分は宣伝。森の外に神社の存在を広める良い機会とも考えていたが、そのことに思い至るはずもないエドは、感動したように浄化薬の瓶を握りしめる。

「ありがたい！　これがあれば俺の村は……。このお札は必ずっ」

「よい、よい。そこまで気にせんでもな。それでお主は、今から帰れるのか？」

「そうよね。村の場所は知らないけど、この時間だと……村で宿を貸しましょうか？」

時刻は既に夕方が近い。明るいうちに森から出られるかは微妙なところだ。

途中で夜になればかなり危険。そう思ってアンリは提案するが、エドは首を振った。

「いや、さすがに日を跨《また》ぐと村の者を心配させてしまう。できるだけ早く帰りたい」

「そうか。じゃが、少々危険よな。――よし、折角じゃ。このお守りもやろう」

「これは？　何か書かれているが……」

涼香がエドに渡したのは、名刺サイズの木札と親指ほどの小さな巾着。

いずれも彼が寝ている間に完成した物で、木札の表面には神紋の判子と共に、ソティエールの手で『無病息災』という日本語がなかなかの達筆で墨書されている。

対して巾着の方は一見すると地味だが、木札の上位版という位置付けであり、涼香が手ずから縫った巾着に翠光石《すいこうせき》の小さな欠片《かけら》を入れ、《祈祷《きとう》》を行った物である。

「それは私たちが作ったお守り――教会が販売しているアミュレットのようなものです。

木札には毒や病《やまい》を退《しりぞ》ける効果が、巾着の方には危難除《よ》けの効果があります」

「劇的とは言わぬが、今から帰るのなら少しは役に立つじゃろう」

「そうか。重ね重ねすまない。このお礼もいずれまた！」

お守りを懐《ふところ》に入れたエドが慌ただしく立ち上がり、浄化薬を大事そうに抱えて出て行くと、アンリも「村の入り口まで送ってくるわ」と言って、すぐに後を追う。

その後ろ姿を見送り、涼香は「ふむぅ～」と大きく息を吐いた。

「外の人間との対話は緊張するのじゃ。――少々強く殴ってしまったしねぇ」

「お疲れさまです、スズカ様。ですが、そちらは気にする必要もありませんよ？　むしろ彼は拳だったことに感謝すべきです。下手したら斬られてますから」

「お、おぅ……。そういう見方もあるんだね」

思った以上に修羅な世界に涼香は若干引くが、村から見ればエドは大事な水源に侵入した不審者である。余裕のない村だったなら、身ぐるみ剝がされて殺されていただろう。

特に開拓村のあるような辺境だと、そんなにモラルは高くないのだ。

「そんなことより、お守りと浄化薬をタダで渡しても良かったのですか？」

「ん？　別に構わないよ。ソティのお薬と違って簡単に作れるし、宣伝にもなる。エドは神社を知らなかったようだし、アンリとは別ルートからのプロモーションだね」

現在、神社の話が広がっているのは、開拓村と繋《つな》がりのある村。エドの村はそこから外れているようなので、多少のサービスをする価値はあると涼香は判断していた。

「それに、お守りの効果の検証もできるでしょ？」

一石二鳥の方法。少しドヤ顔の涼香だが、ソティエールは眉根を寄せる。

「むむ、スズカ様手縫いの巾着は、私が欲しいほどの貴重品ですが……。でも、検証の方はどうでしょう？　効果があったかどうか、彼がまた来なければ判りませんよ？」

「……村の防衛部の人たちにも、使ってもらおうかな」

一瞬沈黙し、照れたように付け加えた涼香に、ソティエールはニコリと微笑《ほほえ》む。

「そうですね。その方が良いと思います」

◇　◇　◇

道に沿って歩けば、日が落ちる前に森から出られる。

アンリからそう言われて歩き始めたエドだったが、しばらくして問題点に気付いた。

それは道の行く先が、エドの村がある方向とはズレていること。

このまま進めば遠回りになる。だが、安全を重視するならそれが正解――なのだが。

「このままじゃ、間に合わねぇか」

夜の森は当然だが、夜の草原だって決して安全とは言えない。

高い木々に囲まれた森の中は既に薄暗くなりつつあり、エドの心に焦《あせ》りが積もる。

「……そういえば、不踏の森の中に、開拓村が造られてたんだよな？」

頑丈な柵こそ造られていたが、村人たちに緊張感はなく、代表者は——言い知れぬ迫力こそあったものの——若い女。これまで歩いてきた道にも、魔物は出てこなかった。

「言われているほど、危険な森じゃねぇのか？　——入るか？」

実のところ、開拓村から森の外へと続く道は、防衛部が頻繁に駆除を行っている。

それもあって魔物があまり近付かないのだが、当然ながらエドが知るはずもなく……。

エドはしばらく考え込み、意を決したように森に足を踏み入れた。


「ヤバい！　ヤバい！　ヤバい！　俺の、馬鹿野郎がぁぁぁ～～～!!」

一〇分前に戻ることができたなら、俺は自分を思いっきりぶん殴る。

そんな決意と共に疾走するエドの後ろから、ドスドスと重低音が響いていた。

藪《やぶ》の間からちらりと見えたのは、鋭い牙と茶色の巨体。

普段、魔物と戦うことのないエドですら知っているそれは牙猪《きばいのしし》。

アンリが斃《たお》したものより一回りは小振りだったが、その事実は彼の慰めにはならない。

「クッソ！　逃げ切れねぇ！」

木を盾にするようにジグザグに走るが、相手は突進力に優れた牙猪である。

多少の灌木《かんぼく》程度なら簡単に突破されて障害物にもならず、大木でもなかなか巧みに回避するので、エド自身の走る速度が落ちる分、むしろ逆効果となっていた。

そのことに気付いたエドは、護身用の短剣を引き抜いて振り返る――が、次の瞬間、転がるようにして横に跳び、今まで彼が立っていた場所を牙猪が走り抜けた。

一瞬遅れていれば、自分の体は巨大な牙に貫かれていた。

そのことを改めて実感して背筋が寒くなり、脂汗が噴き出す。

村では腕が立つと言われ、いい気になっていた。そんな愚かな自分を叱咤《しった》して、震えそうになる手に力を込めて短剣を握り直し、牙猪に向き合う。

「来いやぁぁ‼」

エドは蛮声を上げて突っ込んできた牙猪に短剣を振る。

だが、厚い毛皮はエドの短剣を阻《はば》み、傷を負わせることもできない。

しかも、森の薄暗さはエドの視界を狭め、魔物である牙猪に味方している。

だからこそ、彼がそれに気付かなかったのも必然だったのだろう。

「しまっ――！」

地面に転がる木の枝。それを踏んだエドが体勢を崩す。

その状況を狙っていたかのように牙猪が突進、鋭い牙が迫る。

大怪我を覚悟して体を硬くした直後、ガンッと重い音。エドが地面に倒れる。

だが、彼が感じた衝撃は、予想していたよりも圧倒的に軽かった。

それどころか致命傷になると思っていた牙すら、エドに触れてはいなかった。

理解できない結果にエドは困惑するが、牙猪もまた戸惑ったように数歩後退する。

「どういうことだ？　………まさか、あのお守りか⁉」

アミュレットにこれほどの効果があるなど、エドは聞いたこともない。

だが、他に思い当たる物はなく、それを信じる以外にエドが命を拾う希望はなかった。

「――オラッ！　来ねぇのかよ、オイッ‼」

牙猪が冷静になると、もう勝機は来ないかもしれない。

エドはお守りを信じて牙猪を挑発、捨て身の覚悟で短剣を腰だめに構える。

その挑発に対して牙猪は不愉快そうに鼻を鳴らすと、エドに向かって突撃。

牙がエドに刺さる瞬間に再び衝撃音が響き、体重を乗せた短剣が牙猪に深々と――。

「はぁ、はぁ、はぁ……」

事切れた牙猪の死体を前に、呼吸の荒いエドが地面に座り込んでいた。

防御を捨てた攻撃でも牙猪を殺すことはできなかった。だが、致命傷になったことは間違いなく、後は逃げ回りつつ攻撃を加え、弱ったところで止《とど》めの一撃。

言うだけなら簡単だが、エドにとってはギリギリの命の遣《や》り取り。

なんとか斃すことには成功したが、立ち上がることもできないほどに消耗していた。

「……危難除けのお守りか。『少しは役に立つ』どころか、命を救われたな」

エドは懐を探って巾着を取り出し、違和感を覚えて眉根を寄せた。

貰《もら》った時にはあった小石のような感触が消え、砂のような手触りに変わっている。

「効果が切れたのか。二回――いや、それ以上か。破格だな」

致命的な攻撃を二度、その後も何度か牙猪の攻撃は掠《かす》っていたはずだが、今のエドに怪我はない。だが、お守りがなければ、エドは確実に何度か死んでいただろう。

既に役目を終えたお守りを握り、エドは祈りを捧《ささ》げるように額に当てた。

「……この恩は必ず」

エドは小さく呟《つぶや》くと、足に鞭《むち》打《う》って立ち上がり、転がる牙猪の死体に目を向ける。

牙猪は貴重だ。持ち帰れば金になることだろう。

だが、こんな物を引き摺《ず》って森を歩けば、村へ帰り着く前に死ぬことになる。

それを理解しているエドは牙猪の死体から顔を背け、振り切るように走り始めた。

◇　◇　◇

「スズカ様、このお守りはちょっと厄介だわ」

効果の検証用にと、村の人たちにお守りを渡してしばらく経《た》った頃。

神社にやってきたアンリは、深刻そうな顔でそう告げた。

「効果がなかった？　しっかりと《祈祷》は行ったんだけど……」

その時にはきちんと祝詞《のりと》も奏上したし、信仰ポイントも消費されている。

実感できるほどの効果がないのなら現世と同じだが、果たしてそれでも売り物となるのかと、涼香《すずか》は不安顔だが、アンリは首を振って否定する。

「そうじゃないわ。逆に強すぎるの。木札の方はともかく、巾着の方が」

今回、涼香が作ったお守りは実家に倣《なら》い、木札が無病息災、交通安全、商売繁盛《はんじょう》、開運厄除《やくよけ》、身体健康、学業成就《じょうじゅ》の六種類。巾着は総合的な危難除けである。

アンリにはそれらを一通り渡しておいたのだが……。

「木札のお守りもね、効果はあるの。身体健康を持っている人は怪我《けが》をする回数が減ったし、交通安全なら魔物に遭いにくくなってる。でもそれは、後から気付く程度のもの。でも巾着の方は違うわ。魔物の攻撃を目の前で明確に防いでくれたの」

「……それは、マズいの？　儲《もう》かるよね？」

「マズいなんてもんじゃないですよ、スズカ様！　教会のアミュレットなんて、気分ですよ、気分！　統計を取っても差なんて出ませんよ、きっと！」

「そうね。これが簡単に買えるとなると、騒ぎになるわ」

効果が高いなら良いのでは？　と首を捻《ひね》った涼香だったが、ソティエールとアンリからあまりに真剣な顔を向けられ、「むむむ……」と考え直す。

「私も巾着ばかり縫うのは面倒だし……制限を設けるか。数、というのはマズいよね」

数量限定、買い占め、転売、徹夜組。

現世で起こった悲劇を繰り返すわけにはいかない。

「抽選もイマイチだよね。大事な目玉商品――もとい、神物《しんもつ》故《ゆえ》に、できれば信仰篤《あつ》き人にこそ与えたいものだけど……。信仰ポイント的にも」

本音をちらりと漏らしつつ涼香は暫《しば》し考え、ポンと手を打つ。

「そうだ！　御朱印帳、あれをスタンプカードにしよう‼」

「ス、スタンプカード……？　よく解《わか》りませんが、罰当たりな雰囲気がしますよ？」

「うっ。ま、まぁ、本来の御朱印帳はスタンプ集めじゃないからねぇ。けど、私は時代に迎合する柔軟性を持ち合わせた巫女《みこ》。神様も文句は言わないでしょ」

迎合どころか自ら引っ張る勢いだが、神様が文句を言わないのは確かだろう。

これまでの経緯からそれが予想できたアンリは、頷《うなず》いて涼香に先を促す。

「その……御朱印帳？　って、具体的にはどうするの？」

「普通の御朱印帳は、初穂料を頂いて御朱印を捺印《なついん》、日付なんかを書くんだけど……。御朱印帳は参拝の切っ掛けにはなっても、固定客にはならないんだよねぇ」

「固定客って……。スズカ様、参拝、なんですよね？」

ため息をつく涼香に対し、ソティエールは若干のジト目だが、涼香は苦笑する。

「御朱印を貰いに来る人も一応は参拝するけど、信者というより『客』だから」

いろんな御朱印を集めるため、いろんな神社を巡る。

神社側としては少し微妙であり、涼香としても素直に喜べない風潮であった。

むしろ初詣だけでも良いので、毎年お守りや破魔矢を買ってくれる方がありがたい。

もちろん、微妙ではあっても多少の収入にはなるので、実家の神社でも可愛《かわい》い御朱印帳をしっかりと仕入れ、お守りの横に並べていたのだが。

「そうだねぇ、御朱印には大祓詞《おおはらへのことば》を毎回一節ずつ書くことにしようかな？　それが完成したとき、危難除けの巾着と交換する。一定期間空けないと次の御朱印を授けないことにすれば何度も参拝に来るし、定期収入も見込める――案外良い方法じゃない？」

「私が書き取りをさせられたあれですか。あれは結構長いですよね？」

「うん。まぁまぁ長い祝詞だね。御朱印と日付も入れるとなると、一ページに書ける量はさほど多くないし……四〇回ぐらいは必要かな？　間隔は一週間以上でどう？」

「熱心な信者でも一年ぐらいはかかるわね。それなら大丈夫かしら？」

「それじゃ、普通に授けるのは、木札のお守りだけで。ソティも良い？」

「はい。スズカ様がそう決められたのなら、私は」

取りあえず木札の方には問題がなく、御朱印帳という新たな収入源も確保。

結果として丸く収まったと、涼香は満足げに「うん、うん」と頷くが、アンリはそんな涼香を気まずそうに見て、「あの……」とそっと片手を挙げる。

「早々の横紙破りで心苦しいのだけど、巾着のお守りをいくつか譲ってもらうことは？」

「む？　アンリなら別に構わないけど……。何故《なぜ》？」

「実は私の家には、諜報《ちょうほう》部もあったの。今も仕えてくれているんだけど……」

「ほ、ほう。それは隠密《おんみつ》、というやつなのかな？」

忍者とか、スパイとか、そういった雰囲気を感じて涼香は少しわくわくする。

幼い頃、陰陽師《おんみょうじ》に憧れた彼女の心の琴線は、まだ張られたままなのだ。

「そうよ。普段は村の外で情報収集を行っていて、村にはいないのだけど。ただ、私の家って陥《おとしい》れられて取り潰されたでしょ？　諜報部としては、それを防げなかったことに責任を感じているみたいで、結構無茶もしているみたいなの」

「情報戦に負けて、主家を潰されたということか。悔しい気持ちも解るけど、隠密の存在は貴重、大事にすべきだね！　解った。必要な量を用意するよ」

村の安全は神社の安全でもあるし、アンリのお願いでもある。

情報戦の大切さを知り、隠密に心ときめく涼香としては拒否する理由がなかった。

「ありがとう。なかなか報いることができてないから、助かるわ」

「別にこの程度はどうってことないよ。アンリにはお世話になってるし」

「どう考えても、お世話になっているのは私たちの方だと思うけど……。あれとか」

アンリの視線の先にあるのは、芋蔓《いもづる》が山積みになった笊《ざる》と甘藷《かんしょ》の栽培マニュアル。

実はこれの受け取りがアンリの本題であり、お守りの件はついでだったりする。

「神社に奉納してくれるなら、私たちの利益にもなるし、気にしなくても良いよ。——こんなに早く芋畑の準備が整うのは、少し予想外だったけど」

「だって、植え付け時季があるでしょ？　今年中にあの美味《おい》しいお芋が食べられるか、それとも一年以上待たないといけないか。少し無理してでも頑張るわよ。新たに村長となった私の初めての事業と言えば、みんな協力的だったしね？」

「そ、そうなんだ？　新しく森を開拓したんだよね？」

「当然ね。神社の参拝者はウチの村を通るもの。見える場所に畑は作らないわ」

開拓して畑にしたのは、翠光石《すいこうせき》を掘り出した場所と村の中間辺り。

それを聞いた涼香は内心、アンリがいつもの笑顔で——そこはかとない迫力を漂わせながら、村の人たちを急《せ》かしたんじゃないかと、気が気でなかったりする。

「無理させてないなら、良いんだけどね……」

「まったくないとは言わないけど、開拓村の日常ぐらいよ？　むしろ、スズカ様たちが大変だったんじゃない？　この栽培マニュアル、翻訳してくれたのよね？」

アンリが手に取り、パラパラと捲《めく》るそれには単純な栽培方法だけではなく、糖度が増える熟成方法や甘くなる調理方法も記されているため、結構分厚い。

元となっているのは、もちろん《神託》で得た情報。例の如《ごと》く大量に届いた資料を涼香とソティエールが解析して纏《まと》め直し、こちらの言葉に翻訳した物である。

「今後のことを考えると、私も神様の言葉を勉強するべきかしら？」

申し訳なく思ってか、アンリはそう言うが、涼香とソティエールは微妙な表情。

「忙しい最中《さなか》に時間を作ってやるほどじゃないかな？　少し難しい言語だからねぇ」

「はい。反対はしませんが、大変ですよ？　今回の翻訳は私も手伝いましたが、本当に手伝っただけで、ほとんどの作業はスズカ様がされましたから」

遠回しながら二人から実質的に反対され、アンリは難しい顔で「う～ん」と唸《うな》る。

「確かに、見るからに複雑な文字が多いわよね。でも大量の資料があるのに……。あんなに甘いお芋があったわけだし、他にも美味しい物の情報が紛れていたり……」

どうやらアンリの目的は、そこにあったらしい。

実際、資料の中には省いた情報――材料の入手が難しく、作ることができないお菓子のレシピなども含まれているため、アンリの嗅覚はなかなかと言わざるを得ない。

だが、大事なこの時期にアンリがそちらに力を入れると、村人たちはもちろん、神社の運営上も困ってしまうわけで。涼香は慌てて話を逸《そ》らす。

「そ、それよりも、その……神社の人手の方は、どうかな？　やっぱり難しかった？」

涼香たちがお守りを作り始めて一月《ひとつき》ほど。コツコツと継続していたこともあり、既に十分な在庫は確保できていた。しかし、芋畑に関しては熱心に動いている様子のアンリも、一緒に話に出ていた人手に関しては何ら音沙汰なしである。

住人全員に役割があるような小さな村だけに、簡単にはいかないかと思っていた涼香だったが、問われたアンリはキョトンと涼香を見て、「あっ」と小さく声を上げた。

「ごめんなさい。すぐに決まったから、失念していたわ」

「……え？　あれ？　もう見つかってたんだ？」

「ええ、年齢的にまだ決まった仕事のなかった子がちょうど。成人もしていない子供なんだけど、良いかしら？　認めてもらえるなら紹介するわ」

「そう難しい仕事はさせないし、大丈夫だよ。良いよね、ソティ？」

「はい、お任せください。私がしっかり面倒を見ます」

「ありがとう。それじゃ、今から連れてくるわ。ちょっと待ってて」

笊を抱えたアンリはそそくさと村へ戻り、しばらくして連れてきたのは二人の少女。

身長は涼香よりも低く、年齢は一〇歳前後、特徴的だったのはその外見で――。

「マリとユリよ。見ての通り、双子。神社で働きたい人を募ったら、すぐに二人が手を挙げてくれたの。スズカ様に病気を治して頂いた恩返しをしたいって」

「「スズカ様、よろしくお願い致します！」」

二人が綺麗《きれい》に揃《そろ》って頭を下げ、涼香とソティエールが頬を緩める。

「あぁ、覚えておるのじゃ。枯木病になっておった二人じゃな」

「少し状態が悪かったので、スズカ様にお手伝い頂いたあれですね」

今のところ枯木病に罹《かか》った子供は彼女たちだけだったが、子供だったせいか進行が速く、大事を取って涼香の《奇跡》も活用して治療を行ったのだ。

「あの時は「ありがとうございました！」」

改めて声を揃えてお礼を言われ、涼香《すずか》はニコニコと嬉《うれ》しそうに二人の頭を撫《な》でる。

「うむうむ。気にする必要はない。これからよろしく頼むのじゃ」

「指導は私がすることになると思います。頑張りましょう！」

「「は、はい！」」

後輩ができたことが嬉しいのか、少し気合いが入った様子のソティエールと背筋を伸ばして応えるマリとユリ。そんな三人を見て涼香は満足そうに頷き、口を開く。

「よし。これで残る準備は一つだけじゃな」

「準備ですか？　授与所は建てていますし、お薬も……。あ、浄化薬ですか？」

「違うのじゃ。それも一応置くつもりじゃが、効果はよく判《わか》っておらん。必要なら都度作れば良い。手水鉢《ちょうずばち》の水を使えば簡単じゃ。それこそ、樽《たる》で作れるレベルでな」

「それでは、いったい何の準備が……？」

「もちろん二人の服じゃ。ここで働く以上、その格好というわけにはいかんのじゃ」

涼香に挨拶するためにおめかしした二人の格好は、村の子供としては小綺麗《こぎれい》だ。

それは店番として十分な清潔感だったが、それでも失礼があったのかと、少し不安そうなマリとユリを安心させるように、涼香は優しく微笑《ほほえ》む。

「神社に相応《ふさわ》しいのはやはり巫女装束じゃ。統一感を持たせねばな！」

「巫女装束——え、私たちも、スズカ様たちと同じ服を着られるんですか⁉」

マリが少し身を乗り出し、ユリも期待の籠もった目を涼香に向けた。

対してソティエールは少し険しい顔になるが、涼香はそれに気付かず続ける。

「袴《はかま》の色は松葉色になるが、おおよそ同じじゃな」

「あ、私たちとは色が違うんですね。それなら……。神様にお願いするのですか？」

「いや、我が作るぞ？　晒《さら》しや染めた布は入手が難しいから《奇跡》で対応するが、和裁は我の趣味。余裕ができたから久し振りにやるのじゃ」

「えっ、スズカ様の手作り⁉　それも捨てがたい……。うぅ、私はどうすればっ⁉」

「どうもしなくて良いのじゃ。性能自体は、我らの巫女装束の方が上なのじゃから。さぁさぁ、マリとユリはこっちに来るのじゃ。身体測定の時間じゃ！」

何やら苦悩するソティエールの言葉をあっさり流し、涼香はうきうきと手招きした。

◇　◇　◇

涼香が暢気《のんき》に趣味を楽しんでいる頃、モンブロワの教会にはまた怒声が響いていた。

「売り上げが落ちているではないか！　どういうことだっ」

怒鳴っているのはダクール、彼が持っているのは教会の売り上げ集計表である。

その集計表の中でダクールが注目しているのは、土壌浄化薬の売り上げ。

ステルス値上げ——量はそのまま、効果は半分——のおかげで、一時は増えていたその売り上げが、最近になって明らかに急落していた。

「はい。おそらくは、これ以上は利益が出せないと見切りをつけたのかと」

「根性のないヤツらめ！　努力すればまだ利益が出せる値段だろうが！」

側近の指摘にダクールは忌々《いまいま》しげに書類を投げるが、これは彼が不見識なだけだ。

確かに今の土壌浄化薬の効果と値段なら、畑の作物をすべて売れば僅かに利益も出る。

だがそれは作物が何事もなく育った場合。自然相手の農業では天候不順で実付きが悪い場合もあるし、出来がイマイチなら買い叩《たた》かれることもあり、予定通りにはいかない。

しかも土壌浄化薬は、収穫まで絶え間なく使い続ける必要があるのだ。

途中で買えなくなれば作物は枯れ、これまでの投資はすべて無駄になる。

唐突に値上げをされたり、効果が下がったりしていることも併せて考えれば、早々に土壌浄化薬の使用をやめて出稼ぎにでも行く方がリスクは低い。

また、一度使用をやめた畑は、次の種蒔《たねま》きまでは土壌浄化薬を必要としないとも言えるわけで、当面は売り上げが下がることはあっても、上がることはないだろう。

「ぐぬぬ、何か他に金になる物は……やはり薬か？　それもできれば高い薬を……」

イライラとした様子で部屋の中を歩き回り、ダクールは薄くなった頭の髪をかき回すが、ふと足を止めると、何かを思い出すかのように眉根を寄せて側近に目を向けた。

「そういえば、以前、枯木病患者が出たとの報告があったな。あれはどうなった？」

「診断はしましたが、薬の購入の方は。金が用意できなかったと思われます」

「フンッ、これだから貧乏人は！」

ダクールは鼻を鳴らして吐き捨てる。

だが、すぐに口の片側を吊《つ》り上げて、悪人面《あくにんづら》でニヤリと笑った。

「しかし、その対策は簡単だな。枯木病が広がれば良い。そうだろう？　一〇人中九人が金を用意できなくても、一人に売れればそれで良いのだからな！　フハハハハッ！」

「さすがはダクール様、慧眼《けいがん》です。とはいえ、枯木病の感染を広げる方法は……」

楽しげに笑うダクールに側近も追従《ついしょう》するが、一般的に枯木病は人から人に感染しないと言われている。けれど、それを指摘されてもダクールの表情は変わらなかった。

「それはもちろん――っと、これは教会の機密だったな」

ダクールは一度口を噤《つぐ》み、側近を近くに呼び寄せて囁《ささや》く。

「実はな、不踏の森の奥にはガルムという危険な魔物が封じられているのだ。枯木病の原因は、その封印から漏れ出る力と言われている。なら、あとは簡単だろう？」

「まさか、封印を？　し、しかし、それは危険なのでは……？」

やりたいことは解《わか》るが、教会が機密とするような内容。

大丈夫なのかと不安げな側近に対し、ダクールは鼻で笑って手を振る。

「なに、完全に解くわけじゃない。少し弱めてやるだけだ。それだけで枯木病患者は増え、薬の売り上げも上がる。良いことずくめ。そうだろう？」

枯木病患者が増えれば、治療薬を買えない多くの人は、苦しんで死ぬことになる。

だがそのようなことは、ダクールにとって考慮にも値しないのだろう。

彼は機嫌良さそうな表情のまま、側近の肩にポンと手を置いた。

The story of a shrine maiden
with animal ears reviving a shrine
in another world

《第五章》

月に叢《むら》雲《くも》 花に風

Chapter 5

Clouds over the moon, winds over flowers

「う～ん、単純には喜べないところもあるけど、神社の経営的には笑いが止まらないね」

本殿の奥にぽてんと座り、涼香はそんなことをうそぶいた。

隣で寄り添うように座るソティエールは、お茶を淹《い》れながら穏やかに微笑む。

「はい、随分と余裕ができました。信仰ポイントにも、お金にも。これもスズカ様の『ぷろも－しょん』の成果ですね」

「そうだね、彼は良い仕事をしてくれた――思った以上に」

切っ掛けは覗《のぞ》き魔――もとい、エド。

牙猪《きばいのしし》から生き延びた彼は、村で自身が経験したお守りの効果を大いに語った。

それを聞いた村人たちは最初こそ半信半疑だったが、エドが持ち帰った浄化薬の効果を見て、これは嘘《うそ》ではないと実感。汚染源がなくなったエドの村では、すぐに浄化薬は必要なくなったが、近隣の村でも吹聴《ふいちょう》したことで神社を訪れる人が増えたのだ。

「まさか、本当にお守りが役に立つことになるとはね」

「あれがなければ死んでいた、と言ってましたね。常連にもなってくれましたし」

再会時にエドは平身低頭、涼香を崇《あが》め奉《たてまつ》って命を救われた感謝を述べた。

そんな彼に涼香は、あのお守りは売っていないと伝えたのだが、エドは『あれほどの物であれば当然ですっ！』と、喜んで御朱印帳を買い、定期的に参拝に訪れている。

「彼が参拝に来ると、明確に信仰ポイントが増えるんだよねぇ……」

「良い傾向です。《祈祷《きとう》》でも信仰ポイントは消費しますし、更に増やしていきましょう。

――スズカ様のためなら、喜んで命を投げ出すような狂信者を」

「良くないが⁉　信者は増やしたいけど、さすがに狂信者は困るよ？」

眉尻を下げ、獣耳もへにょりとする涼香を見て、ソティエールは「ふふっ」と笑う。

「さすがに狂信者は冗談ですけど。でも、お薬の販売量も増えましたよね」

「そう、それ。枯木病の患者が予想外に多かった。『枯木病で苦しむ人を救え』という使命《ミッション》が出るのも納得だよ。少し複雑だけど、売り上げは大きいよね」

教会に比べれば圧倒的に安いが、それでもやはり高価な薬である。最初は買う人も少なかったのだが、治療実績が増えるにつれて枯木病の治療薬は売れ始めた。

それに伴って他の薬を求める人も増え、薬の販売はお守り以上に順調だった。

「加えて、病気の快癒を願う人は真剣に祈るから、得られる信仰ポイントもたっぷり。お薬の販売を信者限定にして正解だったよね――大っぴらには言えないけど」

「でも、お薬を安く提供できるのは、信仰ポイントあってこそですし」

「うん。色々と上手《うま》く回っている感じだね。誰かの手助けでもあるかのように」

浄化薬や枯木病の治療薬が必要とされなければ、こんなに早く神社の存在が浸透することはなかっただろう。だが、神様がそこに手を出すとは思えず、涼香《すずか》は首を捻《ひね》る。

当然ながら、その『誰か』が協会関係者であることなど、想像の埒外《らちがい》である。

「あえて問題を挙げるなら、私があまり出歩けなくなったことかな」

涼香は不満そうに尻尾を揺らし、それに擽《くすぐ》られたソティエールは眉尻を下げて微笑む。

「そこは諦めてください、としか。眷属《けんぞく》たるスズカ様が普通に歩いていては、ありがたみがなくなりますし、当面は権威付けも必要です。チラ見せが良いのです」

「チラ見せって……。それも〝宗教のすゝめ〟に書いてあったの？」

「はい。他には寄進の額や礼拝に参加した回数で、涼香様に会える人を制限する方法もあるそうです。上位の人に特別なサービスをすると、煽《あお》ることができて特に効果的だとか。あっ、特別と言っても直接声を掛けるとか、手を握るとか、その程度ですよ？」

慌てて「勘違いしちゃダメです」と付け加えるソティエールを、涼香は少し呆《あき》れたように見て、「別に勘違いはしていないが？」とため息をつく。

「それ、やっぱり有害図書じゃない？　他にはどんなことが書いてあるのやら……」

「そうですねぇ。稀《まれ》に不遇な人に声を掛けるのもあり、とか？　上位だけを優遇すると下位が諦めてしまうので、『もしかしたら』と思わせることが必要って——」

「悪質だね⁉　けど、そこまでやると本当にアイドル活動だなぁ。それの行き着く先は狂信者とか、厄介オタクとかなんだけど……。現世にもよくいたんだよねぇ」

推しの言うことならなんでも信じ、守るためならなんでもする。

本人たちからすれば『正義』でも、傍《はた》から見れば迷惑且《か》つ、痛々しいことこの上ないし、結果的に推しの迷惑にしかならなかったりする——推しがまともであれば、だが。

「さすがに、そういう方向には行きたくないよ？　いや、既に御朱印帳で似たようなことをやっているわけだけど……。程々が良いなぁ」

ため息混じりの涼香に、ソティエールはお茶を差し出しながら微笑《ほほえ》む。

「はい、すべてはスズカ様の御心《みこころ》のままに。——どうぞ」

「ありがとう。——ふぅ。贅沢《ぜいたく》ができるのも信仰ポイントのおかげだし、難しいね」

涼香はお茶を一口飲んで息を吐くと、カップの中をじっと見る。

その中身は緑茶。ポイント消費は僅かだったが、これも《奇跡》で変換した物である。

「私はスズカ様の目的が達成できるよう、手助けするだけです。でも、あまり早く帰ってしまわれると寂しいので、もっと贅沢をしても良いんですよ？」

冗談っぽく言うソティエールだったが、そこに混じる本音も感じ、涼香は緑茶に目を落として暫《しば》し沈黙。間を持たせるようにもう一口飲んでから「けど」と顔を上げた。

「そもそも本当に帰れるのか、判《わか》らないいんだよね」

「そうなのですか？　神様は帰れると仰《おっしゃ》ったのですよね？」

「正確には、帰れるかもしれない、だね。最近は少し落ち着いたから、改めて《神託》で訊《き》いてみたんだけど、返ってきたのはこれだよ？」

涼香が取り出したのは、短い文が行書体で書かれた一枚の紙。

ソティエールはそれを覗き込むと、ぐぐっと眉根を寄せて考え込んだ。

「えっと……『天の原ふりさけ見れば春日《かすが》なる』、ですか？」

「そう、正解。勉強の成果が出ているね」

生徒の成長を喜ぶように、涼香がニコニコとソティエールの頭を撫《な》でると、彼女は少し顔を赤らめ、嬉《うれ》しさと恥ずかしさが混じったような顔で俯《うつむ》く。

「あ、ありがとうございます。でも、なんとか読めるだけで、意味の方は……」

「まぁ、これだけではね。続きを知らないと考察もできないし」

涼香は素っ気ない神様の書状を、ピシピシと指で弾《はじ》きながら言葉を続ける。

「これは有名な和歌——詩の一節で『三笠《みかさ》の山に出《い》でし月かも』と続く。異国で望郷の念に駆られつつ月を見上げ、あれは故郷の月と同じ月なのだな、と詠《よ》んだ歌なの」

「……つまり、故郷を思っていれば叶《かな》う、ということでしょうか？」

ソティエールは小首を傾《かし》げるが、涼香は「だと良いのだけど」とため息を漏らす。

「実はこの歌を詠んだ人は、帰国できるまで三〇年ほどかかっているんだよ」

「えぇっと……」

「しかも、帰国を試みたものの、結局は失敗してるんだよねぇ……」

「そ、その……」

「ついでに言えば、この作者が異国に渡った時の年齢は、私とほぼ同じなの」

「………き、きっと、神様のお茶目ですよ！　スズカ様っ！」

適切なフォローの言葉が思い付かなかったのだろう。目を泳がせていたソティエールが苦しい理屈と共に引き攣《つ》った笑みを浮かべると、涼香も乾いた笑いを漏らす。

「ハハハ……。あり得そうなのが、なんとも言えない。――どちらの意味でも」

冗談で和歌を送ってきたのか、それとも『帰還の可能性はそんな感じ』という意味で送ってきたのか。遠い目をする涼香をソティエールは心配そうに窺《うかが》う。

そして暫しの間、迷いに唇を震わせていたが、やがて意を決して口を開いた。

「ス、スズカ様っ、もし帰れなくなったとしても、わ、私が一生傍《そば》にいます。頑張って働きますし、お世話もしますから、あ、安心してください！」

そして、恥ずかしそうに頬を染めたソティエールは、少し潤んだ瞳で涼香を見つめる。

そんな彼女に涼香は目を丸くすると、表情を緩めてポンポンと頭を撫でた。

「ソティ、ありがとう。気を使ってくれて。ごめんね、無理させちゃって」

「い、いえ、私は本気で──」

慌てて訂正しようとするソティエールの言葉を遮るように、涼香は続けた。

「そうだね！　こちらに来てたかだか数ヶ月。まずは安心して生活できることを喜ぶべきか。私にはソティがいてくれるし、マリとユリも手伝ってくれてる」

涼香はそう言うと、立ち上がって窓から外を眺める。

目に入るのは静かな境内《けいだい》。参拝客が増えたとはいえ、常に人がいるほどではない。

袴《はかま》姿でちょこちょこと歩いていたユリが涼香に気付き、ぺこりと頭を下げる。

涼香は微笑んでユリに手を振り返すと、空を見上げて大きく深呼吸。

「うん！　遠くを見ても仕方ない。世は並《な》べて事もなし、だね！」

自分を元気付けるように、言葉に力を込めた涼香だったが……。

あれからしばらく。神社は落ち着くどころか、更に盛況になっていた。

普通に信者が増えたのなら良いのだが、実際に求められているのは枯木病の治療薬。

かなり頻繁に人が訪れ、涼香が暢気《のんき》に境内を眺めることもできない状態になっていた。

「う〜ん、さすがに最近は、ちょっと忙しすぎない？」

「そうですね。すみません、スズカ様のお相手ができなくて……」

あの時とは違い、お茶を淹れているのは涼香。

ソティエールはその横で、最近導入された薬研《やげん》をゴリゴリと転がしていた。

以前は彼女も乳鉢で頑張っていたのだが、調薬量が増えるに従って磨《す》り潰《つぶ》す薬草の量も増え、見かねた涼香が村の職人に提案して作ってもらったのだ。

「それは別に良いんだけど、作る薬が増えて大変だね」

「スズカ様がこの薬研を教えてくれたことで、随分楽になりましたけどね」

「そういう物はなかったの？」

「どうでしょう？　あったとしても一般的ではないかと。教会にはなかったですし」

「あそこは効率化とか考えそうにないね。はい、ソティも一服したら？」

涼香はソティエールの横にお茶を置き、その隣に小さな花形のお菓子も添える。

「ありがとうございます。――ふぅ、美味《おい》しいです。スズカ様の手作りお菓子」

「手慰みで作った練り切りだけどね。制約がある中では上出来かな。マリたちは……」

涼香は立ち上がると、ぽてぽてと歩いて本殿の扉の隙間から外を覗いた。

見えるのは、参拝者に参拝方法を教えるマリと、授与所で客対応をしているユリ。

病気の治療薬を求める人が多いこともあり、中には余裕がなく気が立っている人もいるのだが、そんな相手にも健気《けなげ》に笑顔で対応している。

「二人にもお茶とお菓子を、と思ったんだけど……今は呼べそうにないか。パタパタと走り回って頑張るマリたちは可愛《かわい》いけど、まだ子供なのに少し可哀想《かわいそう》にも思えるね」

マリたちは働き始めて日は浅いが、健気に慕ってくれる双子は涼香にとっても大事な存在。尻尾を揺らしながら見守っていると、ソティエールが呆れたように声を掛けた。

「スズカ様、扉の隙間から覗《のぞ》くのはやめてください。ちょっと怪しいので」

「むー、気軽に窓も開けられないんだから、仕方ないでしょ」

やや不満そうながらも覗くのをやめた涼香は、ソティエールの隣に戻って座る。

そして、何やら考えるように顎に手を当て、本殿のあちこちを見回した。

「今後を考えると、御簾《みす》でも導入したいよね。あれなら内からは見えて、外からは見えないし。さすがに真夏に締め切りは避けたい――二人の姿も見えるしね」

「そうですね。左右の窓なら外からは見えにくいですが……。でも、落ち着くまではその余裕はなさそうです。枯木病の治療薬、かなり売れていますので」

「うん。やや異常なほどにね。正直、申し訳ないほどに売り上げが増えているんだけど、今更値下げはできないしねぇ……。転売のリスクもあるから」

「はい。今の値段でも、マンドラゴラの稀少《きしょう》性を考えれば破格ですから」

信仰心がこそが重要な涼香。これまで正価を払ってくれた人や神社を建ててくれた氏子のことを考えれば、安易な値下げは難しいし、安くしてしまうと転売も容易になる。

無理をしないと買えない値段だからこそ、転売に失敗するとダメージも大きく、売り先が限られることや神社では普通に買えることもあって、転売が抑止されているのだ。

「しかし、私たちは儲《もう》かるとはいえ、この状況はあまり良くないね。幸い、マンドラゴラにはまだまだ余裕があるけど、他の薬草類については厳しくない？」

「はい、実は。普通なら逆なのですが、スズカ様の収穫されるマンドラゴラは薬効が強いので。村の防衛部の人も頑張ってくれているのですが……」

現在の薬草採取を担《にな》っているのは、ソティエールの講義を受けた防衛部である。

それを神社で買い取り、薬に加工して売ることで、村にもお金が流れる良い形となっている――病気に苦しむ人がいることと、防衛部が過重労働気味なことを除けば。

「実はそれについて、アンリさんから話があるそうで。そろそろ来られる頃かと」

「ふむ。何か良い話であればありがたいけど……。状況的に期待薄かなぁ」

涼香は腕組みをして首を傾げ、ソティエールも困ったように笑った。

程なく訪れたアンリは、涼香から出されたお茶を飲んで「ふぅ」と息を吐いた。

「良いお茶ね。美味しいわ。渋味よりも甘味が強く、爽やかな香り。気分もスッキリするし……そちらの可愛い物は、スズカ様が作ったお茶菓子かしら？」

アンリが目を留《と》めたのは、ソティエールの傍に置かれた練り切りの残るお皿。

その視線の意味は明白であり、涼香は頷《うなず》いてお皿を差し出す。

「そう。食べても良いよ？　――後でマリとユリが泣くことになるけど」

アンリは伸ばしかけた手をピタリと止め、涼香にジト目を向けた。

「……そんなことを言われると、さすがに食べられないわ？」

「ふふっ、冗談。台所に行けばまだあるから、気にする必要はないよ」

「本当……？　ならありがたく頂くわね。――あら、優しい甘さで美味しい」

「スズカ様は裁縫だけじゃなく、お菓子作りもお上手なんですっ」

自分が作ったわけでもないのに、何故《なぜ》かドヤ顔のソティエール。

涼香《すずか》は苦笑して、人差し指をピコピコと動かす。

「最近はポイントに多少は余裕があるからね。それは豆が主原料だけど、砂糖も少し使って作ったんだ。もちろん、《奇跡》で変換してね」

「砂糖……。スズカ様、砂糖が採れる作物をこの村で栽培することは？」

砂糖は高級品。村長としての責任感か、それとも甘いお菓子を食べたい自身の欲望か。

窺うように見るアンリに、涼香は苦笑を浮かべる。

「いや、気候的に難しいと——あ、でも、甜菜《てんさい》だったら……？」

「それなら！」

「待って、待って。そんな簡単な作物じゃないから！」

先日植え付けた甘藷《かんしょ》が順調に育っているからか、身を乗り出して二匹目の泥鰌《どじょう》を狙いに来たアンリだったが、涼香は慌てたようにアンリを押し返す。

「どこでも育つ甘藷と違って甜菜は難しいの。可能性があるだけで、この辺りが気候的に適しているとは思えないし、まずは甘藷を軌道に乗せる方が先でしょ？　美味しい物が欲しいのは理解するけど、手を広げすぎたら失敗するよ？」

「うっ……。仰る通り、ね」

涼香に指摘され、アンリも少し逸《はや》りすぎていることに気付いたのだろう。

気まずそうな顔で座り直し、涼香は優しく笑う。

「焦《あせ》らなくても、アンリは村長としてしっかりやってるって、聞いてるよ？」

「だと、良いのだけど……。最近、色々と目まぐるしく変わっていくから」

「あはは、それは私たちの責任でもあるねぇ。——それで、今日はどんな話が？」

涼香が空気を変えるように、手に持っていた茶碗《ちゃわん》をコトンと音を立てて置くと、アンリも同様に茶碗を置き、ここに来た時に携えていた布包みを膝の上に載せて話し始めた。

「それなのだけど、スズカ様は最近、森が不穏なのは聞いているかしら?」

「ソティから多少は。魔物の数が増えていると聞いたかな」

「ええ、少し凶暴にもなっているわ。それに加えて、闇の残滓《ざんし》らしき怪しげな黒い靄《もや》も遠目で確認しているの。さすがに近付くことはしなかったけれど」

「黒い靄も? それは深刻だね。私が祈祷《きとう》に行った方が良いのかな……?」

涼香が悩むように呟《つぶや》くと、大きな反応を見せたのはソティエールだった。

「危険ですっ! 闇の残滓はともかく、森には凶暴になった魔物もいるんですよ⁉」

スズカ様の身に何かあったら、と漏らす彼女に、涼香は困ったように眉根を寄せる。

「けど、『初めての修祓《しゅうふつ》』という功績《アチーブメント》もあったし、放置して良いもの?」

神様の望みは、闇の残滓を祓《はら》うことではないか。

それを達成した時に功績《アチーブメント》を与えているあたり、その予測を否定することは難しい。

ソティエールとしてもそれは理解しているようで、「う～」と唸《うな》りながら上目遣いで涼香を見ていたが、やがてハッとしたように口を開く。

「あっ、では使命《ミッション》を確認してみては? 神様が望まれるなら、きっと……」

涼香が「それもそうだね」と頷き、文箱《ふばこ》の短冊《たんざく》をパラパラと確認する。

「えっと…………特にそれっぽいものはないね」

「ふぅ。では、無理をする必要はなさそうですね。スズカ様、やめましょう」

表情を緩めたソティエールは引き留めるように涼香の袖を摑《つか》み、アンリもまた頷く。

「私もスズカ様は森に入らない方が良いと思うわ」

「これでも多少は戦えるんだけど……。やっぱり危険だから？」

「もちろん、それもあるわ。大兎《おおうさぎ》とは違うもの」

「あるんだ……。もう少し鍛えようかな？」

言葉を濁すこともなく断言され、涼香はやや凹《へこ》む。

現世では武道を齧《かじ》っていたこともあり、小さいながらも少し強い部類に入る女の子だった涼香である。完全に足手纏《あしでまと》いと言われると、思うところがあるのだろう。

「ふふっ、スズカ様が本気なら、私もお手伝いはするわよ？　――でも、今はそれより、他に気になることがあるの。先日、諜報《ちょうほう》部から報告があったんだけど、教会の人間がこの森で怪しげな行動をとっていたみたいでね。外出には注意が必要だと思うわ」

「えっ、教会の人間が？　この森に入ることは禁止されているはずですが……」

「そうなの？　来ていたのはモンブロワの教会のトップみたいだけど」

それはソティエールが所属していた教会。その頃の酷《ひど》い状況がフラッシュバックしたのか、ソティエールの顔色が悪くなり、涼香の袖を摑む手が僅かに震える。

涼香はその手を取ると、自分の膝の上に導いて優しく握り、アンリに先を促す。

「怪しげな行動とは、具体的に何をしていたの？　誰かを探しているとか……？」

「そういう感じではなかったみたい。森の中にあった石碑に細工をしていたようなのだけど……遠目から見ただけだから正確なところは。石碑の詳細も不明で」

教会の人間が立ち去った後、諜報員も石碑を確認してみたが、表面に彫り込まれていたのはよく判《わか》らない図形。何を目的とした物かは判断がつかなかったらしい。

「でも、私の家はこの森に縁があるでしょ？　ご先祖様が記録を残してないか調べて、それっぽい本は見つけたんだけど、これがさっぱり読めないの。ただ、以前見せて頂いた神様の文字に似ていたから、スズカ様なら読めるかと思って。見てくれる？」

アンリはそう言いながら膝の布包みを解き、取り出した数冊の古書を涼香に渡す。

涼香がその本を開くと、ソティエールも横からそれを覗き込んだ。

「ほぅほぅ。草書だね。行書よりも更に崩してあるし、ソティにはまだ難しいかな」

「そう、ですね。私ではお手伝いできそうにありません」

「こればっかりは、経験だから。しかし、日本語なんだね」

緋御珠姫《あけのみたまのひめ》なら解《わか》るが、こちらの人であるアンリの祖先が記したはずの文書。

それに日本語の草書が使われていることに、涼香は疑問を覚える。

「……まぁ、取りあえず、読ませてもらおうかな」

歴史の考察は後にしようと、涼香はパラパラと本を捲《めく》って素早く全体に目を通す。

それから、気になった部分をもう一度読み込み、「う〜む」と重い唸り声を漏らした。

「これは、なかなかに……。アンリのご先祖は犬神の巫女《みこ》だったの？」

「あら？　言ってなかった？　えぇ、そう伝わっているわ。あまり自覚はないのだけど、そこにも記述があるのなら本当のことだったのねぇ」

「少なくとも、これを書いたのは犬神の巫女みたいだね。それからアンリには少し酷な事実かもしれないけど、この森に『闇に呑《の》まれた神使《しんし》を封じた』とも書いてあるよ」

「え⁉　そ、それは初耳ね。……本当なのかしら？」

瞠目《どうもく》したアンリが、半信半疑で涼香と古書の間で視線を行き来させると、ソティエールは涼香が示した一文をじっと見て、考え込むように眉根を寄せる。

「あえて伝えなかったのかもしれませんね。神獣からすれば外聞が悪いでしょうし」

「うん、具体的なことは書かれていないけど、封印するぐらいだしねぇ」

「そうよね……。ちなみにスズカ様、神使の容姿は書いてあるの？」

「この文章から読み取れる範囲では、大きな犬のようだね」

「あぁ、スズカ様のような眷属《けんぞく》とは違うのですね」

ソティエールは残念そうに呟くと、小首を傾《かし》げて「でも」と続けた。

「石碑が封印に関する物だと仮定すると、教会の目的は……」

「これまでの情報を含めて考えれば、予想はできるよね」

滝で闇の残滓に触れて、枯木病の症状を示した村人。

枯木病の発症前に、闇の残滓と似たものを見かけたアンリ。

マリとユリには心当たりがなかったが、普段から一緒にいる二人。

それらに最近増えている枯木病患者の数と、不審な行動をしていた教会、闇に呑まれた神使の封印という情報を掛け合わせれば、自《おの》ずと答えは見えてくる。

「実は近頃、町に行った村人が枯木病の治療薬について聞かれることも増えているみたいなの。もしかすると、この森から離れた町でも患者が出ているのかも……」

「でもその割に、この村では枯木病に罹《かか》る人がいませんよね？」

封印と闇の残滓、枯木病の発生に因果関係があるのなら、一番影響を受けるのは不踏の森にあるこの村であるはずだが、ここ最近は発症者がいなかった。

しかし、ソティエールのその疑問に、涼香は「ん？」と目を瞬《しばたた》かせる。

「それは村人が、この神社の氏子だからだと思うよ？」

「氏子だから……？　そういえばスズカ様は、氏子と信者を区別してますよね？」

「うん。神社のご祭神が守護する土地に住む人が氏子、信者はそれ以外。氏子が枯木病に罹らないのは、おそらく緋御珠姫のご加護があるんじゃないかな？」

神社の建立《こんりゅう》などで氏子として働いていれば、相応の御利益《ごりやく》もあるだろう。

なんだかんだ言いつつも、涼香は自身が祀《まつ》る神をそのぐらいには信頼していた。

「……思い返すと、例年より村の人たちが健康だったように思うわ」

「でしょ？　もちろん頼りすぎるのは良くないけどね。気紛《きまぐ》れに助けてもらえたら幸運。それぐらいの気持ちでいるのが、神様と上手《うま》く付き合うコツだね」

「肝に銘じるわ。でもそれなら、やっぱり予想は正しいということに……？」

「そうなるね。とはいえ、私たちがどう対応するべきかは、とても難しいよね」

ソティエールの事情を考えると、教会と直接接触することは論外だし、尋ねたところで正直に答えるとも思えない。そして、そもそも封印をどうするかという問題もある。

「アンリは犬神の巫女の末裔《まつえい》として、犬神の神使を解放したい？　闇に呑まれたというのが事実であれば、私ならなんとかできるかもしれないよ？」

涼香が試すようにアンリを見るが、アンリは迷いも見せず首を振る。

「ご先祖様は巫女でも、今の私はこの村の村長。村の安全が優先だし、スズカ様に危険を冒させるわけにもいかないわ。むしろ、封印を強化したいぐらいよ」

「そっか。でも、その方法の記述はなさそうだね。神様に尋ねることもできるけど？」

「……いえ、やめておきましょう」

先ほどとは異なり、少し考えたアンリだったが、今度もやはり涼香《すずか》の提案を断る。

もし、神様から神託を受けてしまえば、涼香はそれを無視することが難しいだろう。

だが普通に考えて、封印の強化が簡単にできるとは思えず、そうなれば涼香には負担を掛けることになるし、その過程では危険だってあるかもしれない。

涼香を信奉するアンリとして、それは許容できないリスクだった。

「たぶんだけど、神様がそれを望まれているのであれば、使命《ミッション》を下すでしょ？　これまで通りに。それがないのだから、重視されていないいんじゃないかしら？」

「私もそう思います。封印については、静観するしかないのでは？」

「そうだね。まさか、教会の人間を力尽くで排除するわけにもいかないしねぇ」

開拓の成果が認められて爵位を得た後なら、この土地に対する権利も主張できる。

だが現状では開拓途中でしかなく、正当性と実行力の両面で微妙。

今は放置するしかないと、涼香たちは結論付けたのだが……。

それからさほど日を置かず、状況は否応《いやおう》なく変化することになる。

村の入り口に設けられた見張り台の上。

涼香とソティエールはそこに立ち、近付いてくる武装集団に目を向けていた。

「おー、結構な数がいるね。あれが教会の手勢？」

「はい。掲げている旗が見えますか？　あれが教会の旗です」

集団の先頭と最後尾。森の木々の隙間から見え隠れする旗に、涼香は目を凝らす。

「ん～、二匹の蛇が絡《から》み合って、途中で二股に分かれたような模様？　……そういえば現世の医療機関でも、蛇をシンボルにしているものはあったねぇ」

「唯一神カドゥを示すそうです。可愛《かわい》さではスズカ様の作った神紋の圧勝ですね！」

「そこで勝ってもねぇ。う～ん、どうするか……」

ここは危険な森であり、武装していること自体は普通だろう。

だが、それが数十人ともなれば、平和的な訪問と考えるのは楽観的に過ぎる。

教会からすれば、涼香たちは目障《めざわ》りな存在。直ちに武力衝突とはならずとも、威圧して何らかの要求を呑ませようとすることは十分に考えられた。

「スズカ様、心配しなくても大丈夫よ？」

背後からの声に涼香が振り返ると、そこにいたのは見張り台に顔を出したアンリ。

彼女は涼香の隣に立つと、教会の兵士たちを見て目を細める。

「練度はまぁまぁ、かしら……？」

「アンリ……。でも、どう見ても穏やかじゃないよ？　教会と争いになるようなら、私たちが出て行っても良いんだよ？　村の人が傷付くのは本意じゃないし」

宗教戦争は泥沼になりがち。歴史からそれを知る涼香はそう提案するが、アンリは穏やかに、しかし迫力のある笑いを「うふふ」と漏らす。

「私たちは絶対に、恩を仇《あだ》で返すようなことはしないわ？　それにあの程度なら村が蹂《じゅう》躙《りん》されるようなこともない。この村、一部の職人と子供たち以外は元軍人か、その妻だもの」

「……え、そうなの？　アンリの家の？」

「ええ。領地を没収された結果、ウチの領地には別の領主が来たわけだけど、前領主に忠誠心が高い軍人なんて扱いづらいでしょ？　必然、別の家に軍人として再就職するのは難しいし、危険な森の開拓ということもあって、できるだけ多く連れてきたの」

「防衛部の人だけじゃなかったんですね」

「あそこはウチの領の軍人の中でも、精鋭だった人たちを集めたの」

「『精鋭……？』」

初めて会った時のことを思い出し、なんとも言い難《がた》い顔になる涼香とソティエール。

そんな二人の顔を見て、アンリは少し困ったように笑う。

「ははは……、戦い以外できない人とも言えるのだけど。ま、村の人たちには指示を出したし、とにかく心配は無用。むしろ、スズカ様は神社にいてくれても良いわよ？」

「いや、どう考えても無関係とは思えないし、私も同行するよ。ソティは――」

「私も一緒にいます。……逃げるわけにはいきませんから」

「そう。でも、無理をする必要はないからね？」

やって来るのは、ソティエールを虐《しいた》げていた教会に属する人間。

直接関わった者がいるかは不明だが、少なくともそれが許容されるような宗教である。

涼香は優しくそう言うと、少し強張《こわば》っているソティエールの肩を軽く抱き寄せる。

そして、近付いてくる集団に鋭い視線を向けるのだった。

◇　◇　◇

モンブロワの教会には、ダクールが設《しつら》えた無駄に豪華な部屋が存在する。

その部屋の主は今、金貨の詰まった袋を前にして下卑た笑みを漏らしていた。

「ぐふっ、ワシは自分の商才が怖いわ！　売り上げは順調じゃないか‼」

「はい、さすがはダクール様です。ただ、その……マンドラゴラが少々……」

マンドラゴラは貴重な薬の原料だが、教会以外に治療を行える場所は少ない。

必然的に買い取れる所はあまりなく、大半のマンドラゴラは教会に持ち込まれる。

そのため、それなりに多くの量を保有していた教会だったが、治療薬の需要増を受けて大半が消費され、残りは少なくなっていた。

そこには調薬者の技量不足や、マンドラゴラの品質の低さも絡んでいたが、ダクールは側近の言葉を深く考えることもせず、どうでも良さそうに吐き捨てる。

「はっ、そんなもの、怪我《けが》をした聖女見習いにでも採りに行かせろ。働けもしないクズなどいるだけ無駄だ。死んだところで処分の手間が省けるだけだろう？」

「かしこまりました。不幸にも森で行方不明、ですね？」

「あぁ、そうだ。上手くやれよ？」

無表情で頭を下げる側近に、ダクールはニヤリと笑う。

――が、直後。部屋に飛び込んできた男の言葉で、状況は一変した。

「た、大変です、ダクール様！　教区長がお越しです‼」

「な、なんだと⁉　そ、そんな予定は聞いていないぞ⁉」

焦《あせ》りに顔を歪《ゆが》ませて立ち上がると、金貨の入った袋を掴《つか》んで右往左往。

先ほどまで僅かに漂っていた大物感は消え失《う》せ、その様は完全な小悪党である。

そして、そんな小悪党が何か行動を起こすよりも早く、部屋に入ってきたのは――。

「少しこちらに用事がありましてね。来てはマズかったでしょうか？」

高級な服を身に纏《まと》った初老の男と、彼に付き従う数人の騎士。

彼らを見たダクールはぎょっとしたように足を止め、阿《おもね》るように笑みを浮かべた。

「こ、これはドミニク様！　もちろんいつでも歓迎致しますが、その、準備が……」

「別に普段通りで構いませんよ。しかし、相変わらず奢侈《しゃし》に過ぎる部屋ですね。あなたも教会の司教なのです。少しは他人《ひと》の目を気にすべきでは？」

「ハ、ハハ、ここまで入ってこられる者は、非常に限られますので……」

呆《あき》れたように部屋を見回し、ため息をつくドミニク。

そんな彼に対して、額の汗を拭きながらペコペコと下《した》っ端《ぱ》ムーブのダクール。

だが、それもそのはず。何と言っても、ドミニクは複数の教会を束ねる教区長。

ダクールも『いつかは自分もその地位に』と考えていたが、現状では自分の降格も罷免もドミニクの思うがままであり、絶対に逆らうことのできない相手なのだ。

しかし、そんな阿諛追従《あゆついしょう》も、今回は意味がなかった。

「程々なら咎《とが》めるつもりはありませんでしたが……。あなたは少々やりすぎました」

ドミニクはヤレヤレとばかりに首を振り、顎で騎士たちに合図を送ると、騎士たちは素早く動いて両側からダクールを拘束、近くにいた彼の側近にも縄が打たれた。

あまりに突然のことにダクールは唖然《あぜん》とするが、すぐに焦ったように声を上げる。

「ド、ドミニク様！　これはいったい、どういう⁉」

「あなたは不踏の森の封印に手を加えましたね？　枯木病の患者が多く出ていると報告があります。その責任を取って、あなたには退場して頂きます」

「で、ですが、多額の利益を上げています！　あなたにも多くの献金を――」

「ええ、頑張っていましたね。ですが我々は、妬まれることはあっても、危険と思われるわけにはいかない。厄介でも役に立つ、そんな存在でなければいけないのです」

ダクールの抗議を途中で遮り、ドミニクは騎士に視線を向けた。

「そんな、バカなっ⁉　何故《なぜ》ワシが――むがっ」

顔を真っ赤にしたダクールの口が、猿轡《さるぐつわ》によって強制的に塞がれる。

そしてそのまま、引き摺《ず》られるように騎士の手で部屋から連れ出されるが、ドミニクはもうそちらは一顧だにせず、机の上に放置されている書類を手に取った。

「欲に駆られた司教は更迭され、苦しむ民に教会が手を差し伸べる。多少金は掛かるでしようが、ダクールの資産を使えば教会の懐《ふところ》は痛まない。たまには善行も必要です」

そう呟《つぶや》きながらドミニクは書類を検分するが、すぐに不可解そうに眉根を寄せた。

「……発生予想数に対して治療薬の販売数が少ないですね。かといって、混乱も広がっていない。どういうことでしょうか？　これは、調べてみる必要がありそうですね」

その言葉に傍《そば》に立つ騎士が頷《うなず》き、足早に部屋を出て行った。


――数日後、側近の騎士から齎《もたら》された情報に、ドミニクは顔を顰《しか》めた。

「では、不踏の森の開拓村に狐神《きつねがみ》の神殿があり、そこで治療薬が売られていると？」

「はい。それがあることで、枯木病の蔓延《まんえん》は抑えられているようです」

「不幸中の幸い……とも、言い切れませんか」

事例が多くないため、一般的に枯木病は原因不明とされている。

だが、国が本格的な調査を始めれば〝瘴気溜《しょうきだ》まり〟との関連に気付く可能性はある。

そこから教会の関与が疑われたとしても、すぐに実力行使される危険性は低いが、教会がその地位を保っていられるのは、治療に於《お》いて他に有力な選択肢がないためである。

今後、狐神の神殿が広く知られるようになり、教会よりも頼れると思われてしまえばどうなるか。状況次第では教会の地位も危ぶまれ、国の追及も厳しくなるだろう。

「……今回の件、その神殿が治療薬を売って儲《もう》けるため、不踏の森の封印を弱めて枯木病を広めた、という流れには持っていけませんか？」

「難しいでしょう。信者限定としていますが、マンドラゴラの価値からして販売価格は原価割れしています。信者集めという目的があるにしても、ほぼ慈善事業に近いかと」

「通常通り売っていた教会の方が怪しまれ、非難の対象となりますか」

下手なことをすれば藪蛇《やぶへび》となる。

言外にそう匂わす側近にドミニクは「ならば」と続ける。

「我々は封印を強化するか、逆に封印を解いて討伐してしまう方が良さそうですね」

「可能なのですか？　あそこに封印されているのは危険な魔物と聞きます」

「魔犬ガルムですね。簡単ではないでしょうが、我々教会騎士団の実力ならば斃《たお》すことも可能でしょう。もちろん、精鋭を以《もっ》て当たる必要はあるでしょうが」

実際のところ、封印されているガルムの情報は少なく、その強さも未知数である。

だが、相当に教会騎士団の実力を信じているのか、ドミニクの表情に不安はない。

また彼の側近も、その判断に疑問を差し挟むことはなく「急ぎ招集します」と頷き。

——教会騎士団は、ガルムの討伐に向けて動き始めた。

不踏の森を進む教会騎士団の隊列は、二〇人を超えていた。

示威するように教会の旗を掲げ、整然と歩む彼らは選抜された精鋭。

森の中という戦いにくい戦場を鑑《かんが》み、ドミニクが連れてきた騎士の半数は補助要員として森の外で待機させ、人数を絞った上での作戦行動だった。

「しかし、この森の開拓に成功する者たちが現れるとは……。想定外でした」

「そうですね。戦える者を集めれば開拓だけなら可能でしょうが、それらを纏め上げ、村として維持している。素性は不明ですが、侮《あなど》ることはできません」

側近の言葉にドミニクは頷き、周囲の森を見る。

騎士団がいるため襲ってくる魔物はいないが、明らかに普通とは異なる雰囲気。

こんな場所で村を成立させている以上、代表者の能力は相応に高く、村人からの信頼も厚いはず。単純に武力で脅すだけでは上手《うま》くいかないだろう。

だが逆に、その人物さえ攻略できれば、すんなりといく可能性は高い。

そんな目算を立てつつ歩いていると、やがて頑丈な柵に囲まれた集落が見えてきた。

「あそこが目的地のようですね。なかなかの堅塁ですが……。呼び掛けを」

ドミニクの言葉を受け、側近が閉ざされた門の前に立って大声を上げる。

「我々は教会騎士団だ！　代表者と話がしたい。開門を請《こ》う！」

「拒否します。村人の安全のため、武装集団を村に入れることはできません」

即座に返ってきたのは、よく通る女の声。

門の格子《こうし》の隙間から見える姿はまだ年若いが、剣を片手に立つ姿は凛《りん》としていた。

「無礼な！　教会に所属する我らを疑うのか⁉　侮辱は許さんぞ！」

「私たちは教会の信者ではありません。対話を望むのであれば、四人までなら受け入れます。それを厭《いと》うのならば、この場で話を聞きましょう。どうぞ、お話しください」

恫喝《どうかつ》にも怯《ひる》まず、ぴしゃりと言い返す女に側近は顔を顰め、ドミニクに囁《ささや》く。

「どうされますか、ドミニク様。この程度の柵であれば……」

「それは避けた方が良いでしょう。もし、あの中に他の村の人間がいれば、無責任な噂が広がるかもしれません。すべての口を塞ぐことも難しい。受け入れましょう」

「かしこまりました。——解《わか》った、四人で入る！」

ドミニクと側近、騎士二人が前に出ると、門の脇にある小さな扉が開けられた。

そこから彼らが中に入ると、待っていたのは六人の男と三人の女。男たちはいずれも精強な壮年だったが、口を開いたのは先ほど同様に二十歳《はたち》前後の若い女の方だった。

「私が代表のアンリです。用件を窺《うかが》いましょう」

警戒していた村の代表者が若い女であったことにドミニクは驚くが、そんな内心はおくびにも出さず、ニコニコと微笑《ほほえ》みを浮かべると、両腕を広げて話し始めた。

「初めまして、アンリさん。私は教会で教区長を任されているドミニクと申します。この度は皆様に避難勧告をするため、この村を訪問させて頂きました」

「避難勧告？　何か、危険なことでもあると？」

「はい。私たちは先日、この森に封印された魔物が解き放たれる兆候を摑みました。皆様の安寧を願う教会としては放置できず、こうして対処に向かっています」

ドミニクはそこで一度言葉を切ると、不安そうな表情を作って続けた。

「もちろん、何事もなければ良いのですが、もしかすると激しい戦闘になる危険性もあります。この村の方々も万が一に備えて避難されてはどうか、というご提案ですね」

如何《いか》にも村の人たちを心配している。

そんな口調と表情のドミニクだが、アンリは冷たく見返す。

「兆候を摑んだ、ですか。モンブロワの司教が封印を破壊した、の間違いでは？」

「はて？　彼は封印を調べていただけのはずですが……。もしかすると、なにか手違いがあったのかもしれません。帰還後、必ず調査致しましょう。もし司教の行動で封印が弱まったと判《わか》れば、皆様には何らかのお見舞いをさせて頂きます。そうですね……」

アンリの指摘に大袈裟《おおげさ》なほど目を丸くしたドミニクは、深刻そうに眉根を寄せてそんなことを言うと、しばらく考え込んでポンと手を打った。

「——あぁ、では、私たちが資金を負担して、この村に教会を造りましょう。ここは危険な森。我々教会の存在は、皆様の安全に資することでしょう」

『素晴らしい提案』とばかりのドミニクだが、アンリは一考もせず首を振る。

「お断りします。本当に見舞いの気持ちがあるなら、金銭の方がありがたいですね」

「おや、開拓村に教会を誘致できるなど、滅多にない幸運ですよ？」

「教会の信者にとってはそうなのでしょうね。ですが、私たちは違います」

アンリとドミニクの視線がぶつかり、辺りに沈黙が落ちる。

だが、それは長くは続かず、ドミニクは周囲を軽く見回してため息をついた。

「……解りました。ご希望に沿いましょう。避難の方は？」

「そちらも拒否します。自分たちの身は自分で守ります」

「そうですか、残念です。——行きましょう」

ドミニクが踵《きびす》を返し、側近や護衛が一瞬、驚きを顔に浮かべる。

だが、すぐにドミニクの後を追い、彼らが外に出るなり村の扉は再び閉ざされた。

「ドミニク様、よろしかったのですか？　随分あっさり引きましたが」

側近がそう尋ねたのは、村から少し離れてからのことだった。

彼もドミニクの側近になって長く、ドミニクが交渉を得意とすることは知っている。

そんな過去の経験からすれば、先ほどの行動はあまりに腑《ふ》に落ちない。

だが、ドミニクはそれには直接答えず、別のことを口にした。

「あなたは、彼女の後ろにいた子供のような、フードを被《かぶ》った少女を見ましたか？」

一見、無関係そうなことを尋ねられ、側近は不可解そうに首を捻《ひね》る。

「……そういえば。あまり印象に残っていませんが、何故子供があの場に？」

「私も見るのは初めてですが、おそらくあれは神獣の眷属《けんぞく》でしょう。突然、神獣を祀《まつ》る神殿ができたことが不可解でしたが、眷属が現れたのであれば理解できます」

「け、眷属⁉　ですから、交渉を打ち切った、と？」

「そうです。あれは教会の脅威になり得ます。早めに潰さなければなりません」

「というと、封印された魔物を利用して……？」

「はい。当初は『教会の避難勧告に従ったおかげで、村は失われたが命は助かった』という美談にする予定でしたが、少し変更しましょう。『教会の避難勧告を無視したせいで、村人全員が亡《な》くなった』という悲劇でも、我々には十分な価値がありますから」

ドミニクはそう言って、穏やかな笑みを浮かべた。

◇　◇　◇

「う～む、思ったよりもあっさり引いたのぅ……」

　ソティエールのこともあり、教会は非常に厄介な相手という印象を持っていた。

　だが、今回の行動を客観的に見れば、避難勧告と実質的な謝罪である。

　非を認めていないことや、謝罪と言いつつ教会を造ろうとすることなど、気になる行動もあったが、それでも想像よりはずっとマシ、というのが涼香《すずか》の印象だった。

　巫女《みこ》の格好で、明らかに場違いな涼香とソティエールも一瞥《いちべつ》しただけ。

　神社について何か言ってくるようなら自分が矢面に立たなければ、と考えていた涼香からすると拍子抜けだったが、男たち――元村長たちは忌々《いまいま》しそうに顔を歪《ゆが》めて唸《うな》った。

「スズカ様、あれはそんなヌルいタマじゃねぇぜ？」

「あぁ、隙があれば殺《や》るつもりだったな。ここは不踏の森、証拠なんか残らねぇ」

「む？　そこまでやるのじゃ？　元村長――と、呼び続けるのも変じゃな」

「そういえば名乗ってなかったですね。俺のことはヘルマンと呼んでください」

「ふむ、ヘルマンじゃな。それでヘルマンは、元領主としてそう思うのじゃ？」

改めて尋ねる涼香に、ヘルマンは顔を顰《しか》めて吐き捨てる。

「はい。貴族にもそれなりに悪質なのはいますが、アレはそれと同じ臭いがします。それもかなり最悪な部類、笑いながら人を殺すタイプだ。アンリもそう思うだろ？」

「ええ。病気が蔓延《まんえん》した原因が教会にある。それを知る私たちと、対抗組織になり得るスズカ様という存在。両方消せるなら十分にやりかねないと思うわ」

「スズカ様、私も同感です。教会は決して綺麗《きれい》な存在ではありませんから」

ヘルマンだけではなく、彼が認めるアンリと教会に所属していたソティエール。

その二人の言葉には説得力があり、涼香は口を曲げて「むむぅ」と唸る。

「厄介じゃの。村の防備を固めるなら、我も手を貸すぞ？」

神様の力に依存するようになれば、神社と村の関係が歪《いびつ》になりかねない。

それを危惧する涼香は、村に対して直接的な《奇跡》の行使は抑制してきた。

だが今回は神社と自分たちの安全に関わること、出し惜しみをする気はなかった。

涼香のそんな線引きはアンリも理解していて、『状況次第では』と応えたのだが……。


――教会が失敗した。

涼香たちが準備を始めて半日も経《た》たずして、その知らせは届いた。

「えぇ？　マジなのじゃ？　あれだけ偉そうじゃったのに？」

驚きより疑問で顔を顰めた涼香に、アンリも困ったように笑って頷《うなず》く。

「間違いないみたい。道中では神使をこの村に唊《けしか》けるとか話していたみたいだけど、あっさり蹴散らされて、今は散り散りに逃げているみたい。諜報部《ちょうほう》が知らせてくれたわ」

「諜報部、優秀じゃな⁉　よくぞ気付かれず、情報収集できたのじゃ」

神使を唊けようと思うなら、追い立てるだけの実力が必要となる。

当然、教会はそれができると考えていたのだが、復活した神使は予想を超えていた。

「大きさは二〇メートル以上で、教会騎士団の攻撃もまったく効かないみたい。今はあの偉そうな人を逃がすため、決死の覚悟で時間稼ぎをしているそうよ？」

「う～む、教会は考えなしか？　てっきり封印を強化する方法か、闇に呑《の》まれた神使を弱らせる方法、せめて攻撃手段ぐらいは確保していると思っていたのじゃが……」

「自信過剰なんじゃない？　いきなり封印を破壊したみたいだから」

特別な武器や特別な魔法があるというのなら、まだ解る。

だが話を聞く限り、普通に挑んで、普通に蹴散らされただけ。

正直、何を考えて神使を斃《たお》せると判断したのか、涼香には理解できなかった。

「神代に封印するしかなかったのじゃぞ？　やはり馬鹿じゃろ、教会の連中」

「スズカ様、おそらく教会は、神獣の力を理解していないのかと」

苦笑するソティエールに助言され、涼香はむっと口を曲げる。

神の力――具体的には《奇跡》を知る涼香からすれば、神獣の一柱である狐神《きつねがみ》はもちろん、他の神獣の力を侮《あなど》ることなど、到底できるはずもない。

だが現世であれば、古代より現代の技術力を信じていただろう。そう考えれば……。

「いや、やっぱりないのじゃ。神秘が残るこの世界で神を侮ることなど。――まぁ、儂《わし》らには関係ないの。つまり教会の連中は壊滅、この村は安全になったのじゃな？」

そんな状態の教会騎士団に、村を攻撃する余裕があるとは思えない。

闇に呑まれた神使への対処は必要だろうが、元々魔物が多い不踏の森。そこに新たな一体が加わっただけだと考えれば、今すぐに対処する必要はないだろう。

そう思った涼香だったが、アンリは「残念ながら」と首を振った。

「どうも神使は、この村の方を気にしているように見えたって。理由は不明だけど」

「嗾けるまでもなく？　もしや、狐神を祀る神社が気に入らんのか？」

「どうかしら？　むしろ私が理由かもしれないわ。封印したのが犬神の巫女なら、その末《まつ》裔《えい》である私に恨みが向く可能性もある。もしそうなら、私が他の場所に移動すれば――」

「それは悪手じゃろ。違った場合は無意味じゃし、それにの」

アンリの言葉を遮ってそう言った涼香は、懐《ふところ》から二枚の短冊《たんざく》を取り出す。

「『氏子を守れ』と『悲しき神使を救え』という使命《ミッション》じゃ。教会の連中が帰った後に現れての。もちろん、氏子にはアンリも入っておるぞ？」

最初は『教会騎士団を止めろ』という意味かと考えた涼香だったが、現実的にそれは不可能。どうすれば、と迷っているうちに事態は動き、この状況である。

「教会の連中を凌《しの》いでから、然《しか》るべきときに神使への対応方法を考えれば良いと思っておったのじゃが……。いや、考えようによっては一挙両得じゃな！」

「良いの？　スズカ様。この村を捨てられない私たちと違って、スズカ様とソティさんの能力があれば、どこの村でも受け入れてくれる。それに今なら、お金だって……」

確かに今の涼香たちは、多額の現金と多くの信仰ポイントを持っている。

この村以外の場所で再起を果たすことも、そう難しくはないだろう。

だが涼香は心配そうに窺《うかが》うアンリに不敵に笑い、ソティエールも同様に頷く。

「ばかもの。氏子になることを求めた我らに、お主らは応えた。見捨てるなどあり得ぬ」

「はい。私も教会騎士が相手では役に立てませんが、闇に呑まれた神使なら……」

「そうじゃな。むしろ我らの専門じゃ。先日の闇の残滓《ざんし》は祓《はら》えたのじゃし、神様も不可能なことは求めぬ——と、良いよね……」

途中で微妙に弱気になる涼香だが、アンリは逆にホッとしたように表情を緩める。

「ふふっ、ありがとう。それじゃ、専門家に従うわ。私たちは何をすれば良いかしら？」

「うむっ。まずは村人全員の避難じゃ！　急ぐぞ！」


神社の境内《けいだい》、本殿の前には注連縄《しめなわ》で四角く区切った結界が設けられていた。

麦藁《むぎわら》で作られたその注連縄は、ソティエールが薬作りに忙殺される中、やることがなかった涼香が『いつか使うかも？』と暇潰しに綯《な》っていた物である。

だが、そこにぶら下げる紙垂《しで》までは準備しておらず、先ほど慌てて作ったのだが、白い和紙をすぐに調達できなかった涼香が利用したのは――。

「ねぇ、スズカ様。あのぶら下がっている紙って、何が書いてあるの？」

「書いてあるというか……。本来は真っ白な紙を使うのじゃが、手元になかったのでな。仕方なく《神託》で神様から届いた手紙を再利用したのじゃ」

「ええ!?　それって大丈夫なの？　さすがに罰当たりでは……」

アンリが驚きに目を丸くし、涼香はスッと視線を落としてパタパタと耳を動かす。

「問題はなかろう……たぶん」

実のところ涼香もちょっぴりマズいかも、とは思ったのだ。

何と言っても、使ったのは神様直筆の手紙。コピー用紙ではなくこちらを使ったのは、白い部分が多かったことと、丈夫な和紙だったことが理由なのだが、ある意味では非常に貴重な代物である――いくら、軽いノリの神様であっても。

「ま、まぁ、きっと効果は高いじゃろう。氏子を守る最後の砦《とりで》じゃからな」

涼香のその言葉通り、神社の境内には村人たちが続々と集まっていた。

案内しているのはマリとユリ。大半の大人は元軍関係者であり、このような状況でも整然と行動しているが、まだ幼い子供たちは不安そうに周囲の大人たちを窺っている。

二人はそんな子供たちを安心させるように、手を繋《つな》いで結界の中に誘導する。

「子供を内側に入れて、大人は外側を囲ってください」

「慌てる必要はないからね？　あ、縄には触っちゃダメだよ？」

マリたちもまだ子供なのだが、涼香を信頼している二人に不安の影は見えず、そんな彼女たちの様子も、少なからず落ち着いた避難行動に寄与していた。

「マリも、ユリも、頼もしいことじゃな」

「スズカ様の役に立つんだと、張り切っているようです」

「ありがたいが、責任重大じゃのぉ……。それに、二人の恩人はむしろソティじゃろ？」

「私の功績はスズカ様の功績。何らおかしいことではありません」

「そ、そうかなぁ？　――さて、最終確認じゃ」

躊躇《ためら》いもなく言い切るソティエールに涼香は鼻白むが、すぐに表情を改めて続けた。

この場にいるのは涼香とソティエールの他に、アンリとヘルマン、防衛部から選ばれた四人の計八人。数は少ないが、様々な事情から涼香が決めたのがこの人数だった。

「神使がこの村へ向かっているのは変わらず、なのじゃな？」

「ええ。教会が森の外に配置していた補助要員を囮《おとり》に使って、この村へ誘導しているって。そんなことしなくてもこっちに来そうなのだけど……教会の被害は甚大《じんだい》みたいよ？」

涼香の問いにやや呆《あき》れ気味のアンリが答え、ヘルマンも頷く。

「指揮官に冷静さが足りんようだ。部隊が壊滅して焦《あせ》っているのだろう」

「せめて俺らの村を潰そうと、そういうことですかい？」

「おそらくな。神使がこのまま森の奥にでも姿を消してみろ。被害を出しただけで成果はマイナス。せめて目障《めざわ》りな村でも潰しておかなければマズいんだろうさ」

神使が村のある方を気にしていると気付いても、村を襲うとは限らない。確実性を高めるためであれば、騎士団を囮にして消耗することも厭《いと》わないのだろう。

「まったく教会は……。体質は上も同じなのですね」

ソティエールが呆れたようにため息をつくと、ヘルマンも首を振って肩を竦《すく》める。

「指揮官は状況によって部下に無理を強《し》いる必要もあるが、今回のはなぁ……。しかしスズカ様、俺たちはこれだけで良いのですか？　他のヤツらでも足止め程度は——」

「必要ない。今回のことで教会が諦めるとも限らぬし、むしろ今後に備えてほしいのじゃ。報告によると、やられた騎士団の一部は枯木病の症状を示しておるのじゃろ？」

「ええ。もしお父さんたちがそうなれば、治療でスズカ様たちに負担を掛けてしまうわ」

「そういうことじゃ。村の門を開けたら、お主らも結界内に避難するのじゃ」

ヘルマンたちの役割は、神使が村の近くに来るのに合わせて門を開くこと。

普通なら門の所で阻止すべきなのだろうが、神使に門を破壊されると今後の防衛に支障を来《きた》すため、一度村の中に招き入れてから対処するという作戦が採用されたのだ。

なお最初から開けておかないのは、他の魔物が侵入しないように。万全を期すなら神使が入った後で門を閉じるべきだが、さすがに危険なので作戦には含まれていない。

「理由は解《わか》りますが、神使と一緒に他の魔物が来ることだって——」

渋るヘルマンの言葉を遮り、アンリが口を挟む。

「お父さん、私がスズカ様の隣に付くわ。多少の魔物程度なら問題ないし、手に負えないほどの魔物が来たなら、そのときにお父さんたちも参加すれば良いでしょ？」

「だが……、いや、そうだな。お前がいれば安心か」

アンリの腕前はヘルマンも認めている。

彼が渋々頷いたところで、マリとユリの二人が駆け寄ってきた。

「スズカ様！　全員の避難が終わりました」

「人数を二度確認しましたが、抜けはありません」

「うむ。マリ、ユリ、よく頑張ってくれたの。二人も中に避難するのじゃ」

涼香《すずか》が頷いて二人の頭を撫《な》でると、彼女たちは嬉《うれ》しそうにしつつも、首を振った。

「いえっ、あたしたちはここにいます！」

「スズカ様を信じてますから！」

「むっ……。まぁ、境内なら問題ないか。この鳥居の外に出てはダメじゃぞ？」

自分を信頼する子供から真摯な瞳を向けられては、拒否もできない。

揃《そろ》って「はいっ」と頷く二人の頭を、涼香はもう一度撫でてヘルマンたちに向き直る。

「それでは、配置に就くのじゃ。村を守るぞ」

「「おぅ（はい）！」」

村の見張り台にヘルマンが上り、門の脇に防衛部の者が二人ずつ付く。

そこから少し離れ、一つ目の鳥居の前に立つのが涼香たち三人。大幣《おおぬさ》を構えた涼香を中心にソティエールとアンリが両脇に控え、緊張した様子で門の向こうを睨《にら》んでいる。

そんな状態で三〇分ほど。甲高い笛の音が涼香たちの耳に届いた。

「諜報《ちょうほう》部の合図ね。神使が近くまで来ているみたい」

「ずっと追跡しておるのか？　一貴族が抱えるには、さすがに優秀すぎぬか？」

状況からして、完全に教会騎士団を出し抜いているわけで。

こちらの基準は知らない涼香だが、普通でないことぐらいは理解できた。

「ええ、そっち方面は本当に優秀なの。元の領地がそれなりに危険な場所だったから。その分、私や父も含めて、権謀術数方面は弱くて……あ、来たようね」

アンリは浮かべていた悔しげな顔を即座に切り替え、門の方を指さす。

鳥居から門までは少し距離があるが、直線上に位置しているため見通しは良い。

ヘルマンが慌ただしく見張り台から駆け降りるのと同時に門が開かれ、そこにいた五人が鳥居の方へと走り出して程なく、門の向こうに姿を現したのは――。

「おぉおう、巨大な黒い犬じゃな」

「す、凄《すご》い迫力ですね。あんなに大きいなんて……」

大きさは聞いていたが、百聞は一見にしかずと言うべきか、目の当《ま》たりにした神使から受ける威圧感は非常に強く、涼香は気合いを入れるように大幣を握る手に力を込める。

「村に入ってくるわ。──あら？」

門を越えようとした神使が一瞬、弾《はじ》かれるように足を引いた。

だが、すぐに何事もなく歩き出し、アンリは目を瞬《しばたた》かせて問うように涼香を見た。

「見間違いではないぞ？　村も神様の守護する土地じゃからの。鳥居の内ほどではないが、若干は穢《けが》れである〝闇〟を防ぐ効果はあるのじゃろう」

「もしかして、あそこにも鳥居を作っておくべきだったかしら？　今後の検討課題ね」

「そう何度もあっては困るのじゃが……。問題なくこちらに来てくれそうじゃな」

村に入った神使は周囲の畑や建物には目も向けず、涼香たちの方へと歩き出す。

ヘルマンたちの姿は見えているのだろうが、急ぐでもなくトットットッと軽い足取り。

だが、大きさが大きさだけに、人が小走りするぐらいの速度は出ている。

もし普通に走っていれば、ヘルマンたちは逃げ切れなかっただろう。

「スズカ様、よろしくお願いします！」

「うむ。任せておけ」

脇を駆け抜けたヘルマンたちに鷹揚《おうよう》に頷《うなず》き、涼香は大幣を構えて前を見据える。

だが、その唇は微妙に震えていて、ソティエールは心配そうに声を掛けた。

「スズカ様、大丈夫ですか？」

「大丈夫に見える？　二人しかいないから言うけど、私はまともな戦いの経験すらない、虚勢を張っているだけの小娘だよ？　滅茶苦茶《めちゃくちゃ》怖い！　今すぐにでも逃げたい！」

涙目である。だが、それも仕方ないだろう。

神使の醸《かも》し出す威圧感は桁違いであり、これに比べれば熊ですら愛玩動物だ。

「スズカ様……。でも、そんなスズカ様も良いです！」

「ソティさんはスズカ様ならなんでも良いのね。随分と余裕もありそうだし」

呆れたような目をアンリから向けられ、ソティエールはこてんと首を傾《かし》げた。

「余裕というか……私はスズカ様を信じてますから。それに私の命はスズカ様に救われたもの。スズカ様と一緒であれば、どうなろうと後悔はありません」

「お、重いなぁ……。でも、頑張るしかないのも事実なんだよねっ」

「その意気です、スズカ様。そろそろ来ますよっ！」

「う、うんっ！　掛けまくも畏《かしこ》き伊邪那岐大神《いざなぎのおほかみ》――中略！　諸諸《もろもろ》の禍事罪穢《まがごとつみけがれ》有《あ》らむをば祓《はら》へ給《たま》い清め給へと白《まを》す事を聞こし食《め》せと恐《かしこ》み恐みも白《まを》す！」

「……それ、略しても良いの？」

「大事なのは気持ちなの！　私はそこはかとなく神様を信じてる！」

気持ちが入っているのかは微妙なところだったが、祝詞《のりと》は効果を発揮した。

鳥居まで数メートルほど。間近に迫った神使が透明な障壁に阻《はば》まれて歩みを止める。

神使はイライラしたように前脚を叩《たた》きつけるが、バチバチと音と光が発生するだけで突破するには至らず、涼香は両手をギュッと握ってアンリたちに笑顔を向けた。

「よしっ、成功！　二人とも、後ろに向かって前進だよ！」

「そこで虚勢を張る必要はないんじゃないかしら？」

「良いじゃないですか、可愛《かわい》いですから」

「うるさいよ！　走って！」

涼香は二人を急《せ》かすように走り出すが、体格の差は如何《いかん》ともしがたい。

逆にソティエールとアンリに手を引かれて参道を走り抜け、三人揃って境内《けいだい》に飛び込むと、不安そうな顔で待っていたマリとユリが涼香に駆け寄った。

「「スズカ様！　大丈夫ですか⁉」」

「おぉ、二人とも、何も問題はない。予定通りじゃから、安心するのじゃ」

先ほどまでの動揺はどこへやら、涼香は余裕の笑みで二人を抱き留める。

そして「お主らは後ろで見ておるのじゃ」と背中を押すと、鳥居の方へと向き直った。

「……この変わり身の早さだけでも、スズカ様は人の上に立つ資質があるわよね」

「やる時はやる。それがスズカ様ですから」

苦笑気味のアンリと何故《なぜ》かドヤ顔のソティエール。

涼香はしれっとした顔で目を細め、遠くで障壁をバシバシと叩いている神使を見る。

「何のことか解らんの。しかし、一つ目で防げればと思ったが……無理そうじゃな」

「でも、だいぶ小さくなってますよ？」

「ええ、神使の体から黒い靄《もや》が立ち上がって、消えているわ」

最初は鳥居の上部よりも高い所にあった神使の頭が、今は鳥居を潜れるほどの位置にまで下がっていた。その点では予定通り。しかし、涼香の表情は優れなかった。

「確かに祓《はら》えてはいるが……信仰ポイントもガンガン減ってるんじゃよなぁ」

滝壺《たきつぼ》で闇の残滓《ざんし》を祓った時もポイントは消費されたので、それ自体は想定内。

だが、現在の消費量は体感でかなり大きく、ポイントの残量が不安になる。

涼香は懐《ふところ》から取り出した折帖《せつじょう》をちらりと覗《のぞ》き――何度か瞬《まばた》き。一度視線を上げ、再度折帖へ。瞑目《めいもく》して「ふぅ」と息を吐くと、無言のまま懐に戻した。

「……スズカ様？　凄く気になる動作なのだけど？」

「大丈夫じゃ。――ポイントの前借りとかないかなぁ。今なら十一《といち》でも借りそうだよ」

その呟《つぶや》きが出る時点で、たぶん大丈夫じゃない。

そう思うアンリだが、この状況で問い返すことなどできるはずもなく。

「むっ、そろそろ抜けそうじゃな」

涼香がそう言ってから間を置かず、神使が一つ目の鳥居を抜けて走り始めた。

見る見る近付いてくる神使の姿。

最初ほどではないが、真っ黒に染まった巨体は十分な威圧感を残している。

その姿を初めて目にした境内の村人たちから、悲鳴混じりのどよめきが上がった。

「ソティ、やるのじゃ！」

「はいっ！」

「祓へ給へ、清め給へ、守り給へ、幸《さきは》へ給へ！」」

涼香とソティエールが声を揃え、神使が再び透明な障壁にぶつかる。

本殿に近いからか、消滅する黒い靄の量も多く、目に見えてその巨体が縮み始める。

「「おぉぉぉ！」」

「さすがはスズカ様だ！」

「ありがたや、ありがたや……」

「「スズカ様！　頑張ってください‼」」

村人たちが上げる感嘆と、すぐ後ろからかけられるマリとユリの声援。

その声に紛れるように、ソティエールが涼香に囁《ささや》く。

「(どうですか、スズカ様。ポイントは足りそうですか?)」

「(う〜む。微妙じゃ。……いや、少し増えている感覚もあるのじゃが)」

涼香《すずか》はちらりと背後を窺《うかが》う。

そこにいるのは、双子を筆頭に涼香に対して祈りを捧《ささ》げる人たち。

危機的状況だけにかなり真摯な祈りであり、信仰心という点では言うことなかったが、それでも消費され続ける信仰ポイントを賄えるほどではなかった。

そんな涼香の顔色を見て、アンリが剣を構えて一歩前に出る。

「いざとなれば、私が斬るわ。その間にスズカ様は——」

「そういうわけにもいかんじゃろ。この状況で逃げるとか、教会にも劣るクソじゃ」

涼香は気合いを入れるように大幣を強く握り、再び祝詞を唱え始める。

「掛けまくも畏き緋御珠姫神《あけのみたまのひめのかみ》の大前《おほまへ》に、恐み恐み白さく——」

それが奏功したのか、既に馬ほどの大きさになっていた神使が更に小さくなり、ソティエールやアンリの表情も緩むが、対照的に涼香の額には脂汗が浮かぶ。

「……スズカ様?」

心配そうに尋ねるソティエールに涼香は応えず祝詞を続ける。

その表情はやはり苦しげで、それに反比例するように神使は大型犬ほどにまで縮む。

あと少し。誰もがそう思った次の瞬間、小さな影が障壁を突き抜けた。

アンリが即座に反応し、剣を振りかぶるが――。

「――待つのじゃ‼」

「――っ！」

涼香の制止にアンリがピタリと動きを止め、その胸に影が飛び込んだ。

◇　◇　◇

教会騎士団が再び村を訪れたのは、数日後のことだった。

いや、教会騎士団ではなく、ドミニクと二人の騎士と言うべきだろうか。

大きな被害を出したため、既に『団』の形は成しておらず、訪れたのは三人のみ。

対して、涼香たちの布陣は前回と同様だったが、相違点が一つだけ。

それはあえてフードを脱いだ涼香が、アンリの隣で堂々と立っていることだった。

「今回はどのようなご用件で？　封印への対処には失敗されたようですが？」

先制攻撃はアンリ。だがドミニクは動揺することなく、沈痛な面持ちで頷く。

「はい。どうやら封印が限界だったようで、我々の力も及ばず……。この村は避難されませんでしたが被害の方は？　何かお手伝いできることがあれば、と伺ったのですが」

口先と表情だけは、心配している風に見えるドミニク。

だがその視線は、村の状況を探るように各所へと向けられている。

そして、そんなことは百も承知のアンリは、笑顔でその言葉を受け取り投げ返す。

「幸い、被害はまったく。そちらは……多少、被害があったようですが」

「そ、そうですね、少しだけ。……魔物はこちらには来なかったのですか？」

「来たの。じゃが、我らが神にかかればただの犬っころ。蹴散らしてやったのじゃ」

アンリに代わり、涼香が一歩前に出て胸を張る。

ドミニクはそんな彼女を懐疑的な目で見下ろし、眉根を寄せた。

「……あなたのような子供が？　本当に、ですか」

「ふんっ。既に気付いておるじゃろうが、我は狐神《きつねがみ》の眷属《けんぞく》ぞ？　神獣から権能を与えられた我を人間の尺度で測るなど、愚かなこととは思わんか？」

涼香が自らを誇示したのは、これを教会に伝えるため。

直接見ていない以上は疑いを持つだろうが、現実として村に被害はないわけで。

自分たちが対処できなかった魔物を退けた涼香たちを、教会は警戒することになる。

涼香としては殊更《ことさら》、教会と対立したいわけではない。

だが、相手が強硬手段に出かねないと判《わか》った以上、牽制《けんせい》しておくべきと判断したのだ。

「神獣の眷属ですか。その姿を見る限り、嘘《うそ》ではないのでしょうが……」

ドミニクとしても既に予測していたこと。

存在に驚きはないが、涼香の話が事実だとすれば、実力の方は想定以上。

悩むように視線を下げ、ふと、アンリの脚の後ろから覗くものに目を留《と》めた。

「……そちらの子犬は？」

外見はコロコロと可愛い、白い毛並みの豆柴《まめしば》。

甘えるようにアンリの足にまとわりついていたが、ドミニクに目を向けられると、歯を剝《む》き出しにして「ううぅ」と唸《うな》り、少しばかりの獰猛《どうもう》さを見せる。

「番犬じゃ。見ての通り可愛いが、厄介な者は追い払ってくれるしっかり者じゃぞ？」

前回来た時にはいただろうか。そんな疑問が浮かぶドミニクだったが、すぐにどうでも良いことかと頭を切り替え、涼香たちに張り付いたような笑顔を向ける。

「ハハハ、どうやら歓迎されていないようですね。では、もうお暇《いとま》しましょう。もしお困りごとがあれば、教会の扉を叩いてください。私たちはいつでも歓迎致します」

「うむ、我らも待っているぞ。お主らが見舞金を持ってくるのを。いつでも歓迎じゃ」

「……えぇ、近いうちに持参致します」

涼香が見せつけるように尻尾をゆったり振ると、ドミニクはそう応えて踵《きびす》を返した。

◇　◇　◇

──ダクールが脱走した。

教会に帰り着くなり知らされた情報に、ドミニクは頭を抱えた。

教会騎士団の壊滅、厄介な眷属とそれを抱える村の存在。ただでさえ頭が痛い状況に、便利なスケープゴートまで失われ、ドミニクは大きなため息をつく。

「申し訳ありません。負傷者の移送で人手を取られている間に……。追いますか？」

部下の問いかけにドミニクは暫《しば》し考え、首を振った。

「捨て置きなさい。あの村には見舞金を届けるついでに、ダクールを破門したと伝えます。教会で最も重い処分。文句は言えないでしょう──破門した愚か者が何をしようと」

「はい、我々とは無関係ですから。見舞金は支払うのですね？」

「これ以上、教会の評判を落とすわけにはいきません。形式は整えておきましょう」

枯木病を蔓延《まんえん》させ、不踏の森の封印を壊し、解放した魔物を討伐せずに放置する。

これらはすべて事実であるが、普段であればもみ消すことも可能だろう。

だが今回は怪我人《けがにん》を急いで移送したことで、騎士団に大きな被害が出たことが町の人間にバレていて、病気の治療にあの村が尽力していたことも既に噂《うわさ》となっている。

アンリたちが意図して話を広めれば、その説得力は教会を上回るだろう。

そうなる前に見舞金を支払えば非難も躱《かわ》しやすくなるし、赤の他人が聞いたら嫉妬するぐらいの大金を渡してしまえば、あの村も口を噤《つぐ》むしかなくなる。

今の負担は大きくても長期的には教会の利になるはずと、ドミニクは判断していた。

「ダクールの身柄でも送り付け、お茶を濁すことも考えていましたが……。彼の部屋の物を処分して金に換えれば、見舞金もほぼ賄えるでしょう」

「了解しました。ではそのように。しかし、この教区は順調だっただけに残念ですね」

「ええ、厄介なことになりました。少し方針の変更が必要になるかもしれません」

ドミニクは椅子に深く座り直すと、組んだ手を額に当てて大きく息を吐いた。

夜の帳《とばり》が落ちた森の中をダクールは走っていた。

「くそっ！　くそっ‼　ドミニクのヤツめ！　なんだって、ワシがこんな目に！」

少し前まで上手《うま》くいっていた。それがどこで歯車が狂ったのか。

教会から脱走したダクールが抱いていたのは、強い恨みと復讐《ふくしゅう》心だった。

直接の原因は、多額の賄賂を受け取りながら、自分をあっさり切り捨てたドミニク。

だが、ドミニクは騎士団に守られていて手を出すことは難しく、それを理解している彼が復讐の相手に選んだのは、切っ掛けとなった開拓村の方だった。

──開拓村には、枯木病の治療薬を売って稼いだ金が蓄えられている。

──病気を利用して稼ぐなど許せないし、そんな汚い金なら奪っても問題ない。

教会長として培《つちか》った話術があれば、町の破落戸《ごろつき》を騙《だま》くらかすなど簡単なこと。短期間で破落戸を集めることに成功した彼は、夜陰に紛れて開拓村を襲おうと森に入った。

しかし、順調なのはここまでだった。

不踏の森に足を踏み入れてしばらく、にわかに夜霧が立ちこめ、彼らは道を見失う。

それとほぼ同時に、森の中から獣の吠《ほ》え声が聞こえ始めた。

ダクールと破落戸たちは、それに追い立てられるように森を移動するが、まるで霧に溶けるように一人欠け、二人欠け──いつの間にか、ダクールは独りになっていた。

──バウッ！　バウッ！　グルルルゥ……。

遠く、近く、反響するように獣の声が聞こえる。

金稼ぎには自信があるものの、戦いは素人《しろうと》であるダクール。

魔物に襲われれば自分など一溜《ひとた》まりもない。

それを理解しているからこそ、彼は必死で走り続け。

やがて、獣の声が聞こえなくなっていることに気付いて足を止める。

「はぁ、はぁ、はぁ……。に、逃げ切ったのか……？　どこだ、ここは？」

息を整えながら辺りを見回し、ダクールは訝《いぶか》しげに顔を顰《しか》めた。

目に入るのは整然と並ぶ巨木。これまでの鬱蒼《うっそう》とした森とは異なる景色に困惑する。

「まさか開拓村の連中が植林——いや、さすがに時期が合わないな」

理由は判らないが見通しが良く、歩きやすくなったのは間違いない。

「多少なりとも、ワシにも運が向いてきたか」

ダクールは少し軽い足取りで歩き出した——頭上から迫る影に気付くこともなく。

The story of a shrine maiden with animal ears reviving a shrine in another world

エピローグ

Epilogue

「ちっちゃくて、もふもふで、かわかわだよぉ～」

「ええ、本当に可愛《かわい》いです！」

神社の境内《けいだい》、涼香は小さな子犬を撫《な》で回しながら言語を失っていた。

それを傍《そば》で見るソティエールも嬉《うれ》しそうだが、視線の向く先は八割が涼香《すずか》。

機嫌良さそうに動く彼女の耳と尻尾を見ながら、頬を染めている。

「ソティも撫でる？」

「良いんですか⁉」

ソティエールはいそいそと涼香に近付き、手をその頭に伸ばそうとして――訝しげな涼香の視線に気付き、すすっと自然な動きで犬のお腹《なか》にタッチダウンさせた。

「もふっと温かですねぇ。あの凶悪そうな神使がこうなるなんて……驚きです」

「うん。最後は少し焦《あせ》ったけど、無事に『救う』ことができたねぇ」

そう、実はこの子犬が、闇に呑《の》まれた神使の今の姿である。

あの時、涼香が《祈祷《きとう》》で張った障壁は、最後の最後で破られたかに見えた。

だが実際には、効果はきちんと発揮されていて、障壁を抜けられたのは神使から闇が祓《はら》われたから。アンリに飛び付いた時には、既にこの子犬の姿になっていた。

「おそらく元々の神使は、この姿だったんだろうね」

「全然、迫力とかないですよね。神使なのに」

「神使は神の使いというだけのこと。必ずしも強いとは限らないからね。むしろ私としては、可愛いので大歓迎。使命《ミッション》とは関係なく、助けられて良かったよ」

その言葉通り、涼香はわしゃわしゃと子犬を撫でて、嬉しそうに目を細める。

子犬もまた地面に寝転んで「きゃふ！　きゃふ！」と喜んでいたが、急に動きを止めてピクピクと耳を動かし、直後、パッと起き上がって走り出した。

涼香がその行く先に目を向ければ、そこにいたのは参道を歩いてくるアンリ。

子犬は彼女に向かって大きくジャンプすると、その胸元に飛び込んだ。

「わ！　うふふ、ルルは元気ねぇ」

「う〜ん、やっぱりアンリには敵《かな》わないか」

優しく子犬を抱き留めて撫でるアンリと、先ほどよりも嬉しそうな子犬。

そんな一人と一匹の姿を残念そうに見る涼香に、ソティエールは小さく微笑《ほほえ》む。

「犬神の巫女《みこ》、ということなのでしょうね。本人に自覚がなくても」

「そうだろうねぇ。闇に呑まれていた時も、アンリを目指していたようだし」

「良いですよね。狐神《きつねがみ》にも神使がいれば、ああやって一緒に……」

「ん？　なに？　ソティは私だけじゃ不満？」

小さく漏らしたソティエールの顔を覗《のぞ》き込み、涼香が揶揄《からか》うように言う。

だが、それは少々迂闊《うかつ》。キラリと目を光らせたソティエールが涼香に手を伸ばす。

「それはつまり、スズカ様を同じようにして良いと⁉ 解《わか》りました！」

「言ってない！ こ、こら、やめっ！」

だが言ってやめるソティエールではなく、涼香の体を抱きしめて撫で回す。

異性であれば完全に事案。同性であっても危ないライン。

その手が尻尾に触れる直前、なんとか逃げだした涼香は涙目でソティエールを睨《にら》む。

「多少ならまだしも、やりすぎ！ 貞操の危機を感じたよっ⁉」

「——あっ。す、すみません……暴走してしまいました」

少し強い涼香の言葉にソティエールはハッとすると、色を失って俯《うつむ》いた。

そんな彼女の様子に、涼香は不思議そうに、そして心配そうに尋ねる。

「ソティ、ここ数日、少し変だよ？ 情緒が安定してないというか」

「そう、ですよね。自分でも解っているんです。でも、その……、あとどれくらい、スズカ様と共にいられるかと思うと、えっと……」

ソティエールの言葉は要領を得ず、涼香は小首を傾《かし》げる。

「ん……？ なんで？ 私は別に——」

「スズカ様、ありがとう。ルルの面倒を見てくれて」

だが、涼香が言葉を続ける前にアンリが声を掛け、涼香はそちらに顔を向けた。

「いや、私は可愛がっていただけだから、気にしなくて良いよ。神社に犬はつきもの、魔《ま》除《よ》けの狛犬《こまいぬ》代わりにちょうど良いしね。それより、名前はルルに決めたんだね」

「ええ。やっぱり、ガルムは可愛くないって意見が多くて」

それは、涼香が読み解いた文献に書かれていた神使の名前。

しかし、子犬に『ガルム』と呼び掛けても反応を示さず、アンリやソティエール、マリとユリからも『可愛い子犬に相応《ふさわ》しくない！』という異論が出された。

涼香としては『子犬は成長するんだけど？』とも思ったのだが、巫女であるアンリが決めたのであれば反対する理由もなく、「そう」と頷《うなず》く。

「村の方は、少しは落ち着いた？」

「ええ。ありがたくも。スズカ様のおかげで忙しかったけど、ようやくね」

教会から届けられた見舞金は、貴族であったアンリでも驚くほどの大金だった。

アンリは当初、『闇に呑まれた神使に対応したのは涼香だから』と涼香に全額渡そうとした。だが涼香は『村人も怖い思いをしているし、協力してもらったから』と拒否。

二人で話し合った結果、村と神社で折半することとなったのだが、図らずも豊富となった村の資金の使い道を決めるため、最近のアンリは忙しくしていたのだ。

「意外にも大金を持ってきましたよね、教会は」

ソティエールは感嘆と共に、多分な呆《あき》れも混じった言葉を漏らした。

だが、自分が搾取《さくしゅ》されていた結果がその大金かと思えば、仕方のないことであり、涼香も、そして最近ソティエールの事情を知らされたアンリも、揃《そろ》って苦笑する。

「教会はやらかしているからね。口止め料の意味もあるんでしょ。元々今回のことを広めるつもりはなかったけど、貰《もら》えるものは貰っておいた方が収まりも良いと思うよ」

「変に固辞するより、受け取った方が向こうも安心するのよね」

「そういう人たちですしねぇ……。それで、村は何に使うことにしたんですか？」

「色々意見はあったんだけど、半分ぐらいは農地を広げるためと、爵位を得るための工作に使う予定よ。残りはもしもに備えての貯蓄ね。スズカ様の方は？」

「すぐにというわけではないけど、神社の拡充だね。けど近いうちに、せめて拝殿は造りたいかな。犬神の神使もいるし、犬神を祀《まつ》る社を造るのも良いかもね」

「あら？　そうなると、私も巫女になった方が良いのかしら？」

「それもありかな。パートタイムの巫女でも可！　よくあることだからね」

面倒事に一区切りつき、軽くなった心で今後のことを話し合う涼香とアンリ。

ソティエールはそんな二人を見比べ、窺《うかが》うように涼香に尋ねる。

「あの、スズカ様。神社の拡充……するんですか？」

「ん？　ソティは反対？　あ、生活環境の充実も忘れてはいないよ？　現世と比べればまだまだ不満点は多いし、諦めるつもりは更々ないからね」

「い、いえ、そうではなく。元の世界に帰ったりは……？　色々と成し遂げましたし」

客観的に見て、涼香は短期間でかなりのことを成している。

この開拓村で神社の地位を固め、村の発展にも寄与。結果として開拓村は、遅かれ早かれ、不踏の森を領地とした爵位を得られる可能性が高くなっている。

宗教面でも周辺の村に信者を作り、教会に侮《あなど》れないと思わせる程度の立場を得た。

「今回も使命《ミッション》を達成して、信仰ポイントもかなり貰えましたよね？」

先日の《祈祷》でポイントを大量に消費したことは、ソティエールも知っている。

だが、同時に『氏子を守れ』『悲しき神使を救え』『枯木病で苦しむ人を救え』の使命《ミッション》を達成できたとも聞いていた。具体的な報酬までは聞いていないが、その難易度を考えれば、得られた信仰ポイントが多いことぐらいは容易に想像できる。

それらを総合的に考えれば、神様も涼香の希望に応えるかもしれない。

「本来であれば、それは喜ぶことです。でも私はっ――」

自分の気持ちと涼香の願い。相反するそれに心が乱れ、ソティエールは縋《すが》るような思いで涼香を窺うが——涼香は気まずそうに、無言のまま目を逸《そ》らした。

「……スズカ様？」

「いや、それが……。前借り、できちゃったんだよねぇ……」

「前、借り……？　——え、もしかして、信仰ポイント、ですか？」

「そう。ルルの闇を祓ったあの時、緋御珠姫《あけのみたまのひめ》に強く願ったおかげかな？」

闇を祓い終わる前に信仰ポイントが尽きる。

感覚的にそう理解した涼香は、『守りたい』と強く神様に願った。

それに神様は応え、障壁の維持には成功したのだが、当然のように代償はあった。

その一つ目は、涼香自身の精神的、肉体的消耗。今は回復しているが、実はあの後、涼香は全身の痛みと怠《だる》さに呻《うめ》きながら、一日以上寝込むことになっていた。

そして二つ目は、前借りした信仰ポイントに対する利息である。

「あの時、十一《といち》とか言ったのが悪かったのか、本当に利息を付けられてねぇ。慌てて使命《ミッション》の報酬を受け取って返済したんだけど……今はこんな感じなんだよ」

涼香はため息と共に、折帖《せつじょう》をソティエールに手渡す。

ソティエールはそれを開き、表紙裏に書かれた信仰ポイントを見て目を擦った。

「……あの、二桁しか残ってませんが？」

「うん。三つの使命《ミッション》の報酬は、軒並み五桁あったんだけどねぇ……」

もう少し返済が遅れていれば、マイナスのままだった。

遠い目をする涼香《すずか》だが、すぐに気を取り直して「そもそも」と言葉を続ける。

「建立《こんりゅう》した神社やソティを放り出して帰るほど、私は無責任じゃないよ。せめて一定の区切りを付けないと安心できないし。帰れるとしても、その後かな」

「区切り、ですか？　具体的には……？」

「う～ん、ソティが恋人でも見つけ、その人とソティにこの神社を任せたときかな？」

外見的にはソティエールより年下に見える涼香だが、実年齢は上である。

涼香としてはソティエールの保護者を自認しており、だからこその発言だったが、それを聞いたソティエールは困ったような、でも少し嬉しそうな顔で言葉を返す。

「そうですか。でも、それだと一生帰れないかもしれません」

「一生帰れないって……。え？　ソティ、結婚しないつもり？」

「私、同年代の男の子と全然交流がなくて……実感が湧かないんです」

ソティエールが物心ついた頃には、辺境の村の外れで母親と二人暮らし。

母親と死別した後は聖女見習いとして酷使され、周りは同年代の女の子だけ。

これが彼女の悲しき人生であり、気になる異性は疎《おろ》か、友達すらまともにいなかった。

「母以外で一番近しいのはスズカ様ですし。スズカ様が相手であれば考えます」

「い、いや、折角建立した神社、跡継ぎがいないのは困るんだけど」

ソティエールの不憫《ふびん》な境遇は、涼香もよく知っている。

それ故に真っ向から否定もできず、言葉を濁す涼香にアンリも苦笑して口を開く。

「あらら、マリかユリに期待かしら？　さっきも早く神社を再開したいと言ってたわよ」

「ん？　二人が巫女になることを望むのなら、それもありかもしれないけど……」

先日、教会騎士団が来たあたりから、安全のために神社は参拝者を受け入れていない。

彼女たちがこの場にいないのはそのためだが、普段の仕事ぶりに不満はなく、どちらかがこの神社を継いでくれるというのであれば、涼香としても拒否する理由はない。

「けど……」

現世から来た涼香だけに、必ずしも人生に結婚が必要とは思わない。

だが、一見普通に見えるソティエールは、幼少期や教会での経験が影響してか、どこか歪《いびつ》なところがあり、人付き合いが少し苦手。せめてそこはなんとかしてあげたい。

そう願う涼香は助けを求めるようにアンリを見るが、アンリは窘《たしな》めるように微笑む。

「追々で良いんじゃない？　急がなくても、知り合う人が増えれば……ね？」

「ふむ……。そういうもの……かもしれないね」

神社が有名になれば、それだけソティエールの世界も広がる。

そうなれば、彼女が結婚したいと思える相手だって、見つかるかもしれない。

確かに急ぐ必要はないかと思い直した涼香は、ソティエールに手を差し出す。

「ま、当面は二人で一緒に頑張ろっか。ソティ、よろしくお願いね？」

「はいっ、スズカ様っ！」

ソティエールは嬉《うれ》しそうに、指を絡《から》めるようにして涼香の手をギュッと握る。

それは幼子が親に縋るようにも、恋人の手を握るようにも見えて……。

「――まずは、友達との距離感、だよねぇ」

涼香は困ったように笑いつつも、ソティエールの手を優しく握り返すのだった。

あとがき

ファンタジア文庫ではお久しぶりです。いつきみずほです。

別作品もチェックしてくださっている方は（たぶん）先日ぶりです。

この作品も結構前から書いてはいたのですが、諸々《もろもろ》あってお届けできるまで日が空いてしまいました。その分、楽しんで頂けたなら幸いなのですが。

ところで、皆さんはデスクワークをするとき、何を飲みますか？

私は基本的に無糖の紅茶、緑茶、コーヒー、水、炭酸水などを飲んでいます。人生の大半がデスクワークなので、甘い物を飲んでいたら簡単に太ってしまいますからね。

でも、気分転換したいときや忙しいときにはココア、稀《まれ》にエナジードリンクを飲むこともあります。「頭を使っているから、きっと大丈夫！」って、自分に言い訳をして。

さて、昨今はフェイクニュースが色々と問題になっています。

ＡＩのおかげで写真も動画も、簡単には音声も信用できないこのご時世、間違った情報に騙《だま》されないためには、話を鵜呑《うの》みにせず、きちんと調査することが重要です。

また、自分が常識と思っていることも、一度調べてみると良いかもしれません。

ですが『頑張って頭を使えばカロリーを多く消費する』というのは、さすがに間違いない——え？　頭脳労働しても増えないの？　集中していると体全体ではむしろ減るの？

……ふぅ。また一つ賢くなってしまいましたね。

今後は言い訳を諦め、覚悟を持って糖分を摂《と》ろうと思います。

もっとも医療系の情報って、諸説あったり、時代によって真逆になったりと、別の意味で信用できなかったりするわけですが。一つの情報に傾倒しすぎない、もしかしたら間違っているかもしれない、そう思って行動するのもまた重要ですね。


最後になりましたが、risumi《リスミ》さん、可愛《かわい》いキャラクターをデザインして頂き、ありがとうございます。とても素敵だったので、本文にも反映させて頂きました！

そして、いつも応援してくださる皆様、risumiさんのイラストに惹《ひ》かれて今作で初めてお手にとってくださった方、お買い上げ頂き誠にありがとうございます。

続刊することができましたら、またお読み頂けますと嬉《うれ》しいです。

いつきみずほ

お便りはこちらまで
〒一〇二―八一七七
ファンタジア文庫編集部気付
いつきみずほ（様）宛
risumi（様）宛

富士見ファンタジア文庫

けもみみ巫女《みこ》の異世界《いせかい》神社《じんじゃ》再興記《さいこうき》

神様《かみさま》がくれた奇跡《きせき》の力《ちから》のせいで祀《まつ》られすぎて困《こま》ってます。

令和6年9月20日　初版発行

著者——いつきみずほ

発行者——山下直久
発　行——株式会社KADOKAWA
〒102-8177
東京都千代田区富士見2-13-3
0570-002-301（ナビダイヤル）
印刷所——株式会社暁印刷
製本所——本間製本株式会社

ISBN978-4-04-075627-1 C0193　◇◇◇

切り拓け！キミだけの王道
ファンタジア大賞
原稿募集中！
賞金
《大賞》300万円
《金賞》50万円
《銀賞》30万円
選考委員
細音啓「キミと僕の最後の戦場、あるいは世界が始まる聖戦」
橘公司「デート・ア・ライブ」
羊太郎「ロクでなし魔術講師と禁忌教典《アカシックレコード》」
ファンタジア文庫編集長
前期締切 8月末日
後期締切 2月末日
公式サイトはこちら！ https://www.fantasiataisho.com/
イラスト／つなこ、猫鍋蒼、三嶋くろね